U0964288

批评与意识形态

[英] 特里·伊格尔顿 著
段吉方 穆宝清 译

北京出版集团
北京出版社

著作权合同登记号：图字 01-2016-0641
Criticism and Ideology by Terry Eagleton
© Verso，2006

图书在版编目（CIP）数据

批评与意识形态 /（英）特里·伊格尔顿（Terry Eagleton）著；段吉方，穆宝清译．— 北京：北京出版社，2021.9
书名原文：Criticism and Ideology
ISBN 978-7-200-15148-0

Ⅰ．①批… Ⅱ．①特… ②段… ③穆… Ⅲ．①文学理论-哲学基础 Ⅳ．①I0-02

中国版本图书馆 CIP 数据核字（2019）第 206744 号

总 策 划：安　东　高立志　　策划编辑：王忠波
责任编辑：王忠波　　责任营销：猫　娘
装帧设计：赵　琦　　责任印制：陈冬梅

批评与意识形态
PIPING YU YISHI XINGTAI
［英］特里·伊格尔顿（Terry Eagleton）著
段吉方　穆宝清　译

出　　版　北京出版集团
　　　　　北京出版社
地　　址　北京北三环中路 6 号
邮　　编　100120
网　　址　www.bph.com.cn
发　　行　北京出版集团
印　　刷　北京华联印刷有限公司
经　　销　新华书店
开　　本　880 毫米×1230 毫米　1/32
印　　张　10.25
字　　数　180 千字
版　　次　2021 年 9 月第 1 版
印　　次　2021 年 9 月第 1 次印刷
书　　号　ISBN 978-7-200-15148-0
定　　价　68.00 元

如有印装质量问题，由本社负责调换
质量监督电话：010-58572393

本书为国家社科基金重大项目“马克思主义
经典文艺思想中国化当代化研究”
（17ZDA269）的阶段性成果

目　录

导 言

《批评与意识形态》，它的作者没料到，是在一个深刻历史变迁的巅峰时期首次出版。在这本书面世的1976年，西方激进主义势力仍然强劲，但历史已在政治上迈出关键的一步——转向右派，左派们却未能充分意识到局势的转变。失败感在回想的时候，常常和胜利的滋味差不多。当时，社会主义者仍兴奋于美国被驱逐出越南、现代妇女运动的兴起、民权活动取得历史性的成就、欧洲共产主义兴盛、葡萄牙革命及英国矿工激动人心地推翻英国保守党政府，但社会主义者们几乎未预见到20世纪70年代早期的其他社会思潮，尤其重要的是未预见到已经到来的石油危机，会让资本主义制度在70年代几近结束之时产生强烈的政治反应。

在仍旧活跃的左派政治之下，深层次的经济走势预示着更加惨淡的未来，正如 1974 年——葡萄牙剧变与希思政府倒台都在这一年——也标志着战后长期繁荣的结束。资本主义强加于自身的防御性对左派来说一如既往地是危险与机遇同在，而在现今情势之下则是前者的概率大大高于后者。在《批评与意识形态》首次出版的这一年，佩里·安德森也推出了他的权威著作《西方马克思主义探讨》，他对左派未来的预见总体上是乐观的。安德森认为，20 世纪 70 年代中期，是作为一种政治颓败产物的西方马克思主义和马克思主义思想中更加具体的唯物主义形式复苏之间的分水岭。安德森在其著作中还指出，在大规模革命运动中，马克思主义理论与实践的重新统一明显还未实现。

七年之后，安德森在其《历史唯物主义的踪迹》一书中记录了这一历史遗憾，并对大量的后结构主义写作严厉批评，他指出，他较早时期的研究就指明了这一群体的政治退化。巴黎，曾经的学生起义之都，现如今已成为欧洲知识分子运动的主场。美国人或许已经可耻地被从东南亚牵制出局，但战后的反殖民主义革命——现代最成功的激进运动——正是差不多在这一时期发展起来的。

尽管 1968 年那些激动人心的事件到了 20 世纪 70 年代中期已经结束，但余味犹存，它带给人们的新奇感依旧如此强烈，在当时几乎没有人会怀疑乌托邦已如一艘在夜晚航行的船只来了又去，直至 20 世纪 70 年代末在罗纳德·里根和玛格丽特·撒切尔执政的漫漫长夜彻底离开。暮色愈浓，英国工人阶级发动它历史上最激进的行动，也就是 20 世纪 80 年代初爆发的煤矿工人大罢工；很显然，这一次的罢工与 1974 年煤矿工人的斗争截然不同，我们见证了旧时代在一片喧嚣声中终结，而不是一个骚动的新时代的来临。工人阶级此刻正在孤注一掷地采取行动来捍卫已经受到威胁的生存状况，而并非要强硬地向前推进。强劲的资本主义改革正信心十足地来进行一场战斗，它期望要与之前的历史彻底告别，然而也正如以往的许多历史时期一样，这场改革绝不肯悄无声息地进行下去，在它席卷而去的那一刻同样会留下惊人的反响。

在 20 世纪 70 年代中期仍旧活跃的左派思潮与其历史基本进程之间的碰撞必定会引发某种理论关注。根据黑格尔的《精神现象学》，历史的动力就是人类主体的自我理解力和他们实际所处的社会历史地位之间的差异。这也是人类的意图和这些意图被付诸行动之间的鸿沟和富有成效的异化，这一切必然会超越我们的知识范畴。人类的自我理解力能够把握某些历史真相，但最终总是被真相挫败。我们的生命在向前迈进，但理解力在退步。雅克·拉康的作品在自我和他者、想象与符号之间重塑了黑格尔式的知识与真理之间的对立，前者被理解为我们自身和我们欲望主体的一种迟缓的、很大程度上是虚幻的存在，而后者则意指他者的范畴，它作为人类主体所拥有的真理的归属地，把这种意识放置在适当的位置但永远躲避对其细微的掌控。这是现代性特有的一种洞察力，自我从一开始就无法概括和代表它所包含的内容，但其永不停歇的努力有助于推动历史的前行。

在20世纪70年代的转折时期，利害攸关的并不仅仅是政治气候的转换，这种政治气候转换是社会生活表层节奏从左到右的可预见的摇摆，另一更深层次的变革是资本主义从一种存在形式转变为另一种。资本主义对战后繁荣的终结所做出的反应是重构全球格局，利用电信革命将制造业输出到劳动力廉价的周边地区，并将其核心地带日益转变成服务、金融和通信行业的中心。工业革命正在节节后退。同时，劳工运动受到严苛法律的限制和束缚，失业率飙升、薪金标准受到抑制、福利被大幅削减、政府撤销了对市场的管制。在这短短几年，社会民主主义似乎也毅然成了一种激进的选择。在去工业化的条件下，对于一些评论者而言，此时的马克思主义已经走向了穷途末路，因为社会阶级最终消失了，尽管在煤矿工人与电信职工之间还存在着本质的差别。

这种社会转型的后果之一是带来了理论上的重大变革。马克思主义在西方不断产生出一些重要的富于智慧的经典作品；但仅仅在这本书首次出版的五六年之后，它就已经迅速屈服于一种政治怀疑论的后结构主义，紧接着随着20世纪80年代的临近，又让位给后现代主义。很多20世纪70年代早期的阿尔都塞学派的马克思主义者在迈过后马克思主义那些摇摆不定的大门后进入到了政治右翼的荒原之所。也正如其对当今世界的影响一样，政治批评以女权主义和后殖民主义的形式幸存下来，但后者在极大程度上是一种浓厚的全球资本主义的“文化主义”批评，更热衷于身份和种族问题而不是思考国家、阶级斗争、新的劳动力的全球划分和革命民族主义。如果后殖民主义是某些传统反殖民主义运动的一种“后”狭隘民族主义者的观点，那这也可以说是他们的一种“后”革命热情。随着20世纪90年代的即将来临，诸如此类的“理论”受到了实用主义全新形式的围攻，那个用来形容“理论”的恰当词汇已经从许多学生的词典中消失了。

在相当短暂的时间内，从《批评与意识形态》一书中所展现的政治和理论的图景已经变得面目全非。社会主义者的斗争自然而然地还在持续进行着，社会主义者的理论著作也是如此；我们或许可以将雷蒙·威廉斯之后的20世纪70年代早期的情感结构，称为一种特殊的氛围和那一时期的敏感性，但如今都成了越来越模糊的记忆。可以肯定的是，在这本书面世之后，那种敏感性也在逐渐衰退。这本书出版的那一年，我和弗雷德里克·詹姆逊正共同执教于加州大学圣地亚哥分校，在校园里还可以看到马尔库塞的身影，他曾经在20世纪60年代晚期的学生运动中担任过某种重要角色；然而新生代的学生却对这位“幕后操手”实际上是谁知之甚少。

并非所有的早期参与者都是彻头彻尾的马克思主义者。相反，对马克思主义信仰有着许多有力的挑战的，不仅有来自那些既有同情心又提出尖锐批评的女权主义者和后结构主义者。那些已经失去的东西可以说只是某种社会主义的普通意义，而且也仅限于此。在文化思潮普遍兴起的时期，那些激进的思想无论以何种方式进行激烈争辩，都会因为它们与仍处于某种躁动之中的历史有着明显的关联而产生共鸣。十年之后，情形便不再如此。马克思主义现在与其说缺乏答案，毋宁说不可能。新自由主义所取得的胜利之一就是能够通过最无情的现实主义手段揭露出自身具有操作性的政治运动就像占星术一样不切实际。

这种社会主义文化的衰退是一个遗憾，写作《批评与意识形态》的时候，于我个人而言，是我知识分子生涯中最富有成效和最令人欣喜的一段时期，现如今已过了四十多年。从理论上来说，从那时起就再也没有能与之相提并论的东西了。当时左派学生间辩论与分析的水平极为高超——远远超过当今的这些学生。那些主业是研究亚历山大·蒲柏和伯罗奔尼撒战争的学生也令人吃惊地极为熟悉布哈林或希腊共产党历史这类非主流作品。在革命大潮汹涌澎湃的1968年，新鲜理论——布莱希特、福柯、克里斯蒂娃、哈贝马斯、德拉·沃尔佩、马歇雷，俄国形式主义、符号学、现象学、叙事学、电影理论、原样派、解释学、接受理论、马克思主义—女性主义、苏联先锋派——大量涌现。十年前在剑桥大学，我曾参加了一个由雷蒙·威廉斯主持的小说研讨会，研讨会中我们大多数人唯一曾听说过的马克思主义批评家是乔治·卢卡奇。现在，在政治发展的压力之下，这种标准几乎每月都在扩充。

一连串新的左派期刊也随之出现——《银幕》、《红字》(*Red Letters*)①、《m/f》②、《意识形态与意识》以及伯明翰

---

① *Red Letters* 的全称是 *Red Letters*: *Communist Party Literature Journal*，是由英国共产党文学协会于1976年创办的一份英国左翼期刊，主要办刊倾向是以马克思主义路径讨论葛兰西和阿尔都塞理论等相关文学问题，1991年停刊。该刊在16年间一共出版了29期，从第11期起就不再使用副标题“共产党文学期刊”。该刊的读者是世界性的，高峰时曾有600多个订阅者，发表了一批重要的学术论文。——译注

② 《m/f》（*m/f*）是1978—1986年发行于伦敦的一份有关女性主义、女性主义批评、女性主义与社会主义的期刊。该刊致力于推动女性运动内部的政治论争和理论研究，相关理论文章采取的研究方法包括精神分析、后阿尔都塞主义的马克思主义批评，并坚定地与社会主义和女性主义相结合，并得到拉克劳（Ernesto Laclau）和尚塔尔·墨菲（Chantal Mouffe）等人的高度评价，美国麻省理工学院出版社（The MIT Press）于1990年将该刊中的重要论文结集出版，题为“The Women in Question”（“论女性”）。——译注

大学当代文化研究中心的《工作报告》。埃塞克斯大学举办了一系列关于文学和社会的宏大年会，吸引了数百名从事文学研究的师生参与。自20世纪30年代以来，这是第一次出现最有突破性的批判作品全都来自政治左派的现象，各个大城市的出版商也快速做出了反应。

在这些激进文化的竞相角逐中，有一个每周在牛津大学举办的关于马克思主义批评的研讨班，是我于1969年在那里担任学术职位不久之后创办的。所有统治阶级的机构都会在自己内部培育一小群持不同政见者，从结果上来看，我那些年在牛津大学所发挥的作用就是给一些还在大学里就读的学生，或以这样或那样的才能能够来去自由的人，提供一个公开探讨的场所，而且这些人都希望他们能够超越文化结构和意识形态的限制。他们当中的许多人，也包括我自己在内，在当时都是政治活跃分子。《批评与意识形态》正是在此背景下的产物，如果脱离了这种背景它也绝不会问世。从某种意义上来说，它真正是众人合作的成果。作为一个普遍的理论的马克思主义批评的要素随处可见，很显然，这些要素需要在某一时刻被汇总在一起从而形成一种大致连贯的状态。

当以上条件具备后，这个任务便落在了我的肩上；但这种说法绝不是一种假谦虚或仅仅是一个历史主义者的炫耀，可以说这是一项等待被人去完成的任务——有点儿像一个等待了大约1600年之久才被写出来的伟大复仇悲剧，而实际上谁会去写则是次要的问题了。从这个意义上来说，这本书的产生在某种程度上的确符合它“离心”作为个体的作者的目的。保罗·瓦莱里也同时指出，每部作品都是除作者之外诸多事物的产物，我在本书第二章中将之作为一个题词提出的命题就是要说明在这种特殊文本环境下的一种整体内部合作的努力，更不用说在它背后的整体的政治文化语境了。

《批评与意识形态》是那个历史时刻的成果，带有那个历史时刻遗赠的优点与局限。一方面，这部作品的背后有不止一种个体力量；另一方面，它陷入到了一种难以具体化的理论氛围之中，尽管现如今人们再往回追溯时很容易理解。我认为，达到这种效果的方式之一是能用诸如“科学的”一词描述的某种程度上的理智保证，尽管它们的意义是非常明确的。在我看来，当涉及历史研究的时候，科学并不是一个空泛的术语，“文化主义者”把科学夸张地描述为某种纯粹的客观主义的探索形式，表达的多为后现代的无知而不是科学知识。然而，这本书并没有做到所有的结构分析都建基于一种根植生活世界的自身永远无法完全形式化、可以公开争辩的前理解。这种过于决断的态度也会时不时地在写作的语气中显露出来。那是一种自认为可以拥有历史的支持的政治左派的语气；尽管在那一时刻这绝非一种非理性的观点，但也强加了自身的各种限制。

我认为这本书并非以胜利者自居，而是强调在当时所处的历史情势下，它没有意识到失败同成功一样能带来政治上的好处。确切地说，失败不应当被夸大其词：全世界数百万男女走上街头反对美帝国主义；社会主义，正如我写到的，已成星火燎原之势横扫整个欧洲大陆。不像今天年轻一代，我很幸运地生长在左派势力明显占据优势的时代，从令人向往的政治上一切皆有可能的早期经历中获得了终生的信仰和希望。那种经历的负面影响则表现在某种程度上的纯粹主义和专制主义，过于急切去寻找话语的发泄，资产阶级思想的狂躁，在伦理和形而上学上口无遮拦，过分估计左派内部的小分歧，过高估计政治力量，但无论怎样，革命的目的都是要终结人类的不幸。

由于处于政治的低迷时期，就像左派一直以来的境况那样，这本书刚问世时自然得不到更多推荐。然而正如大多数消极的事物里一定也存在着积极的一面一样，这种情势也催生了一定程度的谦逊，一种对于失败和衰退更加深刻的理解和对政治局限性更加严肃现实的洞察力。在这本书出版的随后几年里，这种局限也以其他形式被阐述，关注的焦点转向人与自然、与性、与种族意志及国家身份等在纯粹的逻辑论证中没有一个能够得到解决的某些难解的关系问题。

《批评与意识形态》在那时广泛地被认为是“阿尔都塞学派”的理论著作；尽管我那时从未是一个虔诚的阿尔都塞主义者，实际上，我对几乎所有路易·阿尔都塞的主要学说都心存疑惑，但很明显，大体上来说，形成理论上的稳固看法是从这一学说开始的。因此我要介绍一下这本书的创作背景。在写作这本书的那个时期里，阿尔都塞无疑是一位杰出的马克思主义哲学家；尽管他的理论著作如《保卫马克思》、《阅读〈资本论〉》、《列宁与哲学》的影响跨越了广泛的知识学科的范围，但他的作品对于包括我自己在内的人文学科研究者还是有着特别的吸引力。

我认为，这是因为这部作品将特别温和的文化分析的一系列概念与一种理论上的严苛、持续的反理想主义、在整体上异于这种分析的政治锐利等结合在一起的缘故。从法兰克福学派到英国新左派，“文化”似乎是一种轻松的选择；人们不需要将西奥多·阿多诺、卢西恩·戈德曼或早期的雷蒙·威廉斯与革命热情联系在一起，作为列宁主义者的安东尼奥·葛兰西也总是被塑造成掌握多种技艺的文化研究学者的形象。相比较而言，阿尔都塞学派许诺隔断文化理论与左派改良主义之间的联系——一种很吸引人的立场，在当时，文化（尤其是以新兴期的妇女运动和日益增长的媒介研究作为表现形式）正对左派变得相当重要，而左派改良主义不能及的政治机会似乎也突然出现了。

相对于改良主义，阿尔都塞是法国共产党左派中一个持不同政见的角色，总被宣扬他的理论具有说服力，如果他不是政治上的激进分子（列宁主义者和“毛主义”者），那他就无足轻重了。然而，这一切在革命激进主义的时代难免会表现出一定的吸引力，所有这些被他在写作中超乎寻常地努力融汇到主体性问题之中；在当时，有点极度需要理智的左派文化思想家们自然而然会认为这是一种强有力的结合。法国哲学家们主张的科学和理论的自主权对专注于思想的左派人士而言是一个令人欢欣鼓舞的消息，由于自己的理智嗜好而疲于向比他们更激进的同行致歉的人，可以利用这种学说来表明他们的立场。正像许多人认为的那样，这种理论主义在阿尔都塞的著作中与他所推崇的以阶级斗争、政治先锋主义和国家为中心的非共产党倾向的主张比肩而立，让当时具有此种革命意识的理论家们在好战方面得到了更多的满足感。

然而，在这个紧要关头，也有令人深思的反讽。如果阿尔都塞在他的著作中声称理论有自主权，那么，历史唯物主义的科学就应当与“真正的”历史更加细致地区分开来，他的作品恰恰是在这种极为自负的方式下，被法国以外的那些不明当时历史状况的人进行着解读。某些他最积极的英国追随者从未想到这种理论自主学说本身是阿尔都塞与他的法国共产党对手持久斗争的一种战略上的政治举动，是为巩固自身作为一个领导党的理论权威而量身定制的，这有利于在党内促使他的政治地位合法化。越少自主要求的人越缺乏自主性。

巧合的是，我和阿尔都塞的人生经历有一些奇特的联系。我和他之前都是罗马天主教徒，常言道，这是彼此彼此。对阿尔都塞而言，政党在某种方式上就是罗马天主教的化身，被堪称是理论学家的教士用一种可以自我确证的绝对可靠的理性名头所统治。这种理性模式不是历史性的，而是永恒的。我们不能说罗马天主教会从未改变过自己的教义，只能说它是从一种必然的状态转向了另一种必然的状态，因此阿尔都塞的研究者们从一种历史结构或生产方式转向了另一种，但这一过程始终是模糊不清的。无论是天主教会还是阿尔都塞学派，他们都不太重视个人：对于法国哲学家来说，人类主体的统一与一致其实是编造的。无论这种唯我独尊的自我浮夸感觉是多么良好，个人主体仍然服从于一系列社会关系的再生产，就像是天主教徒服务于上帝的更大荣耀。

阿尔都塞的意识形态理论清晰地阐述了天主教认为的实践创造意识的假想。如果你从事某种物质实践，你就会从中获得你的信仰。这与某些人声称的个人心灵才是最为重要的新教派意识形态观念是背道而驰的。然而，在塞纳河左岸和梵蒂冈之间建立的并非神圣的同盟还是有一些积极可取的方面，这无疑成了起初阿尔都塞作品吸引我的部分原因。那些从小受天主教熏陶的人很可能会发现自己与盎格鲁-撒克逊式的具有严谨概念分析的自由主义怀疑论存在分歧，中产阶级的自由主义者总是将其视为具有某种危险和否定生命的严酷。天主教独断论的反面是对理性的尊重，这种尊重不可能打动那些有足够特权而无需探寻知识的人。天主教徒也可能展现对人生命本身固有的某种体制特性的领悟，而不是以自由的个人主义者的精神将体制看作是自然的惰性和受压抑的。正如阿尔都塞在其意识形态理论中所阐述的那样，在他们的信仰中有某种物质性，强调人去实践而不是感知。与那些幼稚的解放论者不同，他们不可能将权威和传统的思想看作是内在地存有恶意的东西；他们将个人看作是从教堂的生命共同体提取出的他或是她自身存在的意义，而不是一种优先或区别于这一集体性的现实。如果阿尔都塞作为一个阿尔及利亚人与正统的法国文化有着冲突，那么他作为一个天主教徒也同样如此；而这在某种程度上与我对传统的英国正统文化也有曲解是同样的道理，因为我也是生长在野蛮的爱尔兰天主教背景之下的。

阿尔都塞对本书的最明显的影响可能体现在第二、第三章里，在这两章我首先要试图展示唯物主义批评程序的各个要素，接着描绘出具体文本分析的方法。我在第二章所阐述的文学生产方式的概念并非很容易理解；但它推动了本书朝着雷蒙·威廉斯后来所称的文化唯物主义的方向发展。威廉斯对“理论”的立场总是有趣地含糊，就我所知，威廉斯从未使用过“理论”这个词，他是 20 世纪 70 年代所谓的唯物主义批评家中仍始终坚定不移地聚焦于文本，并达到了它正寻求取代的某种特定分析程度的少数批评家之一。并非是威廉斯不相信所谓的“文本细读”；而恰恰是“文本”这个词——另一个在他写作中显著缺失的术语——用它所承载的所有的实践的和社会的回声，让他深感在“作品”的思想面前低人一等。

总之，威廉斯所关注的不仅仅是提供新的阅读方法，而是让文学批评的全部问题性从所谓的“意识形态批评”中抽身而出，转向更加唯物的历史的领域。在他后期的作品中，从《马克思主义与文学》到《社会写作》和《现代主义的政治》，他感兴趣于将文学作为一整套的各种社会实践和社会关系——由受众、体裁的历史成分、剧院的物质基础设施、文化科技的力量、现代主义的地缘政治、文学市场的角色以及语言的社会历史所构成。与这种开拓性的作品相比，《批评与意识形态》的确是一部以文本为中心的作品，但第二章的某些内容也突破了这个界限。这本书对不断变化的历史条件下的文学作品所产生的影响方面谈及过少，只是在最后一章关于阅读行为的思考中有所触及。

如果说在第二章中确实使用了生产的概念的话，那么第三章“面向文本的科学”则有意部署用一种隐喻的方式描述文学作品与周围意识形态之间的关系。这一明显带有认识论观点的特殊主题，并没有引起只是暂时对哲学问题感兴趣的威廉斯的十分关注。但这却是从卢卡奇、萨特到戈德曼、阿多诺的西方马克思主义批评所一再讨论的主题。黑格尔派哲学家遗留的癖好通常认为这个问题是作为中介之一突然出现的：如果不将作品、意识形态和唯物的历史融合在一起，那么怎样才能将其叙述出来呢？复杂的中介的想法是一种对将作品看作是被动地“反映”历史的庸俗马克思主义模式的富于经验的反驳；但这个问题也不无困难，从阿尔都塞和他的同事皮埃尔·马歇雷那里借用来的生产的概念，似乎让我在这个问题上得到了启发。

尽管简明，但我在这里也间接提及了弗洛伊德的梦的作品的理论；这一整个章节背后给我印象最深的是将文学作品作为解决问题的策略的建设性想法，在此过程中，意识形态的矛盾被以美学方式进行了“加工”，这种方式又为文本研究提出了一个新的问题，以此类推到一种持续的研究过程。这种模式所试图避免的是在美学和意识形态之间的简单对立，或者用传统的说法就是“形式”和“内容”之间的对立。相反，它试图描述出这样的事实：美学风格与形式在广义上来说都属于意识形态的术语，意识形态的冲突从来都不会成为那“未加工”过的文本，而是成为马歇雷所说的潜在的解决问题的形式。这导致本书某些表述令人费解，如今我已尽力将其表达得更清楚。然而我一直认为这种争议是有价值的。

马歇雷或许可被称为第一个阿尔都塞学派的批评家，他的作品《文学生产理论》在英国左派文化中产生了轰动，同样它也对本书产生了重大影响。他的作品汇集了阿尔都塞学派的某些概念，并将俄国形式主义的某些手法，尤其是陌生化的概念，首次应用于文学分析。文学作品对其本身意识形态内容的疏离、客观化和陌生化，这种观点在某些方面似乎有丰富的表现，不过本书对此也不乏批判。最后，该理论过多地看重对形式的描述，没有指出形式本身一直也是意识形态的能指。

在本书的最后一章，我转向了一种基于唯物主义的价值论观点——这是我在写作时的一个大胆举措，因为价值论的概念在左派文学里名声不佳，而且仅仅是作为“意识形态”才具有意义而受到质疑。我甚至在这里很鲁莽地提出了道德问题，这种做法一定会让我的那些意志更坚强的同志们有足够理由相信，我一直在资本主义意识形态的泥沼里无助地挣扎。现在我不会再为这一章所阐述的价值理论理直气壮地辩护：例如，认为所有的意识形态在某种程度上都是发展迟缓和逐步退化的，而只有在它被置于某种富有成效的杂乱之中才在文学作品上产生效果。但是并不是所有伟大的艺术都在意识形态上是对立的。即便如此，在这里仍然有关于文学价值本质的评论，这是我想把理论从它们产生的内部挽救出来的地方。当时的那些理论学家们对所有的价值问题不屑一顾，他们是政治左派，从未注意到他们所处的矛盾——事实上对于那些在当时高声拥护他们的普通人而言，看重一种或另一种价值，也包括文学作品的价值，是他们每天的社会存在中不可或缺的一部分。真正的问题从来不在于我们是否制定了文学价值的评判标准，这就如同询问我们是否需要呼吸一样，而是要建立起这种评价体系的历史根基。

传统的批评家们常常呼吁所谓的理论研究的“具体应用”，这通常反映了一种几乎不加修饰的对理论的敌意。事实上，没有什么理由可以解释为何只有在阐明一个特定对象的时候理论才被认为是正当的。如果不是因为让人们更容易理解一个监狱的内部制度问题，米歇尔·福柯的著作不会被看重。文学理论并非文学批评的附庸。那些抱怨有些人似乎更感兴趣于理论而不是文学本身的人也很有道理；但是他们忘记了一点，那就是，弗洛伊德的理论的确比金斯利·艾米斯的诗歌更能让人产生兴趣。

尽管如此，本书第四章通过对 19 世纪作家个案的一系列独特分析，还是向这些具体的拥护者们做出了让步，而每种分析都有可以更进一步深入探讨的标记。这一章中连接各部分主题的是对艺术作为一种有机整体的作品观念的批判，一种从亚里士多德到 I. A. 理查兹以来以各种方式都已经证明了是令人惊讶地顽固的假设。阿尔都塞和马歇雷作品中最吸引人的特点之一是从苏联和魏玛先锋派那里继承了一种所谓“有表现力的整体”的疑问。正如阿尔都塞将社会组织化解为许多半自治的“区域”，巴赫金、布莱希特、爱森斯坦和皮斯卡托对艺术作品所做的分析也同样如此，这有助于去除它身上迷信的光环。

瓦尔特·本雅明也同样如此，他忠实于自己的犹太人的根，认为完整性的回归只是上帝的事，有机的、完整的艺术作品是这种拯救过程极为糟糕的不成熟的诠释。本雅明欣喜于废墟、碎石、拯救的碎片、破碎的讽喻能指，而他的同事西奥多·阿多诺则公开抨击和谐的艺术作品，认为那是一种让人无法忍受的虚假的历史安慰。皮埃尔·马歇雷的作品出自完全不同的派别，但有些方面与这类对整体的批评是一致的，这对我撰写本书是有帮助的。

爱德华·萨义德在他的早期作品《开端》中提到，需要有一位作者来取代和颠覆传统，这样才能有他或她自己的开始。批评家哈罗德·布鲁姆在心理分析术语上也有同样观点，他写道，作者要为自己开辟一定的空间，以避免某个强大的先驱者在其他方面的压倒性影响。于是，或许这并非偶然，在这本书开始的第一章，我结清了我与英国先驱者，尤其是我的老师、朋友同时又是同事的雷蒙·威廉斯的债务。在当时也有些人认为这种对他的作品的尖锐批评极不公正，为此我已对书中偶尔使用的尖刻言辞做了公开致歉。然而书中也有一章对威廉斯的作品慷慨地给予赞扬，事实上，一些批评人士或许忘记了（负面的批评往往比各种正面的赞扬更容易让人铭记），又或许选择了忽略。然而，恰好威廉斯自己也极为同意我对他的作品的某些批评，尽管我从未明确地指出到底哪些是批评。

那么，三十年后，再回头看看这本书到底如何呢？这是一个年轻人的写作——言辞谨慎、尽量简洁、带有少许高傲、处处彰显一定的自信，这更多源于概念分析，而非政治经验。现今，对我来说一本书里面没有几句玩笑话会让我觉得很奇怪。在1976年就读到该书的读者要是知道作者在二三十年中一直是像一个独角滑稽秀演员一般而受到责难，也一定会感到吃惊。如果说我在某些方面已经改变了很多，那么，在其他方面我仍然坚持己见。于今我仍然坚持着本书中所表达的政治信仰，即使现在无法像书中表述得那么清晰。我从未能理解，为何资本主义制度变得全球化和充满进取精神的事实就一定意味着社会主义突然变得无关紧要了，而不是——就好比能得出一个更加合理的结论——变得比之前更加有意义。《批评与意识形态》为当前注入了与众不同的时代气息和风格，读者自然而然地能够感觉出他们自身与它之间的距离。然而，这是一个我们仍然有很多东西要去学习的时代，我希望这个新版能够帮助我们做到这一点。

特里·伊格尔顿

都柏林，2006

序

7 现在，任何一位试图建构一种唯物主义美学的英国马克思主义者，一定已经强烈地意识到了自身存在的不足。这不仅仅是因为这个领域中的许多问题都是令人担忧和不确定的，而且来自英国的干涉也几乎自动剥夺了争辩的权利。这种感觉就像是完全失去了自己的传统，只是作为一个可被欧洲接受的座上宾，或是一个老成的外来者。我接下来写出的东西就受困于这些令人尴尬的境地。它们或许在最后一章谈论文学价值的时候体现得最为明显，这对我来说似乎仅仅是一个能让这些问题得以真正讨论的暂时的清算阵地；在第四章（是对《新左派》中最早刊发的一篇文章的进一步阐述和扩展）过于隐晦和简洁的语言中，这些问题也表现得十分明显，其中我在试图将文学历史的复杂时空跨越压缩成单一结构方面，不可避免地陷入到了不确切的构想、隐喻性的姿态和片面的还原阅读之中。我还要补充的一点是，这只是即将要写出的这本书首先要涉及的问题，从我努力做出更加严谨的构想的前两章（无疑是以系统性组合和简单化为代价的）的评判来看，它在某种程度上具有一定的意义。然而，我想最好还是让本书以原貌呈现在读者面前，包括它原本就有的错误和遗漏之处，这既是由于我的写作水平的局限，或许也由于在英国，这样一部作品几乎找不到支持者的缘故。

我衷心感谢众多在写作中给我提出宝贵意见和鼓励的人。在此我要特别感谢的是佩里·安德森、弗朗西斯·巴克、迈克·尤尔特、约翰·古德、约翰·哈里森、昆廷·
霍尔、弗朗西斯·马尔赫恩、保罗·蒂克尔、艾伦·瓦尔 8
和乔治·沃顿，所有这些人都在百忙之中给我的手稿提出了批评意见。我要永远感激在牛津大学校园里那些过去和现在一直都致力于马克思主义批评研究的众多学者，正是他们在不大可能的体制中开拓出了一块社会语境，让这种讨论持续不断、引人瞩目和富有成效。可以肯定的是，没有他们致力于一种唯物主义批评的问题，这本书将永远无法面世。我也同全国范围内的类似团体或个人讨论过这些问题，在此一并表示我的谢意。

纪念我的父亲弗朗西斯·伊格尔顿

我们最擅长的是培育
言语可消除恐惧
勿使之蒙蔽人们所需，

予缄默者以利刃
为蒙冤者
发鲜活之音。

一

批评意识形态的突变

除了把批评看成是一门不谙世故的学科外，很难再把 11
它看成别的什么了。它的起源似乎自然而然，它的存在似乎合情合理：既然有了文学，那么，由于我们希望去理解和欣赏它——自然也就有了文学批评。文学批评作为文学的附庸——文学的映象、影子式的随从（借用《四个四重奏》中的措辞）——处处“妨碍”文学。然而，“妨碍”一词在此对我们而言既有其通常的含义，也有其经典含义。如果说文学批评的任务是为了铺平从文本到读者的艰涩之途，详尽阐释文本以使其更容易被消化，那么它在将其庞大之躯置于生产与消费者之间的时候，又如何在顺从地幽灵般追随它的客体的同时避免将其遮蔽呢？如此看来，批评似乎陷入了一个无解的矛盾之中。因为，如果批评的任务是将文本自然真实地呈现给我们，则它一定不能容许自身与其居间的客体有一丝一毫的掺和；如此的混杂势必难逃欺世盗名之嫌。然而，它如何才能做到不将自己委身于一个寄生者本该依存的自然存在模式呢？又如何才能避免自我废弃式地隐匿自身的形式而谦卑地屈从于文本的生命呢？所有的批评都应该承认自身的这种局限；但资产阶级文学批评恰恰在谈及自身的冗赘之时似乎显得无比地自负——当它自残式地、片面地、强势地坚持自身命题的固有本性之时。无论这些主张如何精妙、如何高超，但在文本自身取之不竭的神性面前，它们终归还是微不足道。然而，标榜一个人的观点的奢余是一码事，保持沉默却是另一码事。批评或许真的是一种残缺的话语，不过要想简单地让它自行解体却是为时已晚；那样的话，将有太多的东西处于危险之境，不光物质的，也包括学术的。

12 批评的自我质疑如此激烈，以至于它甚至不敢说自己究竟算是“业余的”还是“专业的”。当然，它的确不可能是**专业的**，因为再没有什么比阅读来得更加自然了。阅读，其实不过就是翻动书页直到末尾这么简单的一件事——自然地，翻动时需要一种特别的专注，这种专注尽管可以加以培养和训练，但不可能从根本上被教会。然而，它也不可能是业余的，这是因为文学研究这种劳动密集型产业——包括学校、大学院系、出版社、文学团体——感兴趣于一种更接近红酒品鉴而不是化学实验那样的认知模式，这简直是难以想象的。英语文学研究刚刚在英国建立学术体制之时，这一两难抉择是以两种模式的审慎调和而“解决”的。从可感知的意义上说，英语文学可谓是非学科的：在“老式”大学里最早占据教授职位的那些英国绅士们根本不需要一门课程专门培训如何阅读他们自己的文学，正如他们不需要一门课程教他们如何对自己的家佣发号施令。不过，他们毕竟是英语教授，他们对自己的职业所表现出的傲慢和轻率不可能完全地不加掩饰。于是，他们可以采用的最简便的解决方案就是佯装英语文学是别的什么东西来加以研究——即有计划地将其误认作“经典”。再也不可能找到比这更专业、更光鲜的幌子了。自然，每个人对乔治·克雷布都有自己的看法，就像对卡图卢斯一样；不过，英语文学研究总不能粗鄙地公开表达个人的好恶吧，这总归是难以想象的。诚如叶芝所言，如此公开讨论是小店掌柜们干的事——不过说来也巧，史有所载，它真的属于一位店掌柜之子——F. R. 利维斯。“业余”的癖性得以保留，只不过保留的方式跟读懂文学这一专业事务毫无关联而已——而在当代批评中，传统的实证主义和主观主义的结合依旧强势。

这样的姿态不可避免地引发了反应。对这一学科明显缺乏信仰的贵族和上层资产阶级“先驱者”，虽学术强劲却气数已尽，只待时机成熟，就会被一个首次进入“老式”

大学的社会阶级的意识形态所取代，只有这一阶级能够实现当代历史所赋予批评的目标任务，它那些思想已然枯竭的前辈们是断不可能完成这个任务的。小资产阶级的自由
13 人文主义虽然在学术上尚处于被剥夺、被控制的地位，然而在知识术语上霸气日增，正从业内异军突起，占据一座座反动批判的堡垒。这种非主流的小资产阶级人文主义言辞激烈，矛头直指整个“学术体制”，对其在美学与意识形态结合方面的虚妄予以尖锐无情地揭露，从而树立了自己作为那种意识形态时刻所需的文学突变之代言人的形象，进而大胆地改写了整个英语文学史的图景。纵观整个英语文学批评史，再也找不到如此好战、勇敢、坚定的观点了。

不过，我们在此讨论的并非是一种简单的“阶级意识形态”的碰撞。要质疑的是《细察》式的意识形态强行插入占统治地位的美学与意识形态的矛盾方式。将这场运动归入“小资产阶级”首先并非是就其社会阶级出身而言的，因为他们不可避免地具有多样性（尽管他们有一定的关联）；因此不如说是预示了它的意识形态体系的矛盾性。《细察》在构想中的“激进”且间或夹杂的民粹主义备受统治阶级的畏惧和攻击，其历史功能（尽管复杂且处于不断变化之中）相当清晰，即在意识形态的美学领域内部带来形式、价值、话语及谱系方面的全面重建；在一个面对严重危机的历史时刻，这一重建在复兴和再造作为一个整体

的统治阶级意识形态方面意义重大。事实上，这个问题远非再造意识形态的美学领域这么简单，而是卓有成效地以意识形态本身的问题将之**替代**。英国社会由于某些传统的从属结构（其中尤以宗教最为显著）的部分坍塌，以及由某些历史原因决定的其他方面（尤其是一种全面而成熟的社会学）的缺失所导致的意识形态真空亟须填补；而《细察》恰恰就是按照马修·阿诺德的传统在此任务上做出了尝试。它也如阿诺德一样，曾经一度既是“进步的”又是“保守的”——对“现代主义”以及它的意识形态的新需求保持旺盛的警觉，但只能以一种可怜兮兮的过时的理想主义“方案”迎接它们：已被神秘化的英语历史的“有机共同体”与作为社会构成的精神内核的“大学英语学派”。恰恰在这里，《细察》的小资产阶级本质特性暴露无遗。因为如果那个清教徒似的、坚决墨守成规的传统（确实缺乏一 14
种革命的继承）才是唯一可能的力量，如果凭借其道德的斗志、知识的严谨和社会现实主义就可以“循序渐进”地重塑一种停滞不前、与社会格格不入的形式主义的结构的话，那么同样，它也是一个屈从的、历史地剥夺了继承权的世系，退却到了怀旧的、属于前资本主义社会的“手工艺的”形象，它既拥抱“现代主义”（《荒原》），又从“传统主义者”的视角对其深恶痛绝（《尤利西斯》）。《细察》“循序渐进”地重估了文学传统，不过这么做是因为它将这种传统看作为惨遭当代资本主义发展残暴蹂躏的“人类”价值的特权存储库。于是，在最终超越其自由人文主义阶段的过程中，它扮演了资本主义软弱无能的理想主义良知的角色。

《细察》在历史上的边缘地位与“精神上”的核心性让它们在一个单独领域独树一帜：精英主义。在这里，这场运动的小资产阶级特性再一次表露无遗。因为，正如尼科斯·普兰查斯所辩称的①那样，精英主义不过就是小资产阶级的一个结构特征而已。小资产阶级因其内在的社会及经济状况而效忠于一个拥有至高无上权威的框架，忠实于“准则”和“领袖”，同时抵制那些它认为低于它的民主“无政府主义”以及被置于它之上的现实权威的无效状态。这恰恰就是《细察》的处境。尽管**从经验上**被排挤出核心位置，在主流学术等级中没有一席之地，然而，它却自我标榜为精神上的“真正的”精英。一方面，《细察》是一名积极进取的、投身于对抗整个学术建制斗争的**急先锋**——为了应对这一冲突，它汇聚了处于从属地位的各种团体和阶层的“激进的”和自由主义思想体系的各方力量，与各种社会势力达成了雷蒙·威廉斯在另外一种语境下称之为

① 见尼科斯·普兰查斯：《法西斯主义与专制》，伦敦，1974 年，第 254—255 页。

“否定性认同”① 的效果，甚至在初期居然愿意接纳（以一种投机的、学术的方式，而且自然而然）“某种形式的经济共产主义”的“愿景”②。可是，这一“急先锋”名义上又是“精英”，并早已在文学建制内部从它的精神领域的权力位置上传播准则了。这种“急先锋”和“精英”的混淆恰
恰是《细察》内在矛盾所造成的效果，作为一种意识形态 15
的力量，与它在精神上严厉谴责的那个社会同谋共通。

事实上，正是这种众所周知的共谋妨碍了《细察》系统地阐述其批评的理论基础。《细察》浓缩在“实践批评”过程中的幼稚的感官经验主义是美学范畴对抗生活体验瞬间性的一种“进步的”测试——将概括溶解于“有生命的”形式，就像艾略特将清晰的意义混合进诗化凝结体一样在意识形态上同样令人折服。可是另一方面，这也是一种自认无能的表现：一种无法获得理论话语水平上更强有力的颠覆的批评意识形态的空虚。为了对抗“意识形态”，《细察》指向了“经验”——仿佛那里不是意识形态的家园似的。然而，《细察》的“哲学”超越了感官经验主义，当然也必须如此。正如艾略特认为的，这种经验主义在意识形态上是有缺陷的，它要求扬弃教条的基督教教义，对形而

---

① 《文化与社会 1780—1950》，哈默兹沃斯，1963 年，第 178 页。
② 《细察》，1933 年 3 月。

上学有着客观需求，因为形而上学的直觉力量与其理论清晰性成反比。D. H. 劳伦斯的作品正好提供了这样的形而上学。劳伦斯的理想主义并未削弱感官经验主义；刚好相反，它恰恰为它增添了本体论的地位。于是，有了这样的形而上学后，《细察》便可以站在绝对理想主义的立场上对各种功利主义者的经验主义横加斥责，同时又可以站在十足的“英国式”自由主义经验论的视角去攻击“专制主义者”的体制（其中自然包括马克思主义）。这种立场的无懈可击与它的荒谬直接成正比。既然形而上学的基础已滑入语言之网（以至于若是要求它加以显现的话，则该行为本身便足以表明自己冥顽不灵）的定义之中，它被屏蔽了审查；可是，出于同样的原因，它在理论上也成了不毛之地。一个人能做的全部就只是指明哪个现象代表了“生命”，哪个不是；就其定义而言，在此情形下就没有真正发展的可能性，因为它本身就是在作茧自缚、自说自话。它只能是一遍又一遍地重述，每重述一次就会愈加强硬和抽象，因为工业资本主义特定阶段的自由人文主义价值与资本主义高度发展的形式之间产生了更深层的矛盾。这一矛盾顺理成章的
16 后果便是将自由人文主义本身重新评价为保守党反动复辟之类的陈词滥调。

《细察》取得的意义极为重大的批评成绩反过来也造就了它的保守。那种批评对倾心于“文学”与“生活”之间

关联的学生来说，涉及的核心价值是一种有吸引力的在直觉上有效的命题，然而，那些在凌晨若干小时思考中形成的被日渐高涨的人文主义所必需的主张，似乎还是略显浮夸。比如，那些被文学这一至高无上的高雅学科拒之门外的人们——他们无疑构成了社会和历史的主体，但他们并非以强取豪夺而为人瞩目，或者换言之，即便他们的确如此，也不能心安理得地说他们有此倾向是因为对亨利·詹姆斯的无知。况且还有一个更加令人不安的问题，即那些毫无疑问深谙文学文化之人，似乎并不觉得那跟指挥屠杀犹太人的行为有什么不相容之处。因此，自由人文主义者的幻想相应地孕育了对自身的否定，简直如影随形——与他们的假定共享一种基本结构的批评家们陷入了修辞性的幻灭，在其理论日渐坍塌的过程中已经无路可走，只得借助冷酷的历史现实主义摆出一副贵族式的保守的虚伪姿态。随着资产阶级人文主义堡垒的部分塌陷，批评也日益被迫超越它的经验论者与直觉论者的实践，采用某种"长远视角"——有些问题域尽管跟经验主义或多或少有些兼容，但毕竟不那么受制于不切实际的希望和错误的主观主义。**流派**、文体风格、神学、精神分析、结构主义：虽然这些方案在当代英国都是尝试性的，然而体系建设已经开始了。

当然，还有历史唯物主义。毫无疑问，我们所亲眼见证的西方自1968年开始日渐复苏的对马克思主义批评的兴趣是有意识形态的决定因素的。确认它自身的历史决定因素是马克思主义批评的任务（事实上正是以我已经简要列举的所有的这些批评方法），可是要证实其合理性却并不等同于此。而就马克思主义而言，这一论证尤为困难。因为历史唯物主义的成与败都是由于它主张它不仅不是一种意识形态，而且还包含了所有意识形态的产生、构成以及消
17 亡的科学理论。简言之，它将自己置于那种竞争性的“长远视角”的范围之外，以便从理论上阐明它们的可能性条件。这确实看起来有些不公，是在灵巧方便地以独占的优势将各种批评方法统统收服。马克思主义批评也不会仅仅因为它与经验论者和直觉论者的批评手法的不相容而更受欢迎；在那些意识形态上至高无上的价值观侧面切入或者单独保存方面，它不如其他那些“长远视角”的灵活性强。

批评并非一门不谙世故的学科，向来不是。马克思主义批评的一个分支正是要深入探究批评的历史本身：提出类似某种文学批评是在什么条件下产生，以及在哪里结束之类的问题。这是因为，批评是有史可循的，而且并非只是批评实践的随机搭配而已。虽说文学是它的客体，却并非它的唯一出发点；批评的产生并不是针对文本的存在事实予以的自发反击，而是与其阐释客体的有机结合。它有

着自己相对自主的生命，自己的法则和结构；它形成了一个内在的复杂体系，该体系与文学的体系交错而生，而非它的简单折射。它会基于某些特定条件而横空出世，然后又倏然消失。并非所有文学都需要批评横加阻拦；不过的确会有某些时刻，诗歌是必须加以解释的。在构建批评的历史时，我们不是要沿着一个直线寻找剥落的踪迹，历史的进程并不规则：**批评**的历史处于争议之中。我们首先要追寻的是该特殊历史“空间”的决定因素，这些因素使得这一对象的出现成为可能并确定出它与其他因素的同步话语关系。批评的历史这门科学就是产生那些批评的历史形态的科学——那些批评反过来又产出了作为它们的客体的文学文本，即“批评的文本”。

一种物质或精神实践开始“思考自我”的时刻，开始把自己作为知识探求的客体的时刻，在那种实践的发展中显然意义极为重大；当然，它再也不会跟从前一样了。迫使一种实践陷入自省的不单单是内部的压力，而是它与相邻话语形成的复杂的统一体。书写历史，批评或精神分析，*18*
政治经济研究，落体或承诺的行为，都不是“自然”的活动，不是“人类好奇心”的随机结果。它们发生于历史上那些具有决定性的自省空间，一种相互接合标志出知识、控制以及意识形态建构的所有的可能客体的空间。需要说明一点，这并不是说要把所有这些实践都**归结**为意识形态方面：毕竟万有引力的合理性跟18世纪英国意识形态结构没有什么关联。毋宁说，它是意识形态内部催生的科学话语的产物，并且在该意识形态建构中起作用。这种自省的时刻未必就标志着**科学**的诞生。当历史作为历史编纂学、物质生产作为政治经济、司空见惯的行为作为哲学或心理学开始“反观自身”，由此而形成的思想和现实之间的断裂并不是对一门知识的确证，尽管它是一种知识诞生的先决条件。它很可能只是一次“临时的”断裂，正是通过这个裂口，实践与其自身才能更加紧密地结合。事实上，这种情形的确在批评的身上表现得尤为明显。因为，批评与其客体的自我疏离不过是虚晃一枪——只是与其更彻底结合的前奏而已。它与客体的分崩离析只是一种知识的滑稽模仿——是更亲近地“占有”、与它融合为一的一种手段而已。批评的最终结果是在文本面前隐匿自我，间接地让它自身令人生厌的“技巧”自然化，并通过它的能量诱导出文本自身的“自然性”。在一个相互强化的漩涡中，文学文本使经验变得自然，批评实践祛除了文本的匠气，实践的理论使批评“自然”。作为一种元文学实践，一种文本的**隐喻**，文学批评会大肆渲染文本在思考其自身可能性条件上的无能，并打着知识的幌子一再重述那种孱弱。在一种阐释的形式下，批评使文本必需的自我盲视合理化了。批评与文本之间的正式关系类似于部落中的吟游诗人和他要为之歌功颂德的国王之间的关系，或者资产阶级政治经济学家和资本主义生产商之间的关系。在每一种情形下，话语和现实之间的“离析”都恰似同一事物的幽灵：话语的功能不过是它的历史境况的自觉意识而已。这也恰恰是批评的功能——提供条件让文本了解自我，而不是提供条件让 *19*
文本所不知道也不可能知道的东西得以被揭示。

诗歌必须得到辩护的时刻在英国文学史上正式始于菲利普·锡德尼爵士的《为诗辩护》。当然，锡德尼为之辩护的诗歌是一套与明确的意识形态价值观不可分割的机制，即对那种在戏剧中混杂了日益下滑的社会阶级趣味充满敌视的宫廷古典人文主义价值观。对于锡德尼而言，文学是一种强大的意识形态工具，用以灌输合乎他所代言的那个霸权阶级的价值观的美德；正是由于这一原因，首先要从一种独断的资产阶级清教主义批评中对它加以保护。锡德尼的文本标志着意识形态繁荣时期的落潮，宫廷和清教徒的元素形成了合体；在那个经济上动荡不定、宗教上危险重重的16世纪90年代，唤起为诗辩护的最初压力此后不久便突然爆发，以至于那个意识形态的合体越来越受到质疑。不过，只有在那一次突然的爆发发展成革命的危机，又在内战的另一边消退之后，下一个重要的批评思潮即所谓的“新古典主义”才终于应运而生。批评又一次成为了至关重要的意识形态工具——不过这一次是用来争取巩固一种意识形态结构，以将构成霸权集团的那些社会阶级的矛盾统一体永久封存。在秩序、均衡和规矩的驱使下，在对自然和理性这一有社会凝聚力范畴的需求中，在将社会生活简化和规范为一系列有序的行为的需要下，历史又一次选择了将批评用作此项工程的范式和工具。为了将新的阶级和派别吸纳成文化的统一体，以达成社会品位的共识，构建共同传统并传播共有习惯，批评成为了一整套意识形态体制的支撑点：杂志、咖啡屋、美与社会论著、经典翻译、习惯与道德指南。同样，还是随着这一体制的渐被冲蚀，就在送别 18 世纪的那场革命风暴中，又有一种独特的批评语料库脱颖而出。在那种“不受拘束的”、平等主义、平民主义和个人主义的浪漫主义美学中，批评再一次成为了阶级斗争展开意识形态角逐的特殊地带。在一种新的保守主义塑造中，它同样重要，正如柯勒律治后期作品所验证的
20 那样——源自有机社会构想的艺术作为一笔重要遗产一直传入 19 世纪。

我无意在此处追踪这一变迁；倒是会在本书的第四章里探讨其中的某些方面。此处的简要点评之意也并非暗示批评不过是其意识形态重大时刻的影射而已。批评属于意识形态的美学领域，该领域在一定程度上拥有整体的自主权。但是，一种批评的出现（文艺复兴时期的人文主义、新古典主义、浪漫主义、自由人文主义）意味着那个领域

与其他领域在一定意义上的接合——在这种接合中，美学领域在整个意识形态建构中呈现出非比寻常的优势地位。倒不是说美学成了意识形态的主导领域，而是说，它作为那种建构主题的一个有特权的持有者被“置于最显著的位置”。自然，也不是说在这样的时刻，美学仿佛褪去了体面的修饰而成为“原生意识形态”：根本就不存在此等现象。恰恰相反，尽管每每此类时刻各种文艺美学开始谈及远远超出自身的问题，与政治、伦理以及宗教势力公开营朋结党，它们这样做完全是依据源于自身内部的争论、需求和传统。它们在意识形态方面的功效仍然流于**美学**方面，而事实上，这恰恰是它们的威力所在。这是因为，由于种种原因，美学是一种特别有效的意识形态工具：它观点鲜明、直观且凝练，既能在本能、情感深层起作用，又能作用于最表层的感官，使自身与自发体验的原料以及语言和态度的本性缠绕在一起。也恰恰是由于这个原因，它才能够纯化自身，并以意识形态上的清白毛遂自荐，但这种方法在意识形态的政治和司法领域却不那么奏效。在意识形态的历史内，美学的相对屈从不能以其自身的不足来解释，而是要用社会形构中的其他因素来解释——其中最为显著的是那些蛮横地将大众排斥于艺术之外的物质上的和意识形态的力量。

因此，“批评的历史”只是一整套特定意识形态建构历史的一个方面，其中每一种形态在本质上都是紧密衔接，以使某些批评实践作为一种特殊的对其他层面有多元决定影响的范例而具有了特权。批评的历史这门学科就是研究
21 文艺美学的这种多元决定的历史决定因素的科学。

从这些综合考虑回到20世纪英国文学批评就不免会再次想到《细察》所表现出的强有力的意识形态契机。然而，特别是在20世纪30年代，《细察》有了一个以时断时续的、特别参差不齐的主体形式出现的唯物主义批评的对手。《细察》虽然还有这么一个名字从那个时代存留下来，但诸多的书写形式如今仅仅成了历史兴趣，这是我们目前所面临的进退两难境地的一个方面。谁是主要的马克思主义批评家？克里斯多夫·考德威尔，当然是他啊！正是在这种恰如其分的提问和回答中，当代英国马克思主义批评的问题被巧妙地提出来了。但即使考德威尔是马克思主义批评最主要的开创者——至少他的计划在全然不惧、非凡抱负方面是“主要的”——，事实上，除了有着负面影响外，从他身上能获得的东西寥寥无几。并不是说我们只能向英国人学习，或者说考德威尔的局限性就是他自身。他与大部分欧洲隔绝开来，甚至在他自己的社会中保持学术上的特立独行，他受到斯大林主义和理想主义的渗透，并缺乏一种“上层建筑理论”，尽管如此，考德威尔仍然坚持着这

个在历史上看不到希望的任务，即在极为不利的条件下创作出一种完全成熟的马克思主义美学。他的工作承受着那种自相矛盾事业的所有的创伤：理论思考离奇古怪，思想洞察随机镶嵌，受到异己领域内外的狂热攻击而被推到风口浪尖，理论上散布着令人恐惧的庸俗。如果说考德威尔缺乏一种马克思主义美学传统，那我们步其后尘，这种美学传统同样也是缺乏的。

然而，经过一番奇妙的历史曲折，马克思主义批评或许不会再通过它之前所经历的连续性来发展自身，更精确地说，是通过回避自身来取得发展。当雷蒙·威廉斯在20世纪50年代早期开始写作的时候，作为对庸俗马克思主义、资产阶级经验主义以及浪漫理想主义进行重组的30年代的批评主义，其所产生的影响让他几乎一无所获；他曾在《文化与社会1780—1950》中讽刺性地评论说，考德威尔在大多数情况下“甚至不够具体到足以犯错”。马克思主义不可避免地**曾**对威廉斯产生了影响：马克思主义和《细察》
对他理论的早期发展确实提供了生成性的影响。《细察》由 22
于其倡导的精英主义在整体观点上受到了拒绝；马克思主义或许成了更让人感兴趣的理由：

> 对于马克思，人们可以接受对历史、变革、阶级与文化之间不可避免的密切关系的强调，但是从另一

> 个层面上而言，这种表现的方式是不可接受的。在这种境况下，存在着一方面是经济生活另一方面是文化的两极分化和抽象意义，这对我而言无法像生活在其中的其他人一样，对文化社会经验做出回应，而是一个人试图独自生活在其中。①

结尾的构想令人好奇：确实，没有人曾把基础/上层建筑的区分看作是一个**经验**事件。然而，确切来说，恰恰是这种对经验的坚持，这种对“有生命之物”的热情的溢出，为威廉斯的**全部作品**提供了核心的统一的主题——同时也让他的作品立即获得了巨大威力并产生了强烈的局限。我在对自由人文主义提出质疑后，曾对一些批评结果做简短评论，但有一点遗漏了：在威廉斯作品中出现的一直作为主要范本的或可被称作为“左派利维斯主义”。上述引证所暗含的关于马克思主义的负面判断是怎样在转弯抹角的利维斯主义术语中得以具体化，这无疑是显而易见的，而此时此刻，文本中那种情形本身也受到了严厉批评。威廉斯的事业，用饱含情感的措辞来形容是一个终生的事业：不仅仅是他一生中唯一的工作，而且是由错综复杂的内在逻辑

① 特里·伊格尔顿和布莱恩·维歇尔编：《〈从文化到社会〉评介》，伦敦，1968年，第28页。

和晦涩难懂的结构统一在一起的**毕生之作**，是深深固化在一个历史个体经验之中的具有争议的产物。他的文学风格充分显示出了这种方式—— 一种精心设计的正式的众所周知的话语，这其中具有抽象意义的习惯已经成为了本能的反映，一种缺乏所有锋芒和韧性的空虚失重的变幻术。在这种修饰、调节和权威中，具体详细的说明变成了一种伪装，只能通过那种普遍性的网格来模糊地理解。然而与此同时，他毫无趣味的停顿、生硬的修辞，例行公事地使用一堆关键术语，看起来不像公众普遍使用的概念，而是私人的发明创造，这一切暗示了一种真真切切的强调个人发 23
言权的行动。起初看起来是瞬间的学院风格的呆滞语言，事实上是展示个人表演、复杂话语和自我论述的舞台。封闭的私人习语被熔铸进公众的雄辩：这雄辩的声音逐渐融入到它的权威性的抽象中，与此同时，它通过纯粹的特质、规矩而又坦诚地对自身真实性的信任让人感到震撼。它以一种极具防御性的、秘密而又固执己见的风格装扮成一种平静的、几近奥林匹亚式的客观来展示自身（尤其是在螺旋式的修辞风格的饰语中）。它是一种自我告白，同时也是一种自我隐藏的方式—— 一位思想家在学术上的孤立已经达到了行事古怪的程度，结果产生了关于自我防御和自我辩护的某些复杂话题，但这丝毫没有影响他还是毅然决然将自己的经验作为历史典型。这样的话语依赖于一种难得而又勇敢的简单信念——让人想到作为**同类**的华兹华斯和叶芝——最深刻的个人经验可以毫无傲慢自大和个人独占地被作为社会"典型"提出来，在某种程度上，它是考察《文化与社会 1780—1950》的社会批评家们所发出的声音；而且事实上那份工作的关键在于威廉斯并非在有意识或受到干扰的情况下，而是含蓄地利用每个主题去做的，让他自身成为他所追溯的谱系的最新人物或充当他戏剧中的一个角色。

因此，威廉斯的成就在于他对他个人经验的隐含意义的不懈追求，并达到了让这些经验作为方法、概念和策略能够有机呈现出来的程度；自然而然地，这是人们想从一位社会主义思想家身上所期望得到的东西，这位思想家一直以来首先是剑桥大学所培养出来的一名文学批评家。像考德威尔一样，威廉斯被严厉地剥夺了建构一种社会主义批评的各种素材——事实上，他在《文化与社会》中被迫诉诸的社会传统成为了几乎统一的政治反应之一，这是那种剥夺的极具冷酷性的讽刺标志。对他来说，英国马克思主义可资借用的仅仅是学术上不甚相关的问题；如果马克思主义批评的确产生于英国社会，人们或许也会面临类似威廉斯在他自己时代抵制它的这一事实的悖论。他所做的这一切几乎都是独立完成的，他通过汲取个人资源，不懈努力，没有获得任何有效的合作和制度上的支持。那种毫

不松懈又始终不渝的劳动所产生的丰硕成果成为了英国历
史上最富影响力和最复杂的社会主义批评主体——在英国 24
历史上甚至绝少有能与其媲美的批评，在对卢卡奇、本雅明和戈德曼的美学作品进行比较评价时就一定会提到他。这足以说明任何试图逃避承受威廉斯作品所带来的重大影响的英国马克思主义批评，都将会发现其自身是严重残缺和不足的。威廉斯一直以来都是英国的先锋人物，而且同每个先驱者一样，他现在必须要屈从于那些他能够表明态度的批评。如果我能在这里表明一下我个人观点的话，我特别幸运能够与威廉斯作为同事亲密共事几年，并一同经历了很多社会转折。接下来所做出的必需的严厉批评是出于同志般的友谊和真诚的信任。

如果说考德威尔缺乏一种传统，威廉斯却并非完全如此：从本质上来说，他不得不支持的就是《细察》这样的作品。他自然地会摒弃那种情形所带来的政治结果，这是在很久以前当这些结果以其自身形式存在但还未完全成熟之时，他就已经认识到并与之进行过斗争的；但是那种批评的**现象学**基础是与他自身尤为息息相关的。作为一个威尔士工人阶级家庭的孩子，从一个极度封闭的受到支持的乡村社区进入剑桥大学，阶级、文化、政治和教育等这些他所面临的问题同时也以他个人的措辞表达出来，这恰恰与这种独特的资源和他的个人身份是不可分割的。他的特殊的社会转变让他成为了独特社会构成中某些传统矛盾承受者的“典型”：无产阶级和资产阶级、地方与首府、乡村与城市，以及同一地区的农业劳动者与工业劳动者的差异，这是由于他的家庭环境涵盖了这两方面工作的缘故。《细察》坚持社区、传统、道德观和以“有生命的人”为中心，并以此作为个人身份能够被探讨并加以政治化概括的学术概念。他早期关于戏剧的作品，将这种观念作为“情感共同体”和“过程共同体”来描述戏剧与观众之间的关系，这要直接归功于《细察》；但是，正是由于此，他无法走得更远，甚至无法抵达他所追寻的特定目标。这种局面的部分“破解”是由于《文化与社会》，在这部作品中，威廉斯力图拓展并连接（他写作中的症候术语）与《细察》的政
25 治观点根本对立、在很多方式上一直是利维斯主义的“社会主义人道主义”的观点。事实上，这部作品必定要展现出威廉斯不得不采纳的唯一可行的传统——19 世纪英国浪漫主义的“激进—保守”世系，并从中提取出那些能够嫁接到“社会主义人道主义”的“激进”元素。也就是说，那些被提取出的“激进”元素——传统、共同体、有机组织、成长、整体性、连续性——是与平等的社团主义者和工党的革命性话语息息相关的，以至于一种语言的机体论复制并阐述了另一种机体论。于是，这部作品为了达到自身的目的，自相矛盾地再现了 19 世纪浪漫主义的“激进—

保守”意识形态的资本主义发展——只是这一次讨论的最终目的是社会主义。当然，它能够做到这种地步，是因为工人阶级运动作为一种历史事实深刻影响到了正处于讨论中的卡莱尔的和罗斯金式的意识形态。正是由于这本书再次**发现**了那种传统，并为意识形态贫乏的工人运动提供了具有丰富的道德和象征意义的遗产，像19世纪的英国那样，那种传统成为了工业资产阶级的意识形态支柱而有了用武之地。当然，这种策略是完全能够实现的，因为事实上浪漫主义和工党主义意识形态二者都在某种程度上与资产阶级霸权存在矛盾；但更准确地说，偏爱之心也使二者相互结合。没有一种传统与资产阶级国家权力是纯粹敌对的：前一个通过把它在“人道”方面恶劣影响的政治分析置于一种道德和理想主义批判来保存它，第二种则乞求在其中能够找到容身之地。这本书所做的就是将劳工运动的改良主义神圣化，把它上升为道德和文化合理性的新高度，并主要从最具根深蒂固的政治反应传统中为其描绘价值和象征的含义。

由于它的雄辩和参与，于是《文化与社会》实际上就成了一个理想主义者和学院派的规划。它只有通过在体系上忽略它所要处理的关于传统的保守特征才能维持它的观点——这种明显的忽略体现在对一些特殊的作家（尤其是卡莱尔、阿诺德和劳伦斯）极为偏颇和扭曲的阅读中，这些作家被剥夺了他们的真实的意识形态**基因**，通过有选择

性的引证和情感上的误解被操纵成一种“社会主义人道主
26 义”的始作俑者。(此时威廉斯在另一种语境中写到，在科贝特、狄更斯、罗斯金、莫里斯和劳伦斯这些人中，除了罗斯金外，他们都反对道德上的家长制，他的这种判断简直是不准确的。)①资产阶级的意识形态传统（威廉斯从“人道主义者”的立场上一直坚持反对这个概念）除了还有一两种例外形单影只地存在之外，其**进步**因素在结果上已经成为过往。甚至从更根本上来说，“文化”本身就是一种**意识形态**术语的这个事实注定是要消失的。威廉斯带有早期新左派特征的著作，趋向于将各种富有成效的模式、社会关系、伦理、政治和审美意识形态危险地糅合在一起，并将这一切融入到一种空洞的人类学意义上的“文化”的抽象之中。这样一种融合不仅废除了任何实际上的优先权的等级性，将社会形态削弱成一种“循环的”黑格尔派的整体性，并在萌芽时期就将其政治策略击溃，然而又不可避免地让那种社会形态**过于主观化**。② 最终所有的结构都以

---

① 《英国左派》，载《新左派评论》，第 30 期，1965 年 3— 4 月。

② 威廉斯的最新作品已经在此观点上显示出了进步性：他此刻清晰地认识到这种“总体性”概念的危险性，并坚持这种主要判定的必要性（见他的《马克思主义文化理论的基础与上层建筑》，载《新左派评论》，第 82 期，1973 年 11—12 月）。但他单独提出来的主要判定是“意向”—— 一个特殊的统治阶级的目标。也就是说，总体性是目的论的。通过这种方式的明确表达，威廉斯恰恰停留在他一直试图逃避的历史主义者的不确定性方面。

“有生命的”为本质浓缩到一起：既然达成共识的是他们全部的经验，那么经验同时也成了那种结构上真正“同时性”的确证。《文化与社会》的标题曾经被指出是对《礼俗社会和法理社会》的无意借用；但是威廉斯并未认识到这种生动对比所揭示出的“文化”的意识形态意义。尽管他意识到了这种在利维斯和艾略特掌控之下的政治倾向，但似乎还相信将这种“中立的”范畴从一直以来的意识形态滥用中挽回是可能的。正是这一点使他提出了作为一种意识形态的文化的单纯定义，即“整体生活方式中各要素之间的关系研究”①。有机主义者和生态学之间的距离比他所想象的大大缩短了。《文化与社会》是一部在“放置”传统的行为中放置自身的作品；工党主义与文学理想主义的杂交是他批判性地评判那段特有历史的产物。因此，准确地说，27
它所提供的“解决方式”正是问题所在。

总体来说，民主主义作为劳工运动现存着的文化逐渐延伸到社会中，是一种阶级意识形态（团结）与另一种形态（自私自利的个人主义）的相互对抗：自由知识分子报以如此大的热情对《文化与社会》做出反应是不足为奇的。（而且，如果再补充一点，它已进一步变成了威廉斯所表露

---

① 《文学与社会学：纪念吕西安·戈德曼》，载《新左派评论》，第67期，1971年5—6月。

出的那种无礼和困惑。）威廉斯在《传播》中摒弃的“制度的破坏随即又被革新，并在某个特定点上被及时想象出来”，受到了用“漫长的革命”（这是一个刻意地以矛盾修饰的词组）所概括的古典“中间派”立场的还击——渐进主义者以及持有广泛“分享”观念的乌托邦也如此。政治的渐进主义与认识论的理想主义是不可分割的：因为如果意义和价值是在物质生产的基础上被赋予的，那么社会变革的“过程”不可避免地会成为改变那些意义的复杂又持久的事情。① 如果涉及“整个社会进程”（被认为是一种“循环的”整体性），那么复杂性和持久性就会变得更加强烈。但是还不仅如此：它也关乎维持一种复杂的历史连续性，吸收新的现实到已经逐渐形成的传统之中，就像是艺术的情形一样。新的艺术作品“不得不适应我们整个的组织”②：它是巩固既有的意义的艺术，而不是破坏和推翻它们的艺术，这是威廉斯典型地加以强调的。在《漫长的革命》中，理想主义的认识论、有机主义美学以及社团主义社会学三者在逻辑上是相互协调统一的。

---

① 自然而然地，并非是威廉斯忽略了制度的变革——而是这两个过程被看作是单独实践的状态，因此在《漫长的革命》和《传播》中，他认为制度的变革也是就渐进主义和经验主义而言的。也许有人会说，问题是这其中的关系被认为是“辩证法的”，而不是“不对称的”。

② 《漫长的革命》，伦敦，1961 年，第 35 页。

这三者的根源都是一种浪漫主义的民粹主义的形式。威廉斯的政治渐进主义依赖于他对**此刻**个体创造“新的意义和价值观”的能力将会延伸（在未来的某个无法确定的点上?）到社会主义这一事实的根深蒂固的信赖。新的价值观的创造在事实上只有通过革命的破坏才**能够**发生，这被他作为一种对现今情势的描述所复述出来。的确，如今不仅仅是男人和女人**能够**创造出这种意义：简单地说，他们自始至终都是在谋生计中这样做的。这种对人的能力的极 *28* 大崇敬，转变成了反对那些保守的愤世嫉俗者和自由的怀疑论者的良好的论战效果，并引起了对先进的资本主义结构的强烈误解。即便是以一种控制和偏狭的形式，威廉斯在一种“共同文化”**需求**方面的信仰还是不断与对它的当前**现实**的主张相互交叉和混淆的——这是一种他无法放弃的观点，这样做对他而言似乎是不得不屈从于对他出身的阶层的愤世嫉俗又卑下的评说。这是在他的格言“文化是普遍的”之中所表现出来的态度。在叙述他自身从威尔士到剑桥的社会转型中，他迅速强调它的**常态性**——一个人作为诗人、学者和教师从社区中迁移出去是惯常之事。[①] 他直接反驳了那种让这种迁移成为普遍的阶级划分的教育体制，最终政治辩论家被民粹主义的论调有效埋没了。威廉

① “文化是普遍的”，出自《信念》，N. 麦肯齐编，伦敦，1959 年。

斯经常诱使自己陷入抵抗有害霸权的矛盾境地，那种霸权的权力是他极力否认的，因为如果他不这样做的话，就意味着“普通大众”终究不会成为“意义与价值”的真正创造者。“……无论是在一般意义上来说，还是就具体的艺术和信仰而言，参与到意义与价值的创造中的没有一个是特殊的阶级或者是特殊的群体。这种创造不可能存留在少数人当中，无论实践中的天赋是否是这样被保留下来的：在某个特殊时刻，一个民族的特殊的生活形式所具有的意义，似乎是来自于他们整个的共同的经历，而且也来自于复杂又普遍的接合。”① 对此简单的回答就是，的确有这样特殊的阶层和群体，**他们的**有效性是通过“共同经验”的“意义和价值”在很大程度上就是意义和价值这一事实确认的。

威廉斯思想中的这种困惑可以从三个明显的例证进行考察。第一个涉及他对众所周知的“大众”概念的批驳：“事实上并没有大众；有的只是将人们看作是大众的方式。”②在这样一种保护“人们”不受他认为是犬儒学派操29 纵的抽象中，威廉斯用一种革命斗争的理论手段与自由人道主义的短期改变做了交易。因为经由工业资本主义的个

---

① 《文化革命》，第 28 页。
② 《文化与社会 1780—1950》，第 289 页。

人集合是他们在政治上获得解放的物质条件；并且毫无疑问的是，在拒绝接受"大众"的资产阶级定义方面，威廉斯也坚决反对和它一起产生的革命的定义。男人和女人现在实际上是独一无二的个体，这是威廉斯的（无懈可击的）坚决主张；但是这一观点是以理解政治上的事实为代价的，即他们必须聚集起来一起抗争来实现他们作为完整的个体的人性。只有适应威廉斯的"事实上并没有阶级；而只是存在将人们看作是阶级的方式"这一观点才能揭露其理论上的缺陷；因此威廉斯也的确在这样逐步重写它，此时他在《漫长的革命》中辩称："我们可以将个人按照特殊的阶级、民族或种族进行详细分类，从而作为拒绝他们进行个体识别的方式。"①阶级，如大众一样，似乎是一种观看方式的虚构；而我们受邀用一种观看方式去代替另一种。

在威廉斯的第二本小说《第二代》开篇的几段中，关于"政治现实"和"基本人性"之间存在着相同的困惑：

> 今天，如果你站在城镇的道路中间，你仍然可以看到两条道路：向西可以通向大教堂和学院的尖顶和塔楼；向东可以通向汽车制造厂的院落和棚屋。你看到的是不同的世界，但它们之间没有边界，只有单一

① 《漫长的革命》，第96页。

> 的这座城市的活动和交通往来。①

物质生产劳动和智力劳动的分工是真实存在的吗？这“单一”的城市的分割也是事实吗？或者这座城市只是出现劳动的分工现象的一座城市？当然，还不仅仅只有这些，小说能将这一切表现得清清楚楚；但是对城市在**本质**上统一的强调是有启发的。存在着各种不同的世界，然而或可说只有一个世界；的确有一个边界（就在城镇本身的道路之间）存在，然而或可说根本就不存在边界。当然，这就是一个**城市**完全真实的存在，地理上的图像也方便地解决了一种真实的矛盾。由于威廉斯想要从“普遍的共同人性”角度来坚持这种分类的**手法**，他同时也呼吁那种分类的社会现实性。一种类似隐喻的策略在这部小说的最后段落出
30 现了，狂风从威尔士的山脉间猛烈地扫向英格兰，无情地席卷各个学院和汽车制造厂。风知道没有边界——风的运动是一个整体，将小说中分割出的相互分离的区域凝聚成一处独特的场景。小说在对这种场面的描述中戛然而止：一个四分五裂和支离破碎的社会已经展现出了**本质的**统一性。

在威廉斯的作品中，这种边界是如何“真实”地存在

---

① 《第二代》，伦敦，1964 年，第 9 页。

的一直是含糊不清的：它立即成了他最核心又最模糊的隐喻。在某种意义上说，边界不可否认地就存在那里，在威尔士和剑桥之间、在汽车制造厂和大学之间、在乡村和城市之间、在民主和独裁之间、在公共和个人之间开辟出一条道路。但是由于此时的社会形态大体上是单一的“文化”，边界便没那么真实，而且不管怎样还是可以相互交融。人们可以将此想象成将“水平的”边界转变成为“垂直的”角度——不是将一种“文化”与另一种区分开来，而是将文化、将数百万人的“普通生活”与凌驾于其上、与之相异的霸权阶层区分开来。作为另一种选择，人们可以将这种边界想象为在一条路上是“真实的”，而在另一条路上是“不真实的”：在阻止主流文化对传统社会的渗透和污染方面是足够真实的，但是就其正确恰当地从那种社区跨越进整个社会而言又是不真实的。在这方面，威廉斯自己对他的第一部小说《边界乡村》的写作的评论是很有趣的。他写到，那些认为他小说中的那个通信兵哈里·普莱斯就是以他父亲为原型的读者实际上弄错了，事实上他所做的是要将他父亲全身心致力于工作的那种品质抽取出来，融入到普莱斯的性格特征当中，并将其更焦躁不安、社交上善变的特性融入到那个经销商兼政客摩根·罗瑟的形象之中。至于这种价值观分裂的原因，他声称是需要有一种

关系来生动表达他父亲这样一个内心充满矛盾的人的全部复杂性。①我的意图绝不是要说明威廉斯在他要这样做的目的上撒谎；但很明显，在这部小说中将品质进行分割是有着怎样的一种效果，它让普莱斯成为了一个在乡村社会中拥有最完美价值观的、几乎完全令人崇拜的典型代表，并将他与罗瑟身上所表现出的那些相当不受人赞赏的性格特点分离开来。毫无疑问，处于两种矛盾价值观倾向之间的
31 “边界”在共同体内部被内在化了，但是在社会的主要典型代表身上它并没有达到内在化的（历史地精确）程度。就哈里·普莱斯这样一个**理想化**的人物形象来说，“边界”在保护他所化身的价值观不受霸权文化影响方面发挥了作用。正是在普莱斯的儿子这个人物形象上展现了这部作品的内在局限，这个人物已经超越了他。在这种意义上来说，《边界乡村》展现了以威廉斯民粹主义为表征的“共同”意义和“霸权”意义之间的对立关系的逐渐削弱。

我试图去界定的矛盾在《现代悲剧》中以不同的形式突然涌现出来。在那部作品中，威廉斯谈论了与悲剧概念有关的两种密切相连的观点。第一种认为悲剧并非隶属于一个精英分子、一个特别的超自然事故、一个形而上学的事件，或必然地隶属于一种“世界历史”的行为。悲剧是

① 《乡村与城市》，伦敦，1973 年，第 299 页。

人类社会生活共同本质的一部分：它不仅仅指贵族的死亡，也可以是一场矿难，或是一场失败的人生，或是路途中遇到的各种坎坷。威廉斯所采纳的第二种观点认为，悲剧能够通过人们努力改变让人无法忍受的各种条件而被历史性地克服——目前我们甚至正处在漫长的全球革命的悲剧行动当中。这两种情形深深地嵌入威廉斯的人文主义之中：首先是作为一个美学概念的一种有益的“民主化”被上流社会的专业学者妒忌性地剥夺了；其次是这种观念的必然政治化。但是这两种情况是彼此不相容的。如果有人为了“世界历史”中的武力冲突的矛盾而保留“悲剧”这一术语的话，那么的确有可能说这些能够被历史性地超越；但是，如果同时将悲剧的理念回归到共同经历的地方性的偶然发生的暴力事件的话，那么，这些矛盾是否也能够被绝对地超越，这无疑是问题重重的。再一次，威廉斯慷慨的“民主”冲动至少在部分意义上而言与他对政治现实的估计产生了矛盾。

于是，威廉斯早期作品中的隐含意义就很明显：“共同文化”在某种意义上来说已经存在，但是遭到了“暴力和欺诈”的反对。①事实上，人类**的确**创造了他们共同的意义和价值，但是这种共同的过程由于政治霸权的强加而受到

① 《文化革命》，第297页。

32 了阻碍和分割。在“共同”的概念下，这一主题从“事实”到“价值”有了逻辑上的转变，从而宣称是个人一起创造了他们的价值，而不说是他们创造了合作意义上的价值观。这也蕴含着一种意识形态的本土的历史主义观念，将其还原成霸权阶层自上而下强加于社会形态的单一世界观。要不是因为如此，这种得到了“数百万行动”① 辅助的已经逐渐向“参与”延伸的隐含意义将会按常规发展，并畅通无阻地进入社会主义。社会主义也仅仅是资产阶级民主的一种**延伸**。还应当立即补充一点，威廉斯通过葛兰西发现了一种更为复杂的霸权概念，此刻他已经——最终——拒绝了这种构想。②

威廉斯残存的民粹主义根源在于他在社会形态观念上一贯的过于主观化。受劳伦斯形而上学的深刻影响，他总是珍视一种情感和理智的“整体性”—— 一种不止一次隐蔽地转换为社会想象的有机主义隐喻。似乎社会——“普通男人和女人”——是价值和思想具体化了的感觉主体——观念的充分有效性取决于他们追溯具体存在的直接参照以及感性生命的直觉所在。理性若非从生活经验中有机地涌现出来，它就有可能会受到质疑：这种老生常谈的

① 《漫长的革命》，第 10 页。
② 《马克思主义文化理论的基础与上层建筑》。

英国经验主义在威廉斯的作品中随处可见，它是从《细察》中继承而来的，而且他对大卫·休谟——如果不是他的赞赏人们不可能想到的一位候选者①——进行赞赏的其他方面也有表述。尽管对于这位最富有学术严谨性和奉献精神的批评家来说，这看起来似乎具有矛盾性，但是他的作品透露出了与马克思主义进行争辩中发挥重要作用的反理智主义的温和笔调——将实证主义误认为科学性，让他不仅与《细察》的目光短浅方面，而且与卢卡奇和法兰克福学派的浪漫主义“反科学主义”方面都有所关联。在对戈德曼的作品进行赞赏时，他富有启发性地评论道：“我同时了解到，那（戈德曼的作品）一直被指责为异端邪说的，是对 33
左派黑格尔哲学和左派资产阶级理想主义的回归等等，这一切恐怕并没有羁绊住我。如果你不在教堂，就不会担心异端邪说；唯一真实的兴趣在于实际的理论与实践。”② 人们几乎能够看到得到宽慰的自由读者所写下的令人满意的旁注。假如威廉斯实际上对评价戈德曼在马克思主义传统中的地位这一理论任务并不感兴趣的话，那么其实他应该感兴趣；迅速做出实用主义转向去把握实际的工作（不管那会怎样，典型地受到“实际理论”的遮蔽），不能替代分

① 参见他的文章：《大卫·休谟：理智和经验》，出自《英国人的心灵》，H. S. 戴维斯和 G. 沃森，伦敦，1964 年。

② 《文学与社会学：纪念吕西安·戈德曼》。

析。这是《文化与社会》出现之前使用了十三年的技巧的精确重复，当时威廉斯在考察马克思主义美学的一个重要争辩的难解之处，他佯装失败，以放弃来与他的那些自由读者的歪曲的困惑达成妥协：“这是一场非马克思主义者决不会试图去解决的纷争。”①

那么，在威廉斯两部小说中作为核心存在的前工人阶级历史学家和社会学家（《边界乡村》中的马修·普莱斯，《第二代》中的彼得·欧文）都沉浸于知识分子的自我质疑—— 一种与他们试图分析的素材“经验性”地紧密联系在一起的自我质疑——也并非是偶然的。就小说对那种自我质疑方面的认可而言，是毫无疑问的——用一种同等的资产阶级“现象学”来反驳资产阶级实证主义社会学的方法。“我们开始思考我们生活在哪里”，是威廉斯开启他写作的具有征兆的措辞，②这一点是有价值的；但他忽略了那种必然将个人生活包含在内的更加关键的思维模式。这种主题的优势和缺陷在他个人创造出的“情感结构”——那种在社会结构的心理“预设”和它的艺术品所体现的传统之间充当中介范畴的价值和认知的牢固又无形的组织形式——这一概念中显而易见。实际上，这个概念所要指明

① 《文化与社会 1780—1950》，第 269 页。

② 出自《文化革命》，第 24 页。

的就是意识形态；但是在这里和其他地方一样，威廉斯独自再次发现了一种客观上的空缺的或者（正如在意识形态中所使用的定义）在理论上略显不足的本质范畴，这也正是他独创性的标志。《从狄更斯到劳伦斯的英国小说》充分 34
地运用了这个观念：对威廉斯来说，小说是人们通过发现新的形式和节奏，在各种认知和关系的有生命的本质中理解和重构社会变革的素材的同时，进而力图理解和吸收新经验的众多媒介之一。然而，在“结构”和“情感”之间可能出现的紧张，也是他思维局限性的标志。为了努力超越仅仅是经验主义者的或现象学的方法，例如霍加特的《识字的用途》，达到了超越一种“情感情结”观念而至于“情感结构”的程度，但他依然缺乏或许能更详尽说明有关那种结构的精确表达的理论术语。因此，它也只能重又回归到仅仅是一种“模式”的状态。也正是由于这个原因，在《漫长的革命》的最后一章，英国资本主义的结构分析滑入到了修辞习惯的印象主义评论中，甚至失去了最基本的方法。

“我们开始思考我们生活在哪里”：威廉斯思考的局限性的确是他的世界的局限。损毁他的作品的民粹主义和改良主义很显然是当时政治时期的产物。威廉斯所承担的知识分子综合体是一种革命传统的不可获取和工人阶级意识形态的匮乏强加给他的。在斯大林主义和改良主义之间孤立无援的困境中，无论是自身还是理论都与政治上趋于平静的工人阶级划清了界限，威廉斯所隶属的早期新左派运动被迫拼凑出折中主义的理论和策略，以回应政治“破裂”的客观事实（匈牙利和苏伊士）。在这一过程中，威廉斯对“文化与社会”世系的重新发现发挥了主要作用——一种将自身看作是挑战那一运动的政治惯性的工人运动价值的精神复原。然而，正如我曾经争辩过的，事实上那种挑战也再现了那种惯性的特有的意识形态缘由，并赋予它神话般的、具有象征意义的强有力地位。当时缺乏大规模工人阶级斗争（这种缺乏被核裁军运动的小资产阶级民粹主义所填充），以及文学上大量涌现出左派改良主义替代革命理论，在结构上都是相互关联的时刻。在威廉斯的作品中，一种范式的缺失一定会催生另一种。他的政治设想上的理想主义倾向是将左派改良主义知识分子与工人阶级相互分
35 离所产生的效果；但也是这个阶级本身的意识形态特性的产物，据此，尽管实现了那样的分离，威廉斯的作品也受到了浸染。他与工人阶级的知识关联立即变成了学院派的异化和意识形态上的共谋——一种革命知识分子与无产阶级之间的典型关联的拙劣模仿。当威廉斯在《五一宣言》中写到，社会民主政府已经“获得了我们的价值观并改变了它们”，那种足以引发道义上愤怒的语气就是在那些价值和社会民主主义之间未被察觉的结构上的共谋所明确发挥

的作用。还值得补充的是，作为早期新左派运动最后的战略性的“介入”（威廉斯的术语很富有说服力），“宣言”运动的崩溃几乎是可以精确地被预言到的。在新左派的“循环整体性”中，社会主义组织隐含的最根本的自由设想——“连接”“合作”“解释”“传播”“延伸”——从一开始在政治上就是枯燥乏味的。只有媒介才能在文学学者和现实政治之间提供临时的交叉点。1968 年5 月，是《宣言》以单行本正式出版的日子，它标志着比这种善意的学术作品更重要的政治时刻的到来，在这之前，它不可避免地被遗忘。

正是由于威廉斯知识分子生涯中充满着令人好奇的特征，以自己的偏颇、折中和怪僻的方式来写作，他才一贯先发制人地取得了重要的理论发展。在所有的根源中，他通过利用约翰·扎卡里·杨所达到的一种解释学意义上的现象学阐述，就是在那些新生事物中几乎凭直觉而进行“妨碍”的一个特别令人匪夷所思的例证。这几乎是他知识分子心胸狭隘的一种征兆——使用这个术语会让他觉得特别受到冒犯，对他来说暗示着一种不屑一顾的“大都市人的”嘲讽。但是我用这个词语的目的在于说得精确，而非完全批评的意味。威廉斯对他自己所处社会中的文学和政治的极为根深蒂固的继承，立刻为他整个事业的发展推波助澜，而且在其他某些地方使他更加接近于知识分子的演变。他一直习惯于带着某种专有的兴趣来瞭望欧洲，发现他自己独立创作的作品给他带来的那些反响。被法国人称为“**永续教育**”的作品就是他一直通过“文化”所要表达的意义；戈德曼的“超个体结构”也是他一直想通过“情
36 感结构”所意指的。并不是说他没有一次明确承认他的这些理论有所欠缺，而是他在将“异域”因素运用到本国语言方面给出了再确定不过的建议。这是一种类似于利维斯的知识分子的地方偏狭主义，在某种程度上也类似于卢卡奇，在这方面，利维斯自身也与他一样。威廉斯不仅在理论的唯心主义方面而且在美学偏好方面都与卢卡奇相像。在这二人一生所创作的大量文学作品中，诗歌是一个空白，这值得注意；除了威廉斯的早期作品《阅读与批评》之外，诗也只在他的《乡村与城市》中才能略见一斑，而且不止一次地降低为与历史文献无甚差别。这种明显的缺乏并非偶然：因为诗歌是马克思主义最重要的考察对象，也是准马克思主义批评在结构概括和历史抽象上最习惯经营的。如果卢卡奇是几乎将自己全部局限在小说上，那么威廉斯则是将自己束缚在小说和戏剧上——更明显的“社会”形式，美学和历史的关系以此形式相对暴露出来。于是，在这两种情况下，一个重要的方法论挑战只是被巧妙地规避了。但是即使在小说形式本身的范围之内，威廉斯也折射出了一种卢卡奇式的地方偏狭主义。并不是他也像卢卡奇

一样顽固地斯大林主义式地反对“现代主义”，他对乔伊斯的热爱本身就可以证明这一点；但在批评实践中，他或多或少表现出似乎和卢卡奇所做的如出一辙。他表露出的偏好在此意义上来说并非是他理论上所宣称的。《从狄更斯到劳伦斯的英国小说》对利维斯的《伟大的传统》是一种含蓄的回击，正如《现代悲剧》是对乔治·斯坦纳《悲剧的消亡》未公开宣称的批评一样；但它对利维斯文本的呼应与对它的反抗一样显著。这是对“英国传统”强有力的呼吁——确切来说，这恰好不是利维斯的传统，因为被嵌入了抑制性的链条（哈代），连续的链条因此被刷新，政治假设与利维斯主义的意识形态也产生了激烈争执。但即便如此，这本书也是从另一个可供选择的角度对“伟大的传统”的**重写**，而非对那个批评领域的整体取代。威廉斯与19世纪现实主义时期保持着意识形态的界限——这一时期可能是此类“小说”的范例——卢卡奇和利维斯也是如此；只不过在他那里，这种忠诚很少公开宣布，几乎出于本能而非挑起论战。这种忠诚的局限性在《第二代》中是十分引人注目的，它企图再造维多利亚现实主义的“总体性”形 37
式，提出当代社会的“整体社会进程”——实际上是发达垄断资本主义的《米德尔马契》或《荒凉山庄》。当然，只可惜它并不是，也不可能是。这部小说尽管有很多优点，但它还是呆板的、抽象的、过于臃肿和笨拙的，招致一种具有讽刺意味的判断，布莱希特在卢卡奇对传统现实主义形式的怀旧拜物教评价中对此也有所展现。

或许类似的情况也可以用于《科巴》这部作品，这是一部斯大林主义的悲剧作品，是威廉斯在批评创作的技巧方面富有勇气的创新，并在《现代悲剧》中作为最后一章被出版。《科巴》无法被看作是一部戏剧，因为它无法与现实主义和自然主义的模式做出果断的决裂。通过强调语言和编剧方面的试验性探索，果断的自然主义话语的延伸，不可思议的迟缓行为，这些因素毋庸置疑让它在诗剧和历史纪实的边缘犹豫闲逛。那看似有意作为某种历史表现主义形式的内容以学术案头戏得以呈现。威廉斯的理论预言仿佛再一次与他的真实情感出现了争执——仿佛他几乎出于本能的“英国现实主义”注定要与一种超出自身限定的智力和想象力展开斗争。从这个意义上说，他关于戏剧批评的大量作品都反复聚焦于从自然主义向后自然主义形式的历史转变的焦灼时刻，也许并非是偶然的。正如易卜生、契诃夫、斯特林堡和艾略特作品所表现出的，似乎这种僵持和陷于困境的时刻本身就是威廉斯自身情感内在张力的比喻。

的确，他作品中出现戏剧批评的地方是令人感兴趣的，甚至是令人着迷的。戏剧是他最早的两本书的主题（另一个是电影），自那以来一直是他持续关注的焦点，现如今已

成了他专门研究的主题。其中的一卷戏剧批评有规则地强
调了他的“社会”文本的生产。但是他作品中所论述的两
个主体内容之间的联系是不太容易解释的。《表演的戏剧》
与《从易卜生到艾略特的戏剧》同《文化与社会》、《漫长
的革命》之间存在着间接且又不稳定的关系：虽然有明显
的重叠部分，但实际上这两部作品的安排彼此之间也保留
着相对的自主性。当然，对戏剧的兴趣是对最“有生命
的”、最友善的文体形式的兴趣，它是研究与社会之间的探 *38*
讨焦点，对社会主义批评也具有明显的吸引力。然而，如
果戏剧批评的特征是对艺术作品的执着关注和对它的社会
历史的间或融入与间接参与（留给《漫长的革命》其中一
章的疑问），那么，在另一方面，“社会”的写作为了对社
会形式和概念进行详细的研究而经常出现用文学进行非法
的解释，是显而易见的。事实上，威廉斯在理论上假设的
这两个领域的统一还没有真正实现：一个在另一个有所损
失的情况下不可避免地要比另一个更“显著”。直到《现代
悲剧》出现，才将这两个路径上的疑问汇集在同一部著作
中：尽管在那里，某种程度上实际上是“书”的问题，而
非“文本”问题，是研究空间上的并列，而非统一的话语。
这种分离的秘密是双重的。首先，它在方法论层面暴露了
左派利维斯主义的内在矛盾。威廉斯从《细察》继承而来
并在《阅读与批评》中毫无疑问地进行复制的文本分析技

巧，对于结构探寻和概念论述是一种存在根本不足的方法：准确来说，其中蕴含着意识形态的力量。但是用更概括性的语言来说，《漫长的革命》是不能简单作为一种**批评**风格来看待的。正是在这里，威廉斯作品缺乏马克思主义美学的语言是更加明显的——他自己的文学风格明显展现出了这种缺乏。因为那种将“具体”与“抽象”奇怪地混合在一起的风格特征，是我所阐述过的企图治愈分裂的一种语言学的干扰——就概念而言，还要加上那些具有丰富经验力量的抽象意义。事实上，这意味着威廉斯倾向于抽象化地谈论文学文本和社会形态的“经验性”——是把“抽象”和“具体”之间的关系理解为马克思主义美学理论的一种倒置。

这种分离的第二种原因是再次向我们提出了关于知识分子的地方偏狭主义的问题。因为戏剧实际上是威廉斯作品中唯一“国际的”领域——是他唯一详尽讨论除了英国之外的那些作家的领域。也就是说，国际性被输出到戏剧中，使“社会”批评与本土文学有机融合在一起。他的大致可以被称为“激进派”艺术方面的兴趣是与他对“社会”的关切相脱离的，并被封闭在一个明显与众不同的范围。
39 由于戏剧**内在的**社会性，这仿佛使它凭它本身的权力就能受到广泛研究，并能摆脱任何精确的探寻而进入它所创造的社会条件之中；它可以被“国际化”是因为它在自身的结构内具有社会的保障。然而，最让威廉斯着迷的英国文学却并非这种实验类型的代表——而是利用它所揭示的有机主义的暗喻更加容易地“与我们整个组织融为一体”。

威廉斯知识分子立场中先发制人的直觉窍门丝毫不比1968年他的理论进展更为明显。这一时期的工作被视为构成了他的创作的决定性阶段，正如从《文化与社会》到《现代悲剧》代表了他早期文学批评写作最为重要的突破一样。在那个早期阶段，以诸如《阅读与批评》与《从易卜生到艾略特的戏剧》为特征，他被最恰当地描述为左派利维斯主义：在这一经受考验的时刻，威廉斯始终不得不寻找允许他将“实践的批评”和有机主义的社会状态扩展至完全意义的社会主义分析的某种语言风格。正是这项承担了“中间”时期工作的任务，才使“文化”的概念成为了文学分析和社会探究之间的重要媒介，而且威廉斯的事业也收获了他在社会主义方向上的尽管渐进但非常明确的构想。《现代悲剧》保留了《漫长的革命》所论述的西方社会革命的渐进主义意识形态，但同时在第三世界国家成为暴力叛乱开始的标志，“单一悲剧行为”的概念均被包含在这两部作品之中。此后，作为对西方社会民主主义和左派改良主义意识形态所面临的危机的回应，威廉斯的作品已经越来越多地揭示出与革命传统的关联，然而他在对待暴乱组织的态度上的有所保留和模棱两可，依然预示着“中间时期”渐进主义的一种局部的和暂时的超越。此时，比起他生涯中的任何其他阶段，威廉斯都更接近于马克思主义—— 一种逻辑上看似有连续性的演变，然而也正是在这一时期，也表现出马克思主义对他早期地位的挑战越来越强烈。《乡村与城市》，如果忽略掉它特殊的对乡村社会的马克思主义态度的愤怒拒斥，这本著作蕴藏着与他早期作品所不同的政治世界。如果做完全的考察，这部作品一定
40 是他最杰出的最具有创造力的作品之一，而且远不是那种简单的考察的结果。但其中有一两点是要顺便加以说明的。如果有一种感觉认为这本书的书名就是源自《文化和社会》的某种“翻译”的话，那么就会有另一种感觉认为这是对他的那些早期作品的批评性质询。《文化与社会》，像《从易卜生到艾略特的戏剧》一样，始终被这个不确定的“有机”的怀旧之情所困扰——尽管威廉斯明确承认它的危险性，这种情怀却一直挥之不去。① “整体性”“自然增长”“全过程”，是这本书整体概念结构的基本主旨。但是如果也有一个关键点让威廉斯对“有机”幻象最坚决地加以拒

① “或许这种理念是真实的，即认为‘有机’社会是对社会主义理论的一种根本性的准备，是对‘整体生活方式’的更普遍的关注，以此反对那种坚持将社会削弱为个人问题的理论，以及那种支持将个人主义作为集体主义对立面而立法的理论。但是这些理论很难从实际的社会条件下提取出来，而且‘有机’理论事实上已经被用于支持极为不同的甚至是对立的原因。”（《文化与社会 1780—1950》，第 145 页。）

绝的话，这个关键点就是它适用于**农村**社会——《细察》以对失落的有机英国神话的守护人自居。自然如此：更何况，从那种知识分子破产的情况下脱离出来，它直接打击了威廉斯自身经验形成的最深层的根基，这就如一个乡村下层阶级的创作，在他那里无论如何都找不到任何的“田园”特色了。这种他自身形成过程的现实被大都市的“田园”神话从他身上否定和剽窃了。相反，威廉斯正确地坚持，乡村社会就是乡村资本主义，在各个层面上受到资本主义生产力和生产关系的渗透；它不会给占统治地位的社会模式提供可选择的飞地。但威廉斯通过强调他们与工业资本主义的结合，为他自己童年时代的现实条件进行“辩护”，对他而言，这是一种意义并不明显的举动。这迫使他与他另外所采用的还原性的二元对立相决裂：区域文化/主流文化、工人阶级/中产阶级、团体/个人主义等。事实上，他与二元对立模式相决裂的部分原因首先恰恰是要激发它：正如“共同体”是反对“个人主义”一样，它是坚持乡村社会的真实存在，强调一种可供选择的文化既存现实。但是因为资产阶级田园意识形态通过**疏离**来吸引乡村，将其假想为一处“虚幻的”飞地，威廉斯转而通过强调土地和工业的矛盾**统一**来反对资产阶级意识形态。这根本不是 41
“普通文化”的“本质”的统一被霸权体系人为地瓦解；而恰恰是霸权模式本身的一致性，在其之外没有任何事物能幸免。为了保护乡村社会的现实，威廉斯很必要地倒向了一种政治语言，超越了他早期作品中的民粹主义的理想主义。在他早期的那部作品中偶尔出现的“对抗性”文化，似乎是真正的文化，如今越来越被看作是一种“剩余的”文化。①

《乡村与城市》是那种进展中的成熟之作——有人认为这是威廉斯必然要写出的一本书，他再次跨过自己祖国的边界，并在这里明白自己最终战胜了《边界乡村》中的马修·普莱斯而从原文困扰马修的认同危机中释放出来。如果他能够回到家乡并在那里度过一段时间，那是因为他此刻比以往更加确信政治路线的回归。《乡村与城市》可以与威廉斯日益增长的与马克思主义的和谐关系一并加以考虑；确实这是他文本中唯一一部马克思主义的立场于其中构建了有争议的术语的著作。早期理想主义对物质凌驾于精神生产的敌对态度正日渐得到改善，尽管是以一种矛盾的方式：渴望保留艺术的“原初”真实，但也越来越准备着承认物质生产的首要地位。威廉斯通过将艺术有效地瓦解为物质基础本身来“消解”这种困境。② 他之前的策略——可

---

① 参见《马克思主义文化理论的基础与上层建筑》。

② “如果我们拥有广义上的生产力，以不同的视角看待整个的基础的问题，那么我们就会更少地企图考虑作为上层建筑的问题，而且在那种只作为次要考虑的意义上来说，某种重要的生产力，从广义上而言，从一开始，就是基础。”（《马克思主义文化理论的基础与上层建筑》）那些“重要的生产力”显然包括艺术。

以说是，瓦解基础，向前推进到一种超结构——仅仅是一种逆转的形式；上层建筑在实际上获得了迟疑的认可，但是艺术的一些特权行动却被从中移除了。在某种程度上，他所意识到但未能阐述清楚的是，凌驾于所有文学之上的资本主义结构**即刻**便归属于“基础”与“上层建筑”——即刻包含在物质生产和意识形态结构之内的角色。但是这两个时刻的接合是无法通过削弱一方而加强另一方来进行研究的。事实上，他的论证在一定程度上呈现出了对上层建筑“第二性”特征的部分言语混淆。为了适当地消除 42
“第二性”特征的极为**微弱的**隐含意义，于是封锁了导致庸俗马克思主义的路线，他提供给我们的东西取代了霸权的概念，“不仅是第二性的或是上层建筑的，就像意识形态的微弱的感觉，而是如此根深蒂固存在着，并渗透整个社会达到了如此的程度……相比社会经验的现实，它比任何来自于基础和上层建筑准则的观念都更加清晰”①。这是威廉斯整个方法的症候，他应当指出将霸权的经验力量看作是结构首要性的一种标识。霸权是普遍地根深蒂固地存在着的，因此不能是上层建筑化的，因为上层建筑是“第二性”的：例如，“微弱地被感受的”。在逻辑上与这种困惑同时存在的还有他的霸权概念本身在结构上是无差别的：“一种

① 出处同前。

实践、意义和价值的核心体系”并不分属于它的既定的经济、政治和意识形态构成。很显然，威廉斯与马克思主义的亲善关系始终是一种充满忧虑的、持有异议的并在理智上阐述不清的事情；那些遗留下来的和只能在他将来作品中才能回答的问题是他是否会寻求使用自己的术语来解释，或是他是否将会为马克思主义美学的发展做出个人的重大贡献。没有比这种贡献更加重要的了。

在评述威廉斯作品的最后时刻，我们回到当前和它所处的批评困境。文本和读者之间的障碍通道如何才能变得平顺，以至于更好地促进文学消费呢？答案自然而然不是如此：一个作为文本的促成因素的批评的神话，一个通途的神话，其自身必须被根除。但也有很多摧毁它的可选择的方法。反对诸如此类概念的威权主义是可能的——那种即使是最谦卑的不出风头的批评也会将强加于人的阴影，投入到它居于其间的作品中。批评犹如压制性的父亲，斩断了文本与读者之间的情欲运动的感受，在它们之间对意义的愉悦的多元交流绑缚了原系统的荆棘。简而言之，一种文本和读者的**自由主义**，是以原样派群体为典型代表的，
43 就像所有的自由主义注定要将其自身转化成资产阶级社会关系的镜像。然而，也存在其他的根除方式，这些方式并不一定非得紧随意义的最终的捐献被废黜的解禁时刻——

它接受这样的事实，如果上帝真的死亡了，就不必让尼采复活，因为他们的参照点是马克思的“理所当然”的后无神论，而不是他的同胞们的“总是需要验证”的无神论。批评也并非是从文本到读者的一个通道：它的任务不是进一步加强对文本的自我理解，也不是与它的对象在雄辩的阴谋上的相互勾结。它的任务是要展现文本无法理解自身的方面，显示它制造（刻写在它特有的文字里）出的文本的必要的沉默的那些条件。这并不只是说文本只知其一而不知其他；而是文本特有的自知之明体现出一种自我遗忘的建构。为了达到这样的效果，批评必须打破它的意识形态前历史，使自身置于文本的外部空间，处于科学知识可改变的领域。

二

唯物主义批评的范畴

每部作品都是作者之外诸多事物的产物。

——瓦莱里

44 尽管雷蒙·威廉斯的作品因人文主义和唯心主义倾向而显得有所缺憾，但它仍代表了唯物主义美学最重要的源头之一。批判的唯心主义的普遍形式往往抑制艺术生产的物质基础，但威廉斯没有受到这种不良影响，他正确地坚持了艺术作为“物质实践”的现实。然而，在他的艺术作为“实践”的概念里还存有强烈的人文主义残余成分，而且到目前为止，那些艺术实践的组成结构在他的作品里也没有得到过系统性的分析。那么，这就有必要促成一种方法，以此，那些结构可以被严格地确定下来，而这其中诸种明确的接合形式得以被审视。

我们可以用纲要的形式列出马克思主义文学理论的主要成分。列表如下：

（1）一般生产方式

（2）文学生产方式

（3）一般意识形态

（4）作者意识形态

（5）审美意识形态

（6）文本

严格地说，文本并不算是文学理论的**一种成分**，而应是文学理论的客体。但文本的审视必须与所列出的其他成分联系起来，就此来看，它可以在方法论上被视为一种特别的“层面”。而批评的任务，正是分析产生文本的这些结构的复杂的历史**表述**。 *45*

1. 一般生产方式

生产方式，可被定义为特定物质生产力和社会关系的统一。每一种社会形态都具有一系列生产方式相结合的特征，其中一种生产方式通常会占主导地位。我用“一般生产方式”来命名这种占主导地位的生产方式，使用“一般”这一词，并非因为没有比经济生产更具历史特定性的事物，而是要凸显经济生产的特征。

2. 文学生产方式

特定社会形式中文学生产的生产力和社会关系的组合。任何有文化修养的社会都会存在若干不同的文学生产方式，而且通常由其中的一种处于主导位置。这些互不相同的文学生产方式之间存在一致、冲突以及矛盾的不同关系：它们共同组成一个“不对称”的整体，因为主导性的文学生产方式将迫使其他方式处于附属和被部分排斥的地位。结构上相冲突的文学生产方式因而就会共存于一个特定的社会形态之中：如果在西方社会，为资本主义市场而生产小说是可能的，那么在街道上分发手写的诗歌也是可能的。然而，共存的文学生产方式，它们相互之间不必在历史上是同步的。由历史已有的社会形态所产生的文学生产方式可能会在其内部幸存下来，并渗透到后来的一些方式中：18 世纪英格兰“赞助”（patronage）制度与资本主义文学生产并存、“手工艺性的”文学生产存留于资本主义文学生产方式当中。这类存留的典型例子，可以在文学生产方式从“口头”转向“手写”的历史性变化中找到，在这个变化阶段，与“口头”文学生产方式相适应的社会生产关系和文学产品，存留下来并成为“手写”文学生产方式的重要构

成部分，两者间既是相互作用的，又是相对独立的。例如，在中世纪的英格兰，“读”几乎始终不变地意味着在公众场 46
合的大声朗读；而且大量“手写”文学生产方式实际上从事的是将“口头”形式作品转化为手写形式的再生产。相反地，“手写”文学生产方式的出现，也在一定程度上保存了丰富的、广泛的口头文学，自发性地发展了文学生产方式。伴随着“手写”文学生产方式在公元6世纪爱尔兰的发展，由古爱尔兰诗人（*filí*）这一强大知识阶层所培育的德鲁伊语的“口头”生产方式，延续了其自身的独立存在，而不依赖于（尽管并非没有受其影响）文字的文学生产。因此，在相当一段时期内，爱尔兰的“口头”文学生产方式，罕见地不附属于“手写”方式，即使其在渐变为手写方式的过程中作为一种文学生产经历了一些突变，如对“压头韵”和“重复”的主要口语特性进行改良。当创作与书写的行为变得近乎同步，以及“手写”文学生产方式具有某种“口头”文学生产方式的自主性——而非将作品完全丢给手稿——时，如此不同的两者相互接合的重大时刻就会出现。某些早期爱尔兰文本为书写与创作的统一提供了例证，这些文本再造了口述传统—— 一种**体裁**，它与早期修道院的抄写活动密切相关，教士们作为“业余的”生产者综合了本土的和拉丁文学成分（因而生产了新的文学**形式**），作为一种与专业的、具有法律特权和意识形态霸权的**古爱尔兰诗人**相冲突的独特的文学生产方式出现在 17 世纪的爱尔兰。

那么，在历史上共存的文学生产方式之间的分离，可能是共时的（取决于那些与社会形态相适应的文学生产方式的结构分布），也可能是历时的（取决于历史残存）。也会有并非源于存留物而是由“预想”造成的历时分离的情况：一些文学生产方式，它们由于“期待”未来社会形态的生产方式和社会关系（革命艺术家公社、“史诗剧场”①等），从而处在与主导文学生产方式相矛盾的状态。因而，
47 一个特定的文学生产方式，可能包含了过去、现在以及“未来”生产方式的成分和结构。以“小杂志”（little magazine）为例，它极具特色地在主流资本主义文学生产方式的结构中融入了协同生产方式、“非正规”传播机制以及主流生产方式中不那么典型的“消费者参与”等要素。一种文学生产方式，不但形成了与其他文学生产方式相接合的复杂而矛盾的统一体，也可能在自身之内构成一个复杂统一体；它的内在复杂性将在它与那些其他文学生产方式的接合形式上发挥作用。

---

① 戏剧，严格地说，因其相对独有的生产力和生产关系，属于区别于文学的生产方式。“戏剧性”的文本有可能属于文学生产方式，这取决于戏剧生产方式的历史因素；但戏剧向文学的同化，则是一种不可忽略的意识形态挪用。

每一种文学生产方式都由生产、传播、交换、消费构成。生产意味着一个或者一组生产者、材料、生产工具和技术以及产品本身。在成熟的社会形态中，生产的最初的私有阶段也许会被后来的社会生产方式（印刷和出版）所改变，将原初产品（“手稿”）转换为一个新的产品（“书本”）。文学生产力主要是借助一些特定的生产工具，将在特定“生产关系”中运作的劳动力（抄写员、合作生产者、印刷和出版机构），应用于特定的生产材料上。文学生产力决定着文学分配、交换和消费方式，同时也被这些因素所多元决定。手写稿本只能在手手相传方式的基础上，在某些社会群体内，比如说上流社会中，流传和消费；多重口述的作品（几个抄写员同时抄写一个作品）能够获得更广泛的社会消费；小贩沿街叫卖的民谣可以被更多受众所消费；在火车上出售的“廉价小说”（yellowback）是适合大众群体的消费品。

因而，与这些生产力相统一的就是文学生产的特定社会生产关系。部落吟游诗人被赋予了为国王或首领创作的专职；中世纪的“业余”诗人为私有报酬而提供满足赞助者私人需求的作品；徒步的吟游诗人由他的农民听众提供食宿；教会或皇家赞助的创作者或作家则用作品换取贵族的高昂酬金；“独立”作家把自己的产品出售给书商或者资本主义出版公司；还有国家赞助的创作者；所有这些类型

48 对于“文学社会学”而言是相当熟悉的。关键问题在于去分析这些不同的文学生产方式与一个社会形态“一般的”生产方式的多种复杂接合。

然而，在考虑这个问题之前非常有必要指出，一种文学生产方式具有的特征是文学产品自身的一个显著的组成部分。在此，我们并非仅关涉对文本的社会学外部研究；而是更为关注文本是如何因其生产方式的具体决定因素而形成的。如果文学生产方式在历史上外在于特定的文本，那么它们同样也内在于文本：正如同所有的生产会在形式和材料上反映其制作的方式，文学文本承载了相应的生产方式的历史印记。与私人印刷出版的作品相比，“口头”文学生产方式的作品更具社会风格，因其“匿名”的形式排除了独特的反省；教会赞助的作品，则比垄断资本主义市场的小说更具虔诚和说教意味。仅以地域之间口头传诵的形式而幸存的作品，只能被限制在“非个人化”的传统惯例中，这与创作者的自白的形式相对立，而创作者相对“私有化”的文学生产方式承受着来自更为公共的模式的严重压迫，这些模式可能会将其驱逐。那些专业职能是在国王和贵族打仗前叙述胜仗中的英雄和神话传奇故事的诗人，他们所保留下的文学**体裁**，对于一些作者而言是多余的，后者的文学生产方式要求他们必须迎合那些致力于国际资本主义“和平”的辉格党贵族。进一步说，每个文学文本都在某种程度上内化了其社会生产关系——每个文本通过特有的惯例暗示出它被消费的方式，并在其自身内编码了它如何被生产、由谁生产和为谁生产的意识形态。每个文本间接地设定了可能的读者，并依据某种消费能力决定其可生产性。无论如何，关于意识形态的许多问题都可以被适当延缓至稍后讨论；但目前已经足可断言，文学生产方式的特征是文本特征的内在成分，而非仅仅局限于文本的外部限定的特征。

3. 文学生产方式与一般生产方式的关系

文学生产方式的生产力来源于一般生产方式，同时也 49
是一般生产方式的亚结构。就文学生产来说，材料和工具在一般生产方式自身中发挥着共同的作用。这点在艺术生产中则并不成立，许多材料和工具，尽管必定由一般生产方式所生产，但在其内部并没有发挥显著的作用。（长号和油画颜料并未在一般生产中发挥世界—历史性的作用。）然而，文学生产方式与一般生产方式之间的关系是辩证的，因为专门为文学生产的目的而形成的新生产力可能进入一般生产的领域。文学生产方式为一般生产的发展所做的贡献，其程度随历史发展而变化。“前印刷”时期的文学生产方式在一般生产中发挥的作用微不足道；在这种情况下，从是否有利于生产力发展的角度来看，文学生产方式的运作保持了一般生产方式所具有的高度独立性。然而，随着印刷术的发展，大量投机的书籍生产以及销售，最终将主导的文学生产方式作为一般商品生产的一个特定分支融进了一般生产方式。（在这种融合中，文学变成了另一个方面的商品生产，伴随着意识形态的美学领域的重大突变，同时，这种融合成为了主流意识形态构成范围内的那个领域的从属部分。）在发达资本主义社会形态中，文学生产方式之于一般生产方式最突出的关系是，文学生产方式在发展和扩大一般生产方式中发挥作用。

文学生产方式代表了劳动力的一个特殊的部分，并取决于一般生产方式发展的特性与阶段，随着一般生产方式不断发展，文学生产方式也逐渐变得专业化和多样化。只有在一般生产方式发展的某些特定阶段，文学生产方式才有可能相对独立地存在。文学生产和消费预设了一定程度的读写能力、身心健康、生活闲暇和物质富裕：读写的物质条件包括了经济资源、住所、照明设备①以及隐私权。通过增加人口，将其集中在易于获得文学分配机制的
50 都市中心区，并使其拥有一定程度和水平的读写能力、富

① 这里的“照明设备”指的是房间的照明条件和采光设备，英国在1851年以前，曾对城镇房屋的窗户或透光孔征税，也称“窗户税”。——译注

裕、休闲、住所和隐私权，资本主义生产方式发展其主导的文学生产方式。同时，它不断深化和延伸文学生产和分配的方式，从而在这个市场上销售文学商品，并且创造出其内部专业的文学生产所必需的物质和文化条件。贫穷、因长时间和高强度劳动而身心衰弱、文盲或半文盲、无住所、无隐私、无照明（查尔斯·狄更斯曾将“窗户税”形容为“一种向知识的征税”）的这些现象，通过将特定的社会群体和阶层排除或者部分排除在文学生产和消费之外，一般生产方式向文学生产方式施加了影响——正如我们要看到的，这一因素也具有意识形态上的意义。

文学生产方式的社会关系，通常取决于一般生产方式的社会关系。文学生产者与消费者形成一定的社会关系，这是经过了与产品的投资人、出版者、分销商之间的协调权衡后形成的。这些社会关系自身被具体地体现在这种产品本身的特征之中。**古爱尔兰诗人**可以再一次提供一个适用的例子。在“手写”文学生产方式出现之前，**古爱尔兰诗人**阶层组成了混杂着文学艺人、音乐家、讽刺作家以及其他（通常被分类为“吟游诗人”）的主流群体，并作为国王的顾问、口头文学的保存者以及史诗、颂诗、挽诗的作者，控制着文学和教育的意识形态工具。他们作为社会公职人员，享受合法的奉祀和在社会结构中的特权地位，以此发挥广泛的意识形态影响，并从他们的赞助者那里获得可观的酬劳。这些社会关系体现在他们的文学产品的特性上：作为世俗的、传统的特权阶层，**古爱尔兰诗人**保存了盖尔语（Gaelic），尽管其“异教”元素被更高阶层的持拉丁语取向的神职人员所鄙视；他们创作的诗歌**体裁**是盖尔人贵族“享有特权的”、史诗的、宗谱的、神话的文学形式。因而，在这种情况下，我们可以观察到文学生产方式和一般生产方式的社会关系之间尤为显露的同源性：作为文学生产者**古爱尔兰诗人**所发挥的作用，与其在爱尔兰社会整体中所发挥的职能实际上是紧密相连的。相比之下，其他文学生产方式中文学生产者所处的个体阶层位置，有可能与其**作为创作者**进入这个阶层结构的方式相抵触。在
51 伊丽莎白时期的英格兰，一个来自统治阶层的生产者，在竞逐文学赞助方面，要比来自社会底层的生产者有优势；但是在资本主义文学生产方式中，贵族诗人或者上层资产阶级的小说家，只不过是生产者中的小资产阶级。（资产阶级浪漫主义，确实是一个可能涉及审美意识形态的矛盾案例。）所以，文学生产方式的社会关系，尽管通常取决于一般生产方式的社会关系，但也并非必须与之保持一致。在发达资本主义社会形态中，大规模的资本主义印刷、出版和分配的主导文学生产方式，再生产了占主导地位的一般生产方式，但是吸收了一种从属的生产方式作为一个关键

的成分，即文学生产者自有的手工艺模式，这类生产者往往出售自己的产品（手稿），而不是向出版商出卖劳动力来换取酬金。

生产代理商在社会形态中所处的社会阶层，也可能对文学生产方式的特性施加决定性影响。同时共存的文学生产方式，可能相互“分离”，因为每一种生产方式都与特定的社会阶层有独特的关系。因此，贵族统治阶级可能操控以“通俗的”、“小圈子”的分配和消费为目的，由“业余的”文本生产构成的文学生产模式；基于职业生产者和资本主义生产、分配、交换与消费方式的文学生产方式（上述“业余的”文本也可列入其中）可能同时存在，为更广泛的贵族和资产阶级读者群提供文学商品，而由“口述”文学生产方式构成的复杂混合体，也依然存在于那些最底层的社会阶级之中。这种以阶层划分文学生产方式的架构,自然降低了文学生产方式之间相互影响的程度。以中世纪的英格兰为例，公开展现的通俗文学被各社会阶层所消费,而“业余”作家应赞助者要求而生产的文本可能被逐渐传播，直至某个出版商为盈利的同时会去复制最初的、私人拥有的原稿。姑且承认这种相互影响，无论如何，文学消费的阶层划分是文学生产方式的重要构成。再如，在发达资本主义形态中，由一般生产方式所决定的收入分配和文学产品的高昂价格产生了“借用”的社

52 会关系，而不是无产阶级大众和小资产阶级消费者与文学生产方式之间的交换关系；书籍的购买行为逐渐限于统治阶级的成员。的确，19 世纪英格兰极速增多的流动图书馆,是导致占支配地位的文学生产方式发生重大变化的经典案例，同时也是对生产、分配和消费的彻底重构。“三册”（三卷本）小说在维多利亚时期英格兰审美意识形态内的特权地位，是流动图书馆的文学生产方式中经济势力起作用的结果，对于流动图书馆而言，这类商品极具盈利性，因为三个订阅者可以同时阅读一部小说。图书馆和出版商联合起来，以保证这些商品的市场价格极为昂贵，因此，图书馆在实际上被确立为文学分配和消费的唯一结构。维多利亚时期英格兰主导性文学生产方式中的主导性社会消费关系，就是消费者支付给新牛津大街穆迪流动图书馆的三基尼①订阅费。进一步而言，图书馆重新组合了文学生产的结构：它们强有力地决定如何去**选择**生产者（如果一个作家没有进入穆迪图书馆的广告列表，那么他/她实际上已被淘汰）、文学作品的生产**速度**（每个作家每年至少生产一套三部曲小说以勉强保证基本生活）以及文学**生产**本身。这些作品多重而复杂的情节、精心炮制的枝节内容和随意添加的插曲是生产者巧妙地延伸

① 英格兰旧时货币名称。——译注

素材以满足这种形式的种种要求的结果。类似的影响还发生在印刷过程中，在这种情况下，页边被加宽、字体被增大，以达到预设的容量。伴随这些材料和文本要素而来的，是图书馆在审美意识形态领域行使霸权：与“一般”意识形态保持一致的图书馆，同时是严厉且挑剔的书籍拥有者，直接干预和左右着生产和消费。于是，在维多利亚时期的流动图书馆中，我们可以观察到一般生产方式、文学生产方式、一般意识形态、审美意识形态以及文本之间，存在一种尤为密切和复杂的连接。像托马斯·哈代这样的生产者，其反对维多利亚时期资产阶级意识形态成分的斗争，是与他对这种特定的文学生产方式的严厉抨击密切相关的。

文学生产的社会关系再生产出“一般”生产的社会关 53
系的程度，在历史上既是可变的又是确定的。就部落诗人体制来说，这两种社会关系是完全一致的：酋长或国王、部落诗人和听众之间的文学生产社会关系也正是“一般”社会关系，诗人本人则是社会形态中的职业思想家。中世纪的文学社会关系保留了这种结构元素：中世纪的作者通常都是牧师，并且是意识形态机制的一部分。但是，牧师的文学生产只是其职责的一方面，而非全部，是他执行神职的一项自发的、“业余”的形式；文学生产关系具有“一般”生产关系的相对自主性。中世纪受赞助的生产者亦是如此，他们与赞助者和消费者之间的文学关系，是保持在两者之间的“一般”社会关系的特定接合。各种资本主义形态则与以上所有形式相区别。资本主义形态中，“一般”的和文学的社会关系之间的特定联系存在于以下事实中：尽管文学社会关系通常会重现一般生产形式的社会关系，但文学社会关系并不必然要重现这些**文学生产过程中个体要素之间**的社会关系。在部落主义（tribalist）和封建主义（feudalist）形态中，文学生产代理人（赞助者、作者、消费者等）所处的社会关系与一般生产方式有关，它取决于或实际等同于这些个体代理人所处的文学生产方式之外的社会关系。然而在资本主义社会中，文学生产要素所履行的“一般”社会关系的个体职能，区别于它们在文学生产社会关系中所履行的个体职能。贵族小说可以被无产阶级读者消费，**反之亦然**，这些特定要素的“一般”社会关系被文学商品生产的市场关系“取消”了。正是资本主义文学生产方式这种特征，使其明显地区别于其他生产方式，后者的社会关系取决于特定代理人之间的某些“一般”关系——那些存在于文学生产行为之前的关系。资本主义文学生产形式生产了特定代理人之间的独立于先存的社会职能的社会关系——那些通常再生产了适应一般商品生产的“一般”社会关系。

4. 一般意识形态

一种一般生产方式不但在某个历史阶段引发一系列文 54
学生产方式，它也常常生产一个主导的意识形态结构——我暂时把它叫作“一般”结构，以区别于其内部的特定领域，即人们所了解的美学领域，或者更概括地说，“审美意识形态”。一个主导意识形态结构是由一系列相对一致的价值、表征和信仰的“话语”构成的，它们由于在某些物质机制中得以实现，并且与物质生产结构相关，所以反映了个体与其社会条件的经验关系，以此为那些促成主导的社会关系再生产的对“真实界”的误识提供保障。

在此有必要强调，一般意识形态所指的，并非某种抽象概念或者“普遍的意识形态”的“理想类型”，而是在任何社会形态都可见的那种处于主流位置的意识形态。因而，我们在论及一般意识形态、审美的或作者的意识形态之间的“关系”或结合时，实际上谈论的并非是某些外部相关的“集合”（sets），而是作者的和审美的意识形态嵌入整个权威意识形态的方式。我强调这一点，是为了避免将一般意识形态、审美意识形态和作者意识形态实体化，这种情况可能是由于为了分析的目的而如此标识它们而产生的。

5. 一般意识形态和文学生产方式的关系

一般意识形态通常包含某些基本要素或结构，其中的一些甚至全部内容，在特定历史时期尤为明显地具有文学生产方式的特质。这些基本结构可大致上被划分为语言的、政治的和“文化的”。三者之间通常存在一系列复杂的互为因果的关系，需要历史的说明。

文学文本不仅通过运用语言的方式，而且还通过它所运用的特定语言与一般生产形式联系起来。语言，在共同的交流形式中是最为单纯和自然的，实际上却是一个被政治历史的灾难所伤害、分裂和分隔的地带，四处遍布着帝国主义、民族主义、地方主义和阶级对抗的残骸。语言在
55 本质上是**政治的**语言①，是帝国主义征服者与被征服国家、民族国家与民族国家、地方与国家、阶级与阶级之间展开斗争的领域。文学既是这些争斗的施动者，也是其所带来的影响，通过这一关键机制，一个帝国主义阶级的语言和意识形态确立其霸权，或者通过它，从属国家、阶级或区

① 我并不是暗示语言只是“上层建筑的”。没有语言，不可能有人类动物特征意义上的物质生产，语言首先是一种物理的、物质的现实，其本身就是物质生产力量的一部分。因而，这种普遍的人类现实的特殊历史形式在社会、政治以及意识形态的层面上被构成。

域在意识形态层面维护乃至永久保存在政治上已经破碎或被侵蚀了的历史身份。文学同时也是这种斗争被固化的区域——帝国的与本土的、统治的与从属的各社会阶级的矛盾统一体，在一个“共同语”自身的矛盾统一体中得以表达和重现。在此，“民族—国家”得以巩固的时刻具有范式意义——在这一时刻，一个“民族的”（national）阶级的霸权，在对其一体化的中央集权国家机器至关重要的语言一致性中反映自身。英语成为一种“民族”语言的起源，其历史即是帝国主义及其后果影响的历史——依据语言的阶级分化可分出诺曼法语（Norman French）和英语，失去诺曼底之后，发展出盎格鲁—诺曼法语（Anglo-Norman French），在诺曼法语的影响下，古英语发生渐变，由这些源头逐渐发展出一种于1362年被法律认可的与众不同的英语，以及古东中部地区方言（包括作为政治和意识形态权力中心的伦敦、牛津和剑桥）被挑选为主流语言的基础。文学生产方式与国家权力的语言、意识形态和政治结构之间类似的相互作用，可再一次在爱尔兰的例子中被发现。将近12世纪末期，爱尔兰出现了一种文化机制，它基于霸权阶级内某些家族对民族知识和文学的世袭监护——这一机制由于17世纪英格兰对爱尔兰的征服最终受到削弱。本土文学文化由于丧失了使其自身永存的社会制度，已不为被根除的民族统治阶级所拥有，被降至讲盖尔语的小农阶

级的层次，同时在审美形式、方言和地方文学生产的形成
56 等方面发生了相应的变化。吟游诗人或者部落诗人反复吟诵**爱尔兰勇士**（Fíanna），以此传奇为基础的传统文学生产方式，实际上也被英帝国主义所毁灭：这些故事鲜有被转译为外来的帝国霸权阶级的语言。

语言与政治之间的相互作用，以及它们如何影响一种文学生产方式及其产品特征的形成，这对于唯物主义批评有非常重要的意义。在英国文学史上，只有在约翰·弥尔顿用母语写作《失乐园》的决断中才能发现这一事态的生动鲜明的例子。弥尔顿的决断本质上是一项政治行为——一个资产阶级新教徒民族主义超越经典贵族文化的宣言，或更准确地说，是一种为历史进步目的而对那些经典模式坚定而自信的挪用。其诗歌特有的形式和结构，是意识形态内语言、政治以及宗教交会的产物。实际上，所有文学生产都属于意识形态机制，它可以被暂定为一种“文化”。需要被讨论的并非仅是文学文本生产和消费的过程，而是这些生产在文化意识形态机制中所起的作用。这种机制包括一些文学生产和分配的特定机构（出版社、书店、图书馆等），但它也包含一系列“次级的”辅助机构，这些“次级的”辅助机构的功能更直接地体现在意识形态上，涉及文学“标准”与设想的定义和传播。其中有文学研究院、文学协会和读书俱乐部，文学生产商、分销商、消费者的

组织，审查部门以及文学期刊和评论。在发达社会形态中，文化机制的文学基础或多或少与“传播”的意识形态机制有频密互动；但是它的真正力量依赖于它与**教育**机制的接合。正是在这种文化机制中文学所发挥的意识形态效用——也就是说，其功能再现了生产模式的社会关系——才是最为明显的。从幼儿园到大学院校，文学是使个体融入主流意识形态的感性符号形式的关键手段，并通过其他意识形态实践所不具备的“自然性”、自发性和经验即时性来实现这一功能。但这并不只是针对某部特定文学作品的意识形态用途的问题；从根本上而言，这是针对这些文学 *57*
作品所体现的文化与学术制度化的意识形态意义的问题。最终处于危险状态的并非文学文本，而是文学——特定的历史文本都从其所属的社会形态脱离下来，这一过程的意识形态意义被定义为“文学”，集合排列形成一系列的“文学传统”，并在被质疑中衍生一套在意识形态层面上预设的回答。这一过程的具体意识形态功用是因时而异的。这大致上取决于教育机制的内部结构，而这些内部结构自身最终被一般生产方式所决定；但是，与其文学**实证主义**中的一般意识形态有关，它以保守的形式主义，或者（例如）以自由人文主义的形式，自身呈现出意识形态的特征，而自由人文主义保护了一块可能在文学中得到形象体现的唯心主义价值的飞地，保护它不被现在正超越其自由人文主义阶段的真实历史所侵入。不管是哪种情况，都有必要强调文化意识形态机制中包含的两组文学机制：“基础”生产机制，如出版社既是一般生产方式的组成部分，也是“文化”意识形态机制的一部分；“从属”生产机制，包括与文化机制相互作用的教育机制，它与一般生产方式的关系更为间接，通过意识形态助力社会关系的再生产，从而促成一般生产方式的再生产。

关于一般意识形态与文学文本之间的具体关系将在下章讨论；但因为文本毕竟是文学生产方式的产物，而一般意识形态与文学生产方式的关系影响着文学文本，在此附带讨论一两点也无妨。第一点，不同的文学生产方式，就其文本产品的意识形态特点而言，能够再生产相同的意识形态结构。一般意识形态与文学生产方式之间并没有必然的同源关系：一部连载的、直接出版的维多利亚时期小说，尽管属于另类的生产方式，但仍可能存在着相同的意识形态。相反，相同的文学生产方式可能再生产出相互对立的意识形态结构：如笛福和菲尔丁的小说。一种再生产了一般生产方式社会关系的文学生产方式，可能与它的某些主导意识形态模式相冲突：与资产阶级价值观和生产关系不
58 一致的浪漫主义，在一定程度上仍取决于文学生产方式融入一般商品生产的过程。相反，一种与一般生产方式社会关系相冲突的文学生产形式，却可能再生产出其主导意识

形态的多种形式。

第二点涉及一般意识形态对文学文本的直接影响，即审查制度。这些对文本直接的意识形态的控制方式，可能在生产、分配和消费之时采取简单压制的形式，或者更为间接地发挥其影响力：实行许可证制、出于政治目的挑选赞助，等等。当然，最有效的审查制度就是使大众保持无知的现状。读写能力这一因素表现出一般生产方式、文学生产方式、一般意识形态和审美意识形态之间一种尤为复杂的交会。读写能力的程度和社会分布最终取决于一般生产方式，但反之而言，读写能力无疑是文学生产方式的重要决定因素，不仅仅影响读者的而且也影响生产者的规模和社会构成。生产者和消费者的读写能力程度，不仅能影响文学产品的长度和复杂性（因为文盲或半文盲生产者的记忆力是有限的），也会影响文学产品的性质——比如，它是否是以口述的形式流传。出于政治原因而将一些社会团体和社会阶层排除出教育机制，读写能力因而会受到影响；但这些政治原因与意识形态规定之间可能会发生冲突。举例而言，19 世纪的英格兰既有无产阶级被剥夺读写能力的明显的政治原因，也有不应该被剥夺这种能力的明显的宗教原因。读写能力也取决于审美意识形态，而审美意识形态（与一般意识形态相接合）在认可某些语言（法语、拉丁语），或者对语言的某些运用适合于文学时，决定着其普遍有效性的程度。这是一种实用性的，也是理论性的读写能力。

6. 作者意识形态

我认为，“作者意识形态”是作者以特定的模式将个人经历嵌入一般意识形态的结果，这种嵌入模式取决于一系列不同的因素：社会阶级、性别、国籍、宗教、地理区域等等。这种作者意识形态，不仅不能脱离于一般意识形态来看待，而且必须在与后者的接合中被研究。在一般意识形
59 态和作者意识形态之间，可能存在有效同源的一致性、部分分离和严重对立的诸种关系。生产者的纪传体的（与“审美的”和“文本的”相反）意识形态也许实际上与他或她所处历史时期的主导意识形态一致，但未必是因为生产者经历了这种最适合和谐地嵌入其中的社会**阶级**的条件。从阶级地位方面来说，生产者可能存在于一个与主导意识形态有矛盾关系的意识形态的亚结构之中，但由于其他传记因素（性别、宗教、地域）的多元决定，他会与主导意识形态保持一致。相反的状况也同样可能。作者意识形态与一般意识形态之间接合或分离的程度，可能是“历时性地”被决定的：一个作者可以与他或她同时代的一般意识形态建立关系，也许是凭借着“属于”一种过去的意识形

态或者（好比革命性作者的例子）一种未来的意识形态。①当一般意识形态变化时，曾经与之一致的作者意识形态也许会变得与之对立，反之亦然。简言之，辨别一个作者所属的历史时期并非一件简单的事情；一个作者也并不是非得仅仅属于一段“历史”。在这方面尤为显著的是，王朝复辟时期英格兰两位被公认的主要作家——约翰·弥尔顿和约翰·班扬——事实上并不属于“王朝复辟时的意识形态”。然而同样正确的是，他们与同时代的历史时期相分离的意识形态模式，最终也取决于那一时期的特质。

作者意识形态既不能与一般意识形态混为一谈，更不能被视作是“文本的意识形态”。文本的意识形态并非作者意识形态的“表达”：它是“一般”意识形态的审美活动的产物，而这种意识形态本身被作者—传记因素的多元决定所操纵和“生产”。所以，作者意识形态总是在其内部，从一个特别的多元因素决定的立场，被经历、操纵和再现的一般意识形态。这里并不涉及将文学文本“集中”在生产它的个体主体上的问题，也不是将这一主体变换成“一般
的”美学和意识形态形式的问题。这是一个明确文本的意 60
识决定因素的问题——这些决定因素包括作者被嵌入一般

① 当然也存在作者嵌入**另一**社会的一般意识形态的情况，不论两者是否是同时代的：这是关于“世界主义”的问题。这种嵌入最终总是涉及“本土的”一般意识形态的决定作用问题。

意识形态的方式以及产生的影响。

7. 审美意识形态

我所说的“审美意识形态”指的是，一般意识形态中特殊的审美领域，它接合了其他领域——伦理、宗教等——处于最终由一般生产方式所决定的支配与从属的诸多关系之中。审美意识形态的内部结构非常复杂，其中包含多个从属类别，**文学**即是其中之一。文学这个从属类别的内部结构亦同样复杂，由多个“层次”组成：文学理论、批评活动、文学传统、**体裁**、惯例、修辞以及话语。审美意识形态也包含了所谓的“审美的意识形态”（*ideology of the aesthetic*）——意指特定社会结构中美学本身的功能、意义和价值，而美学本身又是包含在一般意识形态之内的“文化的意识形态”的一部分。

8. 审美意识形态、一般意识形态和文学生产方式的诸种关系

一般生产方式生产出一种促成它的再生产的一般意识形态；它也生产一种（主导的）文学生产方式，这一方式通常再生产出一般生产方式并被其再生产，但同时也再生

产一般意识形态并被其再生产。我们提出“文学生产方式的意识形态”以表明一般意识形态与文学生产方式之间这种相互再生产的关系——这种关系在文学生产方式内不仅生产了生产、交换、消费活动的意识形态，而且也生产了生产者、产品和消费者的意识形态。这种意识形态其自身在审美意识形态内进行编码；更确切地说，这是审美意识形态和一般意识形态相接合下产生的影响。文学生产者可以被视为一个由王室、教会或贵族赞助人为代表的社会秩序的特权用人，一个为其社会团体的集体利益所授权的代言人，一个自由地将其私人产品提供给顺从的受众的“独立”生产者，一个由于对“传统的”社会持异议而处在其边缘的预言者或波希米亚反叛者，一个与其读者群保持友好关系的“工人”或“工程师”，等等。文学生产本身可能在意识形态上被编码为启示、灵感、劳动、游戏、反思、
幻想、重现；文学产品被编码为过程、实践、媒介、符号、 61
客体、顿悟、姿态；文学消费被编码为魔力影响、神秘仪式、参与性对话、被动接受、教诲指示、精神接触等。每一种意识形态都将取决于文学生产方式/一般意识形态/审美意识形态的特定接合，当然是在一般生产方式所起的最终决定作用的基础上。然而，这里所涉及的不同形态之间没有必然的**对称**关系。其中的每个形态不仅内部复杂，而且一系列内部相互冲突的关系制约着它们。文学生产方式，

其自身就是历史上相异成分的混合物，因而它能使一般意识形态和审美意识形态中各不相同的意识形态成分结合在一个矛盾的统一体之内。例如，一般生产方式/一般意识形态— 一般意识形态/审美意识形态/文学生产方式之间的一种双重接合是可能的，以此，当一个一般意识形态范畴被审美意识形态转变为文学生产方式的意识形态成分时，就会与它能够再生产的一般生产方式的社会关系产生冲突。举例而言，作为“个体创作者”的生产者的资产阶级—浪漫主义范畴，既再生产了以人类主体作为核心个体的资产阶级观念，又与这一观念相冲突。又或如文学生产中的浪漫主义和象征主义意识形态，作为一种自带神秘目的性的对象，既体现同时又抑制了其作为商品的真实状态。同样，当“即时的”或“一次性的”文学艺术的意识形态与意识形态形成中某些不可或缺的延迟满足的要求相冲突时，它再生产了发达资本主义的诸种消费意识形态。

文学生产力和生产关系在由一般生产方式所决定的基础上，可能生产出某些独特的文学**体裁**。举例而言，小说只会在文学生产方式的特定发展阶段被生产；但发挥这一潜质的历史条件是否具备，不仅取决于文学生产方式，还取决于它与一般意识形态和审美意识形态的接合。为促进发展而被挑选出来的**体裁**和形式，可能受制于已存在的**体裁**和形式——受制于一般意识形态基础上的审美意识形态。

反过来说，对新形式的“需求”也许相对独立地在审美意
识形态内产生，而文学生产方式则受到改良或被转换以发
展出新的形式。一般意识形态偶尔能使自身直接影响文学
生产方式，以生产出一个特定的形式（比如说“社会主义
现实主义”），而它又被审美意识形态编码和阐述；但这种
单边的行为在历史上是非典型的。一般意识形态更常以特 62
定的审美表达出现在文学生产方式之中；由文学生产方式/
一般意识形态/审美意识形态其中的一种元素作为主导，文
学实践是这三者相结合的典型的复杂产物。

一般意识形态和审美意识形态不仅决定生产过程，也决定消费过程。文学文本之所以是文本（相对于“书籍”来说），在于其被阅读；正如其他社会产品一样，消费行为本身即是其存在的要素。阅读是对意识形态产品的意识形态解读；而文学批评的历史，则是在文本的生产和消费时刻，意识形态之间可能产生的各种接合的历史。这两种意识形态时刻之间将产生的实际上一致、冲突或矛盾的关系，在一定程度上，取决于对介入它们之间的文本的意识形态接受的历史。文本的消费发生在审美意识形态之内，这种审美意识形态某种程度上由一系列一般意识形态和审美意识形态之间的接合构成，也正因为它由那些特定消费时刻的一般意识形态/审美意识形态的接合构成，所以它也是文本生产和消费的历史。一般意识形态也许在消费意识形态中起

主导作用（以第二次世界大战时期特罗洛普小说的读者大量增多的怪异情况为证），但它更为普遍地以高度的美学领域的相对自主性发挥影响。正如特定消费意识形态需要在一个整体消费的行为内运作——**阅读这项行为本身**的意识形态也许会被编码为一项宗教仪式、社会特权契约、道德指令等等。阅读的任何特定行为都是在一整套设想内进行的，这些设想关乎一个社会结构中阅读自身的意识形态意义——这些设想，作为审美意识形态一部分，也属于一般意识形态的普遍的“文化意识形态”。

9. 一般意识形态、审美意识形态与作者意识形态的关系

一般意识形态和审美意识形态之间的复杂关系，作为文学文本的组成部分，更适合在下一章节讨论。在此能够说明的是，文本作为一种美学产品，它是一个多重接合的结构，最终只能由其同时代的一般意识形态决定。其中的
63 各种美学要素，可能是不同意识形态结构的产物，也可能属于不同的“历史阶段”，因此，从意识形态上来说，它未必与自身相一致。“文本的意识形态”也并非一定要与其所在的文学生产方式的历史性进步与落后完全一致。一个作者可以运用被废弃或在一定程度上被废弃的文学生产方式

中的陈旧形式，生产出进步的文本（威廉·莫里斯），或者可以在历史上进步的文学生产方式中，生产出在意识形态上保守的文本（亨利·菲尔丁）。无论哪种情况，这都是一个规定文学生产方式、“文学生产方式的意识形态”、一般意识形态和审美意识形态之间的明确的关系问题。

对于文学生产方式的类型和作者创作时所处的审美意识形态环境而言，作者意识形态都是重要的决定因素。正如亚历山大·蒲柏对讽刺诗、哀歌以及仿英雄体的不同“选择”，特定的作者意识形态会对特定文学生产方式做出排斥的选择而接纳其他的生产方式。在生产的某些层面上，作者意识形态如此服从审美意识形态以至两者之间差异关系的问题并未出现。在这种情况下，要成为文学生产者，则不可避免要在一系列代表文学作品特性和意义的特定意识形态表征中创作。作者意识形态和一般意识形态之间的关系，可能被审美意识形态方面的调解所改变：在文本自身内（巴尔扎克即是典型例子），一般意识形态的生产通过某些审美形式，可以“取消”和否定一般意识形态的生产产品，即作者意识形态。因而在文本分析方面，作者意识形态的方法论意义是不尽相同的：它可能实际上等同于一般意识形态/审美意识形态，也可能作为一种特定要素，被两者之间或相同或相异的影响所“取消”。无论在哪种情况下，作者意识形态作为一个特定的“层面”，实际上已不复存在。

10. 文本

文学文本是以上概括列出的多种成分或结构具体而多元的结合的产物。然而，它并不仅仅是一个被动的产品。文本由这种结合而构成，可以主动地决定其自身的决定因素——这是在文本与意识形态的关系中最为明显的一种活动。接下来，我们要继续审视的正是这些关系。

三

面向文本的科学

亚当·斯密的矛盾是有意义的，因为其中包含的问题虽然他确实没能解决，却也使这些问题通过自我矛盾得以揭示。

——卡尔·马克思：《剩余价值理论》

在上一章中，我们考察了文学文本通过结构的相互作 64
用而产生的过程。现在有必要反其道而行之，即深入文本内部表达我们的立场，并分析它与意识形态及历史之间的关联。

文学文本不是意识形态的“表达”，意识形态也不是社会阶级的“表达”。相反，文本是一种意识形态的**生产**，在这点上，将其类比为戏剧生产比较恰当。戏剧生产并不“表达”、“反映”或者“再现”它以之为依托的戏剧文本；

它“生产”文本，将其转换成一种独特和不可简化的整体。戏剧生产不是镜中物体的影像，其评判标准并不是它对文本的忠实程度；文本和戏剧生产并不是可以放在一起等同考量的构成，它们之间的距离和联系不能按照我们测量两个物体间距的方式来衡量。文本和戏剧生产彼此并不对应，因为它们居于截然不同的现实和理论的空间。戏剧生产也不能被理解为文本和剧院这两种空间的“相互贯通”，或文本的“实现”或“具体化”。文本和戏剧生产之间的联系不可想象，正如本质与存在、灵魂与身体之间的联系一样。它不能被简单地界定为戏剧生产“给文本带来生命力”、促
65 其重生、使其升华、将其从停滞的生命力中解放出来并让囚禁于其中的生命流动起来的问题。从这个意义上说，戏剧生产并不是文本肉体的灵魂；反过来说也不对，文本也不是戏剧生产的信息精髓。文本并不潜在地包含戏剧“生命”：文本的生命是一种文学意义，不是生产这具肉身的印刷版的“影子”。文本不是“静态的”生产，生产也不是“动起来”的文本；它们之间的联系不能归结为一种简单的二元对立（静止/运动，灵魂/肉体，本质/存在），仿佛两种现象只是某一单一现实的不同瞬间，或者某一隐匿统一体的不同表达。这里的二元对立的见解的确不同寻常，因为它包括了从一种现象到另一种现象的过渡和转换的可能性，而与此同时又以笛卡儿式的哲学方式使这种过渡——

将文字变为血肉这一复活、重生和实现的奇迹——变得神秘难解。只有通过生产性劳动这一唯物主义概念，正如文本和戏剧生产之间的明确关联，这一见解才有可能被阐明，这一过渡的神话才有可能被根除。因为文本和戏剧生产之间的过渡概念意味着两者是对等的现实，彼此相接，位于同一层面；这一点无可逃避，就算我们圆滑一点，宣称二者之间的过渡复杂而艰难，即两者的关系是“偏斜的”或“曲折的”而不是直接的。即使把它想象成一面更加复杂的镜子，我们还是难以逃脱反映论的模式。这也不是一个戏剧生产“演绎”文本的问题；演绎这个比喻本身就具有误导性，表明它只是对预先存在的东西进行简单模仿。剧院里的演员不是“演绎”；而是表演——发挥作用、演出、表现。他“创造出”他的角色，不是像魔术师变出纸牌那样，而是像木匠造出一把椅子那样。文本和戏剧生产之间的联系是一种**劳动**的联系：通过戏剧手段（包括舞台背景、表演技巧等等）把文本这一“原材料”转化为一种特定的产品，这一产品不可能通过审查文本本身而机械地揣摩出来。同一个戏剧文本的两种不同生产的问题也适用于此；因为这两种生产可能达到迥异的程度，以至于我们确切地说是在哪种意义上处理“相同”文本这一问题就成了关键问题。当然，从字面的意义上看，两种生产所使用的文本是一模一样的；但是由此产生的两个生产版本可能迥然不同，差

66 异甚至大到我们简直可以说两者使用了“不同”的文本加以创作的程度，即一位导演创作的《奥赛罗》完全不同于另一位导演的《奥赛罗》。文本的特性会决定戏剧生产的性质，但反过来，戏剧生产也会决定文本的特征——通过选择、组织和筛除的过程——确定“哪一个”文本被实际运用。戏剧的生产方式绝不仅仅是“传达”文本；相反，创作实践和惯例是在根据自己的内在逻辑“操作”文本素材。

事实上，戏剧生产形式的相对独立性在历史上也是可变的。一些戏剧模式本身的结构便展示出“忠实再现”文本的理念；另一些把文本看作可以重写的原材料，将其从绝对仲裁者的神坛上拉了下来。这里没有单一的不可改变的联系：某些文本会将不同程度的相对自主权授予戏剧实践；而有些戏剧实践则会单方面构建文本，并授予这样的自主权给自己。唯一不变的事实是：文本和戏剧生产是截然不同的构成——不同的素材生产模式，之间没有同源或者再造的联系。二者并非同一话语的两个不同方面：文本可以说是思想或者无声的言语；而戏剧是运转着的思想、有声的语言。二者构成截然不同的话语，两者之间不可能进行简单的“翻译”，因为翻译只能在两个具有可比性范畴的系统中产生，而文本和戏剧生产之间不是这样的。把文本“翻译”成戏剧不会比把石头“翻译”成雕塑或者把羊毛“翻译”成衬衫更困难。文本与戏剧生产的联系不可能

像思想和词语之间的联系一样理论化；其联系更类似于语
法和言语之间的关系。言语是语法的产品，而非其再造品；
语法是话语的决定性结构，但是话语的特征并不能机械地
从语法里衍生。这一类比显然并不完美，因为语法是一种
形式的、抽象的规则集合，而言语是“具体”的；文本与
戏剧生产的关系也不能从抽象/具体的对立关系中加以思
考，否则只能是柏拉图式的或经验主义的。实际上，整个
问题的出现正是因为文本像戏剧生产一样是具体的，只不
过是以其自身独特的模式。文本也不只是一堆抽象的符号， 67
不是“启发”、“提示”或“暗示”戏剧生产的基本框架，
也不是供戏剧生产即兴发挥的破旧乐谱。如果真是如此，
那么文本和戏剧生产之间的联系倒是显而易见了——前者
就是后者的实际地形图，文本仅仅是戏剧生产的可能性条
件，或者作为戏剧生产的偶然性言语的“深层结构”。这样
一种观念通过有效地废除文本的物质性，从而废除了问题，
将其缩减为一种鬼影般的存在，并由此回复到本质/存在的
二元性上来，反过来这也适用于那种迷信文本的错误。文
本对戏剧表演的决定因素远比此类隐喻所做的暗示更为严
谨：通常说来，每一句台词、每一个手势以及文本的每一
个细节都必须在舞台上得以再现。戏剧生产一旦开始，导
演的“自由”就是**生产**这个文本的自由，而不是生产**这个**
文本的自由；因为一旦对这一文本做出了最初决定，则该

文本就是不可回避的。那么，我们研究文本和戏剧表演之间的联系，就是研究一种明确而严密的决定形式，却又不能用“反映”和“再造”来解释。简而言之，我们探讨的是**戏剧生产**的条件。

在我们把这个类比运用到文学文本与意识形态之间的关系之前，另一个可能具有启发性的方面还是值得简单探索的。戏剧表演是戏剧文本的生产，但是文本本身并不是终点。文本的存在同历史有着某种复杂的关联，这种关联还难以确定——但是无论如何，如果我们关于戏剧生产和文学文本的类比是正确的，我们便可能说戏剧文本本身也是一种生产。于是，这里问题就成了**生产的生产**。戏剧文本是由特定历史决定的产品；那么，在考虑它与戏剧表演的关联时，我们其实是在处理两套决定因素，它们之间的关联复杂而缜密。正如上文所述，戏剧生产是一种操作，是文本的**场面调度**；但是在其生产过程中，同时产生出文本与其客体的内在联系。换句话说，戏剧生产不可能简单地将文本作为自成目的的工艺品来制作，就像珠宝展可能会展出项链那样；它必然是将文本作为**产品**来生产——文本的生产与其所言及之物有关联。不过，它也不能将这些
68 关联以文本本身所持的方式简单地“给予”我们；戏剧生产不仅使文本的自我理解“加倍”，同时也构成对那一自我理解的理解，对那一思想观念的观念。在此过程中，戏剧

生产也可以让我们认识到文本的无知和误解，认识到被文本本身暗示却压制的感官模式。戏剧生产确实可能将此作为其自觉之目的——如布莱希特的《科里奥兰纳斯》，或者如“史诗剧”之类，通常更会寻找将产品恰恰作为产品本身来展示的戏剧生产模式。但是，我们现在讨论的首要问题并非是这种有意识的启蒙。因为每一个戏剧生产都会通过塑造文本与文本含义的联系而塑造戏剧本身与文本的联系。这一关联的决定性基础自然就是文本的自我理解；因为，如果这种自我理解完全被束之高阁、被抛弃或者废除，就没有什么戏剧可以生产了。但是如若戏剧生产不能全然超越文本，至少可以对它进行抨击、折磨和审问；这种苛责只可意会不可言传，因为它只存在于戏剧生产与文本的**联系**中。戏剧生产同文本的意识形态时而并肩同行，时而背道而驰，这一双向运动是由意识形态所限定的创作技巧的审美逻辑以及决定这些审美技巧的意识形态需求瞬间构成的。有些戏剧生产几乎是完全与文本同行，例如自然主义戏剧的自然表演；但是文本与表演表面上的同步其实不过是虚幻地隐匿一种劳动而已。我们可以想象另一个极端，即用“史诗的”或者表现主义的技巧来创作自然主义的文本，从而使其彻底地“陌生化”，以展现文本本身所未知的冲突和缺失。我们也可以想象这两个极端中间可能存在的一整套制作等级，其中戏剧生产的模式、“戏剧意识形态”

以及“文本意识形态”之间的关系都是可以精确决定的。

我想要探究的它们之间的平行关系可以扼要地表述如下：

历史/意识形态→戏剧文本→戏剧生产

历史→意识形态→文学文本

也就是说，文学文本生产了意识形态（其本身也是一种生产），这一生产方式类似于戏剧生产对戏剧文本的操作方
69 式。就像戏剧生产与文本的联系揭示了文本与其所建构的“世界”的内在联系一样，文学文本与意识形态的关系如此构建了该意识形态，以揭示其与历史的联系。

这一提法即刻引出几个问题，首要的问题涉及的是文本与“真实”的历史的联系。主张**意识形态**，而非**历史**，是文本的客体在何种意义上是正确的呢？或者，我们稍微换个不同的方式来问这个问题：从历史上看是“真实”的要素如有可能，它会在何种意义上进入文本？乔治·卢卡奇在他的《欧洲现实主义研究》中主张，巴尔扎克的伟大之处在于这样一个事实：他作品里“无情的真实”驱使他超越了保守的意识形态，并且发觉了真正危急的历史问题。意识形态在这里显然意味着“虚假意识”，它阻碍了真实的历史认知，是横亘在人和历史之间的屏障。尽管如此，这

也是一个过于简单的观念：它没能领会意识形态是一种生来复杂的构造，可以通过将个人以各种不同的方式嵌入历史，而容许对该历史的多种类型和程度的处理。事实上，它也没能领会一个真理，即有些意识形态或者意识形态的某些层面比其他的更为虚假。意识形态并不仅仅是基础架构的噩梦：即便是**畸形地**“制造”真实，它本身还是会自带现实的元素。可是也正因如此，依据“滤网”意识来调整“屏障”概念是不够的，仿佛意识形态成了一把筛子，真实的要素可以从网眼处漏掉似的。任何此类“干涉主义者”的意识形态模型都寄希望于绕到障碍物的后面来观察真实的可能性。但在资本主义生产方式中，这样观察到的东西肯定是不真实的。在经验主义看来，真实必然是不可感知的，它隐藏在为应对审查而自发提供的现象范畴中（包括商品、工资关系、交换价值等）。确切地说，意识形态如此制造和构建真实，就是为了以其缺席的阴影遮蔽其在场的感知。这并不仅仅是说，真实的某些方面被揭示而另一些方面被遮盖；而是说，真实的在场恰恰是由其缺席而构建的在场，**反之亦然**。巴尔扎克对真实历史的运动确实是获得了部分洞察，但是把这种洞察视为超越了意识形态而进入了历史却是错误的。根本没有这种领域的跨越发生：而应该说，巴尔扎克的洞见只是一种特定结合的结果，70
即他以作者的身份介入意识形态这一写作风格，是他所处的意识形态领域与真实历史的联系，是资本主义的那一发展阶段的特征，是他的创作的特定美学形式（即现实主义）的“真理效应”。正是在这一结合的作用下，巴尔扎克才有可能在被极端蒙蔽的同时，又拥有超凡的洞见力。巴尔扎克的文本“绕开”了意识形态而同历史建立了直接关联，这一点毋庸置疑，正如莎士比亚的戏剧毫无疑问已经从一种高度独立的意识形态立场之外发起了对资产阶级个人主义的批判一样。

就是说，文本和历史之间存在一种直接的、自发的关联这一观念纯属天真的经验主义想法，必须予以摒弃。文本与其历史**直接**相关的说法究竟意味着什么？绝不能认为文本直接指代真实的历史，正如一个单词的含义不能被臆断为与之相关的物体一样。当然，语言会指代物体；但是这种指代并不是简单的联系，仿佛词语和物体紧靠在一起，像电路两极一样等待电流来连接它们。自然，文本可能谈及真实的历史，谈及拿破仑或宪章运动，然而即便是保持了实证的、历史的准确度，其处理方式总是**虚构的**——是按照文本生产的规则对历史数据进行的操作。在这种情况下，除非真实的历史可以被当作虚构作品进行阅读，否则我们面对的就不是文学话语，而是史学话语。当然，我们说“历史”的文学作品要像小说一样创作，并不是要去压制其与特定历史的关联，仿佛这段历史可以是**任何**历史；

而是要坚称，**这段**特定的历史正在被虚构演绎——应该被理解成是按照演绎者的意识形态嵌入模式所进行的一种意识形态生产，从而将历史处理成**意识形态的二次方**。

这并不是说文本通过允许我们接近意识形态进而用简单的幻象把我们包围。商品、金钱、工资关系无疑是资本主义生产的“显著形式”，但是如果它们不“真实”，就什么都不是了。并不是说简·奥斯汀的小说只给我们展现了意识形态的幻象；恰恰相反，她的小说也给我们提供了同时期历史的一个版本，而且其揭示度比大部分史学研究更高。这也不仅仅是奥斯汀的美学形态之效果，即通过否定将意识形态“拉远”，以照亮其与真实历史接壤的阴暗边 71
界。如果意识形态确实只是幻象，那么，它当然就需要诸如此类的形式上的、单边的操作，以使其不至于背叛真实。但是如果奥斯汀在形式上这样做了，那是因为它们本身就是某些意识形态规则的产物，在允许我们窥探某些价值观、力量和关系的同时，也给我们提供了特定的历史知识。当然,这种知识并非严格的科学意义上的知识，但是认识论也不会将严格的科学和纯粹的幻想从中间整整齐齐地一分为二。如果说奥斯汀的文本在一定程度上还算忠实的话,那是由于创造复杂的、具有历史意义的认知信息的美学手段的生产力，取决于其与意识形态接合的生产关系，而它本身的“感觉”更有历史真实度，比如，相较于格里尔·格兰治。但是，这并非“知识程度”的问题，并不是说“更有知识性的”文本（不妨说，就像凯莱布·威廉斯）就一定会达成更有价值的认知信息。相反地，奥斯汀小说的价值是基于其洞察力，同样也是基于其“无知”：正因为有太多的东西是小说无从知晓的，才使它们知道它们该做些什么，以及以什么**形式**去做。的确，奥斯汀正是由于有“所不知”，才有“所知”；但是也因此，她的“所知”绝非虚无，也不会因为舍弃真实而被归于虚无。因为，要是没有了历史唯物主义所谓的对现实的舍弃，对奥斯汀而言，也就没有了她所展示的伦理话语、人物修辞、关系惯例和传统庆典——简言之，也就没有了任何让我们觉得她的小说“有价值”的地方。这些惯例和话语并不是退出现实后形成的真空地带；它们所演绎的意识形态的激战也无“不真实”之处。正因为这些意识形态的“真实”（即使不是在最严格的意义上），才使它没必要总是屈从于一种形式上的、伪科学的自我疏离来影射历史。的确，当意识形态进入虚构作品时，这种情况就会发生；但并不总是因为这种“虚构效应”使得意识形态遭到伏击、被迫缴掉手中的历史真相。因为这要取决于具体探讨的那个意识形态的交锋时刻，以及对其起作用的那些形式之特性。文本嵌入意识形态次结构的模式，次结构嵌入意识形态主结构的
72 模式，以及形式手段的意识形态特征——这些最终由历史

所决定的相关联系，才是同时决定经该史实允许的文本得以使用的性质、程度和质量的要素。

诚然，历史会“进入”文本，而且不仅仅是“历史”文本；但是，历史正是**作为意识形态**进入文本的，作为一种由其不同程度的缺失所决定并扭曲的存在进入文本的。这并不是说，真实的历史都是以乔装的形式存在于文本之中，因此批评家的任务就是从文本的脸上掀去面具；而是说，历史是以一种**双重缺失**的形式“存在”于文本中的。作为文本客体的并非是现实，而是现实用来实现自我的某些意指——这些意指本身就是现实自我取舍的产物。在文本之中，意识形态变成了主导的结构，决定了某些“伪现实”要素的特征和倾向。可以说，在文本内部，意识形态似乎就是通过这种真实历史过程的倒置来决定历史真实的，而不是相反，即理所当然地由历史来决定。有人可能会说，历史是文学的**终极**能指，也是终极所指。因为最终，除了提供其物质基质的现实社会形构以外，还有什么可以成为意指实践的源泉和客体呢？问题并不是这一说法有多么错误，而是完全于事无补。因为文本呈现给我们的通常不是作为历史，而是作为一个嬉戏般的对历史的逃离，对历史的颠覆和抗拒，一个现实的需求似乎已然蒸发的暂时的自由地带，也是一个被包围在必然王国中的自由的飞地。我们知道这样的自由大部分是幻觉——文本确实是**受操控的**；

但是这种幻觉并不仅仅是指对我们自己的错误感知。文本的自由幻觉正是其本质的一部分——是它与历史现实之间所特有的**多元决定**关系带来的结果。

人们在表达这种自由之感的时候可能会说，跟史学研究相比，文学文本看似没有确定的对象。无论是什么样的意识形态模式，史学的对象就是历史本身。但是文学文本明确的对象是什么？文本“意指”什么？即使是那些能引人共鸣的、解释性的历史编纂形式，它们也会尝试从“活的历史”范畴中重构真实的历史——简而言之，即以作为意识形态的历史为其对象——但是由此可见，其间接的对
73 象依然是历史本身。而文学文本却似乎要创造自己的对象，这与文本加工的模式是不可分割的——是这些模式的**功效**而非明确的实体。由于文本以自身为其产品，所以看似是**自生**的。当然，从理论上区分文本的生产手段和其产品是可能的：生产手段包括那些相对独立于具体内容（包括体裁、形式和传统风格等）的美学范畴，而产品可能包括特定的主题、情节、人物和“情境”。但是这明显不同于动力织布机与其产品在物质上和时间上的区别。首先，动力织布机是不会被其产品改变的（我先不理会织布机向产品传递价值的问题），而文学传统是可以被其落实在文本上的作品所改变的。文本看似可以自我生产，就是说，在其自己的空间内，生产者、生产方式和产品基本等同、难以分割。

在做文本分析的时候，有关作家这个生产者的议题完全可以简化为对文本操作的描述，而文本操作反过来也不过是被文本操作的对象的一个可替代的隐喻而已。因此，“产品”和“生产者”似乎不过就是生产语义——也即文本——的那个自生过程的一个具象的抽象而已。

文本是自生的这一说法**从某种意义上**说是合理的，对此我会在后面论述。但是，认为文本仅仅是一种没有本源、没有客体、永不休止的自我意指实践，这一见解与资产阶级个人自由的神话是实实在在并存的。之所以说这种自由是神话，并不是因为它基本上不存在，而是因为它的存在恰恰就是某些决定因素强行自我隐蔽的结果。与之类似，文本的“自由”正是文本与历史不可分割的关系的结果，是其真实必要性的显著形式。为了说明这一观点，我们可以再与史学研究作品做个类比。按照常理，史学研究作品对其意义的组织是为了获得对史实的“客观”记述；但是它往往做不到这样，这是因为对该史实的意识形态建构**取决于**其话语特征。但是，这确实是文学话语的固有特性，文学话语不会把历史作为其直接对象，而是加工那些意识形态方面的形式和素材，而对于这些形式和素材，历史可以说是其被隐蔽的阴暗面。因此，文学与史学文本的意识 74
形态性是截然不同的。文学文本不把历史**作为**对象，即使当它以为自己（如历史小说）这样做的时候；当然，最终，它还是以历史作为对象，但这在文本中并不太明显，除了文学批评。这种历史的**疏离**、特定“史实”的缺席，恰恰给予了文学以自由的气息；与史学作品不同，文学似乎得到了解放，不需要使自己的意义必须与史实相符。但是，这种解放只是内在必要性的另一表象。我们可以说，文本给我们提供的史实的陈述是由社会决定的，而不需要受到那些陈述所指向的特定史实的羁绊。正是在这种意义上，我们禁不住感觉文本要么是自我指涉，要么相反（理想主义者常犯的类似错误），指向“人生”或“人类境况”，因为如果文本指代的不是具体的事态，那它指代的肯定就是自身，要么就是普遍的状态。不过，正是通过这种特定史实的缺位，文本才有了最有意义的所指——指代的不是具体境况，而是那些“具体境况”所实际产生的意识形态的形构（并由此而间接指代历史）。文本不需要真实的历史伴其左右也可以赋予我们这样的意识形态，仿佛它可以自治似的，即给我们提供想象出来的事态、捏造的事件，因为文本的意义不在于其物质现实，而在于它们如何促成对某一特定意指进程的塑造，并使其永存。从这个意义上说，历史被疏离了，或者可以说，变得更加“抽象”了，而与此同时，意指进程则夺取了更高的支配地位，变得更加“具体”。文学作品看似自由——自我生产，自我决定——因为它们不受羁绊，不必重现任何特定“史实”；但是这种自由不过是以其意识形态母体的组成要素掩盖了其更根本的决心。如果说，在文本“捏造史实”（即想象的人物和事件）的层面上“任何事都可以发生”的话——这么说似乎倒也未尝不可，那么其意识形态层面上的组织却绝非如此；也正因为绝非如此，导致其随心所欲地捏造史实的可能性同样成了泡影。文学文本的伪真实是其叙事模式的意识形态渗透的需求之产物。

历史通过意识形态的决定性来操作文本，在文本内部， 75
这种决定性为意识形态赋予了主导结构的特权，可以决定自己想象的或者“捏造”的历史。这种“伪”史实或“文本”史实并不是作为对真实历史的假想的“置换”而与之发生关联。文学作品并非“凭想象置换”史实，而是把经过某种创作的史实陈述转化为想象客体的产物。如果说它疏离了历史，那并不是因为它把历史变成了幻想，或者从一种存在切换到了另一种存在，而是因为被它加工为虚构作品的意指原本就是现实的表象，而不是现实本身。文本是一个由含义、知觉和反应组成的织体，它首先便为那种事实的虚构产品——意识形态——所固有。“文本事实”与史实建立关联，不是作为对史实的虚构置换，而是作为特定意指实践的产物，这种实践的本源和指涉物最终还是历史本身。

因此，文学文本的特征是“具体”与“抽象”的特定接合。在肌质的密度方面，文学文本与史学相似，但在对象的“普遍性”方面①却与哲学话语相近。而在把“抽象”的客体当作具象这方面，文学文本又与两者都不同。文学文本给我们的印象是栩栩如生地即时展现某一形体的姿态，而事实上却没有任何明确的对象——就像我们眼睁睁看着一个人在急切地打着手势，似乎在**暗示**某种具体的事态，结果却意识到他的手势在某种意义上仅仅是仪式和排练，是习得的行为，对他周围的环境没有任何直接的指代，而是揭示了激发这一行为的那种环境的**本质**。我们的错误是在他周边环境里寻找，希望找到与他的手势相关的对象，而不是将他的手势语言作为与环境本身的关联来把握。（正如我们以为他在指方向，却不知道他其实是在跳舞。）于是，这个人本来看似无端的、其实没有任何“具体”动机的行为，却恰恰相反，倒像是演员经过排练和精心策划的行为一样；看似无缘无故，并不是因为动作是即兴发挥的，恰恰因为它不是即兴的。文本在现象主义的史学和哲学之间摇摆不定的地位来自其与意识形态的具体联系。作为
76 “活的历史”产物，文本更接近前者（史学）；作为去除了特定真实情境的“活的历史”产物，它更接近后者（哲

① 我们高兴地注意到，唯物主义批评与菲利普·西德尼爵士的《为诗一辩》在此显然心有灵犀。

学)。当然，哲学对活的历史的处理不是将其视作“即兴”的反应和认知，而是依据其潜在的一般范畴——这一范畴可能是意识形态的，也可能不是，但却或多或少地与意识形态紧密交织。在这个意义上，哲学与文学不同，文学的目的是自然地将活的历史如其天然所是的那样呈现给我们；可是尽管如此，文学还是与哲学有类似之处，因为这种“天然”实际上却是异常的。依我看，文学也或多或少地间接揭示了活的历史范畴；只不过，文学生产这些范畴的目的是掩盖它们，将其溶解于“具体”之中。(亚历山大·蒲柏的《人论》提出了某些范畴性的命题，但其形式中的修辞手法是为了引发对这些命题的**体验**，因此它是文学的而不是哲学的文本。)

但是，说文本“把抽象具体化”可能是一种不充分的提法。这么说或许更准确：我暂且称之为“文本史实”的“抽象化”，它与某一特定历史史实的无同一性（或者说纯粹偶然的同一性)，恰恰是文本的意指策略所特有的多元决定的产生原因，同时亦是其产物。文本的“具体化”正是存在于这种多元决定中，即众多决定因素的复杂集合中。(当马克思在《政治经济学批判大纲》中谈及从抽象中“上升”到具体时，他用一个动词就废除了一整套的哲学传统。）因为，文学文本表现得好像它塑造自己的“真实”是为了“更具体地”（在马克思的意义上）塑造其再现模式；

或者，反过来说，好像它在意识形态领域的决定之严谨恰恰看似矛盾地迫使它的“文本史实”必须采取一定的灵活性和临时性。这倒不是暗示文本中任何事都可能发生，而是要表明“文本史实”被文本意识形态的主导需求溶解、置换、浓缩和合并，以及这种临时性作为特色被**采纳**。这一主张不应被误认作那种形式主义者的信条，即文本只选择能够强化其形式的“内容”；因为，正如我会在后文论证的，“选择”这种内容的那些形式，其本身也是从预先形成的内容——意识形态——中被选择的。关于在文本中“意识形态”对“伪真实”的支配地位，以及二者之间的**生产**
77 关系的例证，可以在现实主义小说谱系中所谓人物和事件的“典型性”中找到。黑格尔派的主张认为这些人物和情境作为不可简化的个人和典型的历史同时出现，其本意是说：它们是多元决定的产物，即通过对多重“伪真实”的元素加以某种置换和合并，它们也互惠互利地凝合起来，其凝合程度异常紧密，并将多种决定因素浓缩于它们自身之中。

诚然，有些文本看似比其他文本更接近真实。“文本真实”的程度在《荒凉山庄》中肯定比在罗伯特·彭斯的抒情诗《我的爱就像一朵红红的玫瑰》中显得更为突出。前者的目的之一就是阐述一段高度本土化的历史；而后者的指代却极度抽象。可是，彭斯的诗显然为我们指明了某种特定的思想观念的意指模式，而不是指向具体的“真实”对象，所以，他当时究竟有没有爱人是完全无关紧要的（这首诗的形式也恰恰做出了如此**暗示**），狄更斯的小说也是如此，虽然没有那么明显。只不过狄更斯运用了特定的意指模式（现实主义），使他必然需要一幅更大的“伪真实”的前景；但是我们不能因此就将他小说中想象的伦敦和真实的伦敦做直接对比。《荒凉山庄》中虚构的伦敦是作为再现过程的产物存在的，它并不意指真实的“维多利亚时代的英格兰”，而是维多利亚时代的英格兰自我指涉的方式。小说不是运用想象的历史作为呈现真实历史的一种方式；小说中的“历史”是想象的，因为它只涉足真实历史的某种特定的意识形态**经验**。在这个方面，把文本不仅仅看作是意识形态的**产物**，也看作是意识形态的**必需品**就更实用——并不是从经验主义的意义上说，因为独立于文学的意识形态肯定存在，但是在理论上，我们通常把意识形态最完全的自我渲染称为小说，如此完全的渲染也只能采用小说这一种逻辑形式。当然，这并不是因为小说“不是真的”，因此只适合作为“伪意识”的载体；而是因为为了重构一个社会的自我再现，我们最终会需要将其从特定的“史实”中释放，并且用情境的形式将其动员起来，这些情境正因为是想象的，才得以兼顾广度、排列、简约和灵活度，而这是对一成不变的生活的再现所不具备的。 *78*

文学文本缺少真正的直接指涉物，这构成了文本最突出的特征，即其虚构性。这里当然也有熟悉的问题：虚构占主导地位的文本拥有太多的“事实性”材料，或者“事实性”占主导地位的文本拥有大量的虚构元素。但是目前暂且说虚构性是文学文本最普遍的要素就足够了，而且这里所说的虚构性完全不是在**字面上**的文本的事件和反应的虚构性（因为它们也可能恰好是史实），而是指生产这些材料的某些模式。一位诗人的人生经历在被创作成诗歌时就变成了“虚构”的——因为此时，具体的生产模式造成了不同的**对象**，引导我们关注的并不是传记的准确度或者这种经历的意义，而是其作为更广义的历史叙事结构的一部分的作用。（这无疑也是主要艺术的“普遍性”这一传统观念产生的原因之一。）如我在前面提到的，这种美学生产模式的主要要素是意指实践对所指的某种支配（或“过度”）——因此随着所指变得更为“抽象”、主观或者虚拟，意指过程也随之得到解脱。传统上被称为“典型的”文学话语——至少通常被认为是此类话语的诗歌——其典型特征就是能指和所指之间的规范关系受到了这样的“干扰”。干扰的效果就是突出或者加强意指实践本身，从而产生形式主义者所说的经验的“间离”。并非所有的文学话语都是如此，比如说，大部分现实主义或自然主义语言就不是这样的。尽管如此，“诗化”语言还是揭示了能指和所指之间的联系，这是现实主义和自然主义文本也共同具有的，虽然没有那么明显。举例来说，“你委身寂静的、完美的处子”① **明显**属于文学话语，而“过了一会儿，我走出去，离开了医院，在雨中走回了旅馆”这句话可能是文学话语，也可能不是，这要取决于其上下文。事实上，这两句话都属于文学话语，都缺少真实的特定指涉物；只不过在第一句中，这种缺位已经铭刻于文本的字里行间，通过其内部的元素失衡已经清楚表明其缺少真实客体，通过其观点的 79
形式结构张扬其对真实的相对自主权。正是诗歌的生动表达暗含了一种沉默。而现实主义者的散文体则“假装”在每一句中都有真实的特定指涉物，不过却又以其作为完整话语（即“小说”）的身份揭开了这一伪装的面具。在这种意义上，“诗意”就是被掩盖的真相，在其微观结构中展示了现实主义作品的宏观结构特征。

当然，能指和所指的文学关系并非一劳永逸、一成不变地绝对。相反，这种关系随着审美意识形态的决定因素变化和变异，就像罗兰·巴特在《写作的零度》中写到法国文学史中一段特定时期时所论证的一样。文本可能将其能指无限地“前景化”，从而使所指剧烈变形、疏离和陌生化；或者，文本也可以严格限制这种无度，以便同其“内

① 济慈《希腊古瓮颂》中的诗句。——译注

容”的逻辑保持表面上的恭谨一致。这种审美对比不应被误读为政治性的，尽管前者一定“激进”而后者肯定“保守”。为了保守的目的，陌生化（defamiliarisation）可能会复兴某一意识形态，对顺应者来说，评判“清晰易懂的”文本需要部分参照其所“顺应”的事物。但是这种对照无论如何都是具有误导性的，只要它在暗示有些文本是**真正地**疏离其客体，而有些是真正地顺应客体。这两种说法都是对另类审美效果的隐喻化描述：它们不能表明文本、意识形态和历史之间已然改变的普遍关系。没有文本会完全地“顺应内容”——使能指适应一些完全不同于它们的所指；这里的问题不是文本与一些可分离的所指之间的联系，而是文本意指（既是“形式”，又是“内容”）与被我们称为意识形态的那些更加无孔不入的意指之间的联系。这一联系不是可以仅仅依照文本在多大程度上将其意指**明显**置于前景来衡量的，虽然在某些文本中，这一做法完全有可能产生一种与意识形态的特殊联系，反之也是因为这种联系而产生的。重申一下：即使“散文体”的文本也可以再现诗歌引以为豪的能指对所指的支配地位——尽管不是每一个短语都如此。它将这一再现置于其整个结构之中，即元素的内部排列中，其特征是高度的相对自主性，而其可能发生的唯一原因就是没有真实的特定指涉物。

80 还有一个可能的歧义有待解决，即究竟是什么构成了文学作品的“所指”？**文本内的**所指就是我前文提到的“伪真实”，即文本所“涉及”的想象的情境。但是这种伪真实不能直接与历史真实相对照，而应该说，它是文本的整个意指过程的一种后果或者一个方面。那一整个过程所指涉的就是意识形态，而意识形态本身也是对历史的一种意指。这里的关系可以通过一个简单的图加以阐明：

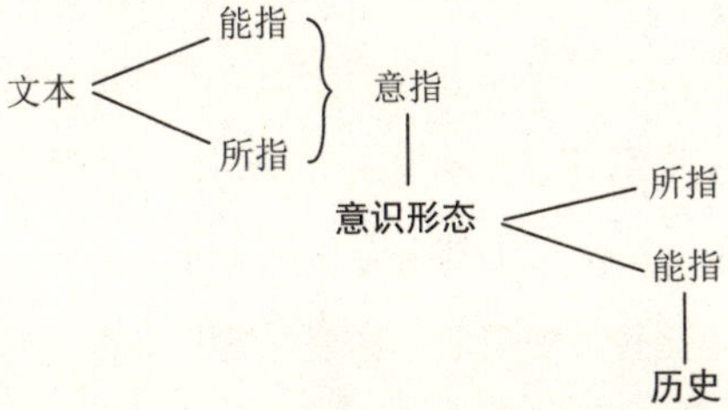

“原型”文学话语中所指与能指之间的关联被“扰乱”是由整体话语与意识形态之间的关联造成的。这是因为，文本的材料是意识形态的，而不是历史的——因为文本可以说正是存在于它在自身和历史之间挖掘出来的“空洞”中——文本缺少真实的特定指涉物，并在自身构造过程的相对自主性中展现这一缺失。“诗体”文本也在能指和所指的失衡中展现这一缺失，也正因如此，具体历史对象的缺失才恰恰得以在意指过程对“伪真实”的支配作用中被宣告、被挑明。

不过，我们对文本所操作的意识形态以及那一操作的过程都需要更精确地掌握。如此表述这一问题，本身就冒了弄虚作假的风险，因为我在后文中会论证，文本不是简单地“拿来”外部的意识形态材料。意识形态先于文本而存在；但是**文本的意识形态**对该意识形态的界定、操作和构建方式却是意识形态本身没有预先考虑过的。我们称为“文本意识形态”的那种特定意识形态的产生并无先在体：它就等同于文本本身。这里的关键是双重关系，不只是文本和意识形态之间可以客观测定的关系，也包括（并且同
81 时包括）文本本身“主观地”标榜、掩盖、暗示或神秘化的那种关系。每个文本都会含蓄地展示其与先在素材的关系，暗示（比较下安东尼·特罗洛普与马拉美）这些素材先于它有多远。这种关系也不一定是单数：因为一部作品可能承认它在某些元素上对先在素材的依赖性，而这样做只是为了坚持自己在其他元素上的完全自主权。

“先于文本”的意识形态在作品中呈现自己的形式是多元化的：通过“平常的语言”，约定俗成的象征和传统，感知习惯的规范或其他人工物。它也会以更为正式的方式呈现自己：通过那些特定的美学、政治、伦理和其他方式，这些方式可能会立刻渗透于日常语言中，却又可能从中脱颖而出，凝练成独特的语义。作品可与这些方式建立比较直接的联系，这一点也不可忽视。诚然，意识形态将自身呈现给文本通常是作为“生活”而不是范畴，是作为直接

的经历而不是概念系统。但是大部分基督教的、新古典主义的和斯大林主义的文学都允许意识形态以相对“纯粹的”形式进入文本，并以一定程度上脱离“活的历史”的偶发事件的方式预演其范畴。在这种情况下，我们可以看出下面几个方面之间的异常直接的关联：

（1）“一般”意识形态范畴

（2）“一般”意识形态话语

（3）审美意识形态范畴

（4）审美意识形态话语

（5）文本

举个斯大林主义的例子，美学范畴（“社会主义现实主义”）与“一般意识形态”之间存在特定的直接联系，其生产出的审美话语模式看似只是模仿了“一般”意识形态模式。然而，即使在此类作品中，也不存在把文本话语**简化**为意识形态话语的问题。一种意识形态范畴生产一系列意识形态的意指，从而形成了文本的直接素材；这些意指可以视作意识形态范畴的具体“产品”。对文本的研究就是对这些被创作出的范畴的创作过程的研究，即对意识形态生产的分析的二次方。在相对“纯粹的”意识形态作品中，意识
形态话语的创作就是为了使其看起来“反转”到创造它们 82
的范畴中。这也不能以黑格尔派的方式理解为文本将其材料“普遍化”，即从特殊中发现一般。这类作品揭示它的意

识形态不是将特殊“升华”为一般，而是体现在其操作方式的特殊性中——体现在产生这一简单的“模仿”效果的一整套变异和置换中。

然而，在其他一些文本中，用于创作的素材显然更多的是“起作用”的意识形态——它们在直接经验中自然分泌，因而对范畴结构“没有意识”。在这里，意识形态进入经过细致**加工的**文本，已经为文本的变形操作做好了准备。在此，文学作品与“日常语言”的关系具有较大的相关性，因为意识形态正是在“日常语言”中被生成、承载和自然化的，因此文本与它的关系是意识形态特征的重要标志。除了那些与日常语言的“关系”是直接否定关系的作品（比如以帝国主义统治阶级使用的外国语言写就的作品）以外，每个文本与其所在社会的共同话语都有关系。但是，看似在复制这种共同话语的文本（说“看似”也是一种惯例，我们必须**学会**如何阅读这样的文本）明显不同于使这种话语剧烈变形的作品。严格意义上说，这也不单单是一个语言问题：因为，要说文本中的一切都是以语言形式发生的，这就等于在说世界上发生的一切都是因为上帝。这种放之四海而皆准的陈述必然是自我抵消的，等于什么都没有说。《仙后》或者《芬尼根守灵夜》的语言手段标志着一整套更加广义的意识形态“话语”的变异，包括认知、假设和象征。这里，通过审美意识形态的作用，完成对已产生范畴的生产；我们也可以说，正是在这种生产的二次方中，存在着文本与意识形态的真正关联。通过形式手段，文本建立了与意识形态的变形关系，使得我们可以感知通常被掩盖的、文本从中产生的意识形态轮廓。

路易·阿尔都塞在《列宁与哲学》一文中有段著名的话：

> **我并不把真正的艺术归类为意识形态**，虽然艺术 83
> 的确与意识形态有很特殊和具体的联系……艺术（我说的是真正的艺术，而不是一般或平庸的作品）**严格意义上说**并不会给我们**知识**，所以也不会取代知识（现代意义上的科学知识），但是艺术给我们的东西与知识保持着某种特殊的**关联**。这种关联不是在同一性上，而是在差异性上。容我解释一下。我认为，艺术的特性是“让我们看到”、“让我们感知”、“让我们触碰”一些**影射**现实的东西……艺术让我们**看到**的……是那种意识形态，艺术正是诞生于、浸淫于、以艺术的形式而脱离并**间接影射**的那种意识形态……巴尔扎克和索尔仁尼琴让我们“目睹”了他们的作品所影射并不断滋养的意识形态，目睹了他们的小说源于其中，同时又已预先决定要从中**撤离或内部疏离**的那种意识形态。在某种意义上，它们让我们**从**

> **内部**“感知”（但不了解）它们所在其中的那种意识形态……①

这是一个引人联想的、非常难以令人满足的说法。首先，它明显对“真正”的艺术避而不谈，其本身含义就如吕西安·戈德曼的“有效”文本一样模糊。两者都是把某种评价性的判断不合理地插入（或者说掘出）了自我标榜为关于艺术结构本身的科学解释。这种判断是否由这里所描述的过程得以发生的审美“真实性”**构成**？还是说仅仅是从那些连自身的“真实性”都依其他未检测标准来验证的作品推导而出？一件作品是否会因它让我们感知到它所浸淫其中的意识形态而显得“真实”？如果是这样的话，这何以称为真正意义上的**审美**判断？或者那种疏离是不是一种拥有其他决定因素的价值观的某种后果？还有，这种疏离又如何达成？皮埃尔·马歇雷诠释了这一观点，暗示它是文本赋予意识形态的形式的效果。② 但是讨论到此为止则无异于仅仅以形式主义为其定罪。因为，虽说文本与意识形态的关系受到文本形式的重要影响倒也属实，但却并非全部
84 真相。阿尔都塞和马歇雷好像要把文本从纯属意识形态的

① 《列宁与哲学》，伦敦，1971 年，第 203—204 页。
② 《文学生产理论》，巴黎，1974 年，第 77—83 页。

羞耻中**解放**和**救赎**出来；但是在此过程中，他们的所作所为只能诉诸模糊的比喻性语言（“影射”、“看到”和“隐退”），而这只能让“内部疏离”与艺术“超越”意识形态这一广为接受的观点之间的区别具有了一种修辞的性质。好像审美仍然必须被赋予神秘的特权地位，但如今只能以这种令人尴尬的拐弯抹角的方式来体现。如果不能把“真正的”艺术归入意识形态的范畴，那么它是否可以在社会结构中形成一个独立的领域，与阿尔都塞规定的经济、政治、意识形态和科学这些范畴并列？这确实像是给它赋予了一种相当大的，甚至是过度的特权。事实上，马歇雷也是被自己的意识形态观点的逻辑逼到了准形式主义者的位置。如果，意识形态被称为“幻觉”（马歇雷的用法），那么只有通过形式上的**场面调度**，意识形态才能够接近知识的地位。但是，如果意识形态不是知识，它也不是纯粹的幻想。文本通过其形式与意识形态建立联系，但它这样做只能是基于它所操作的意识形态的**特征**。正是那种意识形态的特征，**加上**由它产生或者因它而成为可能的文学形式的变形加工，决定了文本获得重要感知或无效感知的程度。恩格斯没有把对巴尔扎克的有效感知仅仅归因于形式所固有的明确的、启示性的功能，列宁对托尔斯泰、托洛茨基对马雅可夫斯基也同样没有这样做。文本的过程就是意识形态生产使它得以产生的形式，并以此来大体决定用于操作它的工具和手段以及这一操作过程本身之性质的过程。诚然，在意识形态的产生过程中，文本赋予其一个形式，但这个形式并不是随意的，并非如马歇雷所说的文本“赋予意识形态一个形式”所暗示的那样。因为被赋予的这个形式最终是由文本所操作的问题域的“形式”决定的。无疑,这不是一个**严谨的**决定关系，因为同一意识形态可能由多个文学形式所生产；但是尽管如此，它总会使一系列形式成为可能，并使另一些成为不可能。文本所操作的“素材”已经以某种“形式”将自己毛遂自荐给文本，作为或多或少连贯排列的、有组织的意指，它们部分构成了
85 弗雷德里克·詹姆逊所说的文本内容的“逻辑”①。自然，这并不是说，形式克服了意识形态的芜杂——这一观点类似于资产阶级批评家的那种假想，认为艺术会使经历的“混乱”有序化。意识形态是一个相对连贯的构成，并因此而广义地决定了那些结构定义和被我们称为文学形式的意义分布；可是另一方面，文本的形式并不仅仅是意识形态“内容”的附带现象。意识形态内容的形式，即意识形态问题域的范畴结构，对文本的形式有一种**普遍的**决定性的效果，而且不仅仅是决定其**体裁**。但是，文本自身的形式并

---

① 参见其《马克思主义与形式》，普林斯顿，1971 年，第 327—340 页。

不等同于其**体裁**，而应该说是其独特的产物。

如果文学作品可以被看作是意识形态生产的二次方，我们就有可能看到这种生产的二次方是如何在一定程度上自我抵消、反转为知识的同源物的。因为，在创造意识形态表征时，文本通过特别强烈、紧凑和连贯的形式揭示了使那些表征得以从中产生的范畴。这里用“揭示”可能有一定的误导性，因为不是所有的文本都在表面显示其意识形态范畴：这些范畴是否可见取决于文本对它们进行操作的确切模式，也取决于这些范畴本身的性质。的确，在大多数文学作品中，创作模式的结果是掩盖其意识形态范畴，使其“自然化”，将其融入“活的历史”的自发性当中。在这种意义上，文学作品将意识形态对历史的作用提升到二次方；也把历史由以将其自身自然化的意指作为“自然的”来创作；但是，作品同时也揭示了（对于批评家而不是对那些随意浏览者而言）那种自然性如何成为特定创作的产物。如果文本显示自身是“自然的”，它同样也证明自身为构建技巧；正是在这种双重性中，它与意识形态的联系才得以被辨别。

那么，结合起来审视这两个互相建构的结构，即文本所操作的意识形态的性质和这一操作的审美模式，就至关重要。因为，文本所操作的意识形态可能会容纳真实元素，同时又通过其操作方式将这些元素部分或者完全地“分

86 解”。相反，一种明显“已经赤贫的”意识形态可以被审美形式转化为接近知识的东西。更复杂的情况也不无可能。比如，我们可以说，像《荒原》这样的诗出现于比乔治亚诗派潜在地更加“高产”的问题域中（就其所能提出的问题的跨度和复杂性而言），但是这种潜力却因其神秘化形式的古怪后果而受到“阻碍”或者压抑。但是我们也可以说，这些形式为它的问题域本身所固有，是诗歌的错位和试验性手段使这一问题域变形为通常超越问题域范围的认知观念。意识形态和美学创作的模式都是典型的复杂结构，它们的元素之间可能出现既同源又矛盾的多元特定关系。

阿尔都塞的构想还有一个弱点可以被称为消费者中心化倾向。好像**读者**是文本有效性的最终担保人，似乎是“我们”（谁?）对作品“浸淫”（不祥的手语）其中的意识形态的“目睹”和“感受”确保了它的“真实性”。诚然，是作品本身产生了这样的效果；但是由于这一过程的运作方式未经核实，于是焦点转移到了“读者的反应”上面。自由人道主义者的问题域则以不同的形式得以保留：如今，在洞见的某个难能可贵的瞬间揭示给我们的只不过是意识形态，而不是现实。说到这儿，很有必要回到文本本身的生产过程之中。我已经说过，相对“纯粹的”意识形态文本创作意识形态话语的目的是“反转它们到”产生它们的范畴之中。但是文本与意识形态的其他联系也是极其可能的：这里完全没有固定的、亘古不变的关系。其他文本创作意识形态话语的目的是展示不同程度的内部冲突和无序；由于意识形态必须根据美学创作的规则达成问题的“解决方案”，于是强加给文本诸多置换和变异，无序的产生便是由这些置换和变异造成的。在这样的文本中，意识形态范畴的相对连贯性得以揭示，恰恰是以掩饰的形式下——被文本的**不连贯性**所揭示，被它为了找到“解决方案”而努力操纵素材、从而被抛入其中的巨大混乱所揭示。

所谓“解决方案”，不能按照字面意思来理解。我所说 *87*
的“解决方案”并不是简单的一个清晰问题的明确答案，因为大部分现代主义和后现代主义文学显然都不是这样的。不从字面意思理解，我们可以把每个文本都看成需要找到“答案”的“问题”；文本过程就是解决这一问题的过程。也就是说，每个文本都会提出一个最初的情景，然后经过一些变异；在每个文本中，都有事情**发生**。这在叙事体文本中最为明显，其中最简单的结构是 a－b－c 结构，即 b 介入其中，使 a 变成 c；可是，非叙事性的文本，甚至是最简短的意象派诗歌，也是如此。我所说的“问题”，是文本最初给定的元素，即需要**加工**的东西，只有在特定文本中（特别是叙事性文本），这种加工才在形式上被认为是历时的。文本的初始给定元素也不必是**时间上**的“最初的”，即便是，这也仅仅是解决问题的形式上的或通用的指标，基本上都是“共时的”。《汤姆·琼斯》的叙事结构把汤姆在天堂庄园的最初境况转化为一系列的事件，最后由小说的最终清算“解决”。但是这种历时轴不过是一些永恒的意识形态冲突（自由与权威、兄弟之情与等级制度、博爱与谨慎等）的“共时性”解决方案的索引；在同时代的相近文本，比如蒲柏的《道德论》中，也采用了这种直接的“共时”形式。这并不是说，历时轴只是偶发事件，只停留在文本的纯粹现象层；恰恰相反，在某种紧要关头，“问题”必须按“时间顺序”前后衔接，这一点具有重大意识形态意义。但是“问题”和“答案”并不总是同时给出的，如同作品的加工方式对其意识形态的可替代性描述。重申一下，文本并不一定提供一个特定问题的确切答案；但是“非解决方案”的性质与“解决方案”的性质同样有意义。仅在“停止”的意义上，文本都不缺少解决方案：文本的“非解决方案”必须冒充内行，只要文本想要成为“完成的”文本——严格地说也没有其他的文本了，因为文本必须是我们的即得文本，这是其定义的一部分。它终究还是**这个**“非解决方案”，而不是那个争议中的问题——是由“问题”被提出的方式决定的“非解决方案”。在这个意义上，每个文本都是自身问题的答案，只对自己提出自己可以解决的问题，或者即使悬而未决，也不会从根本上质问其问题域的条件。问题和解决方案是同步的，因为文本对素材的处理方式决定其尝试解决问题的行动从一开始就把它们表达为“可解的”（或者**可以接受的**“不可解的”）形式。因此，对文本倒着读就很重要——根据它的“解决方案”去审视“问题”的本质。有了作品的初始素材，我们就可以用它们构建一个意识形态上允许的“解决方案”的类型划分，之所以说作品“决定其自身”，这也是其中的原因之一。在“一般”意识形态和“审美”意识形态的交集处，只有某些文本元素的排列组合是可能的：假定了 a，文本就要断定要么是 b 要么是 c，但不能是 x。事实上，**阅读**的典型体验也正存在于由此而造成的文本的二重性，即它结合了悬念与内部逻辑、开放与封闭、自由发挥与岿然不动、临时元素与决定要素，等等。 88

重要的是，我们在这里要把握“意识形态的”与“审美的”之间的紧密联系。文本不仅仅是“拿来”意识形态冲突以便用审美手段“解决”它们，因为这些冲突的本质特征是由创作它们的文本模式多元决定的。文本解决特定意识形态冲突的方式可能在其他地方创造出文本冲突，比如说在文本的不同层次中，这些冲突相应地也要被“处理”。但是，在这里，作品“处理”意识形态冲突是以解决明确的**美学**问题的形式而达成的，因此，文本解决问题的过程从来不是简单地向外指涉一些预先存在的意识形态难题，而是在“审美的”形式下的“意识形态的”自我展示，**反之亦然**，即意识形态冲突的“审美”解决方案，反过来又制造一个需要意识形态方案来解决的审美问题，周而复始。不能简单地说意识形态为文本形式上的审美加工提供“素材”；而应该说，文本过程是两者之间复杂的相互表达，审美模式借此来定义和决定意识形态问题，以便能够不停地自我再造，但是再造的界限和条件取决于自身意识形态的多元决定的设定问题。在这种意义上，冲突和解决的过
89 程是共时性的，而不是历时性的。文本的每个短语、每个画面——既然它通常是由整体决定又决定整体，既然它向来集产品和生产者、目的地和出发点于一身——同时既是“答案”，又是“问题”，在担起临时“解决方案”这一重担的时刻又创造了新的冲突的可能性。在这种意义上，我们可以说，文本是“自我生产”的，但在生产过程中不断与意识形态发生联系，这给了它相对自主性，以至于其在自我意义不断阐述和还原的同时也生产了决定性的意识形态。有人也许会说，文本与**其自身的关系**是有问题的，因为它同时也是文本与某些意识形态问题的关系。因此，文本与其自身从来都是不一致的，不然它就无话可说了。更确切地说，这是文本与自己**变得**同一的过程，即一种克服自身问题的尝试，而问题的产生是由于文本本身产生了，而不

是反映了意识形态的“解决方案”。

这里再参照皮埃尔·马歇雷的观点很有用。马歇雷认为，文学作品的内部都是不一致的，这种不一致源自它们与意识形态的特殊关系。将作品与意识形态分隔开的距离自我体现于将作品与自身分隔开的内部距离，迫使它进入永不停歇的意义的差异和分割。为了使意识形态起作用，文本必然要阐明缺失的部分，并且开始使沉默的意识形态“发声”。文学文本远不是构建一元化的意义集合，而是将某些决定性缺失的标记铭刻其中，这种缺失将各种意指编织成冲突和矛盾。这些缺失，即作品中的“未言之物”，正是把作品和它的意识形态问题域捆绑在一起的东西：意识形态就存在于文本之中，只不过其存在形式就是意味深长的沉默。因此，批评的任务不是把自己置于与文本相同的空间，允许文本发声或者补充文本必须留白的未言之物。恰恰相反，批评的功能是把自己置于作品的不完整之中，从而将其**理论化**——去解释这些“未言之物”在意识形态上的必然性，这正构成了文学批评本身的原则。批评的客体是作品的**无意识**——即作品没有察觉也不可能察觉的东西。文本“言及”之物并不只是这样或那样的意义，而恰恰是它们之间的差异与分隔：它所表达的正是将文本的多 90
重意义分割与捆绑的空间。批评的任务是要展示文本是如何被其与意识形态的联系“掏空的”，即它如何通过让意识形态起作用而被迫面对由意识形态与历史的联系而造成的间隙与限制。意识形态之所以存在，是因为有些东西一定不能言及。通过让意识形态起作用，文本开始阐明这些缺失，而这些缺失正是文本表达话语的基础。在此过程中，文本帮助我们从意识形态中“解放”出来，而话语就是该意识形态的产物。

值得注意的是，马歇雷的这些表述指明了马克思主义批评与那位伟大的科学家弗洛伊德之间的可能的交集，他在这类批评中常常被视为意味深长的沉默。在《梦的解析》中，弗洛伊德说到，分析梦境的医师必须透过显性梦境来揭示隐性梦境。但这并不是一个简单的诠释过程，因为分析者的任务并不只是道破被曲解了的文本意义，而是要揭示**文本的曲解本身**的意义。也就是说，精神分析必须重构弗洛伊德所说的**“梦的工作”**，即产生梦境的实际过程。梦的“真相”就在曲解之中。分析者必须剥离弗洛伊德所说的“最表层梦境”，因为那是梦醒后由意识二次加工后的结果；但这也仅仅是揭示“深”层梦境的准备工作，那个层次才是以伪装的形式表达隐性梦境的符号。

弗洛伊德“最表层梦境”的说法是为了把梦系统化，填充梦的间隙，抹平其矛盾，以便从梦中创造一个相对连贯的文本。但是在这个表象下存在的是梦本身真实的、不完整的、自我分割的、残缺的文本，而且是抗拒解析的文本。这种抗拒体现在病人犹豫不决、迂回宛转的联想中，表现在他对部分文本的遗忘中。弗洛伊德认为，这种抗拒的压力正是梦产生的根源，是造成“打乱最好的梦的连续性的空隙、晦涩和迷惑”的原因。作为曲解和残缺的文本，梦是无意识材料寻求表达与意识形态审查者实施干预之间的斗争和妥协。其典型的结果就是，无意识能够说出它想 91
要的东西是什么，但不是以它想要表达的方式——而只是以缓和的、扭曲的、或许无法辨认的形式来说。这种不协调特别体现在梦的间隙中，弗洛伊德称：“文本的中断之处恰是解析盛行之处，这是自我矛盾的，虽然也是自我的产物。”

与弗洛伊德的“最表层梦境”相对应的大概就是马歇雷的“规范式”批评；这种批评**拒绝**接受文本原样、根据文本“可能成为的”圆满而理想的结构对其加以“修正”，抵制其片面、矛盾存在的确定性质。“规范式”批评把文本视为“先于”文本自身的理想客体的虚构排练，把文本里的理想存在看作是文本所偏离的不变真理或本质，它的典型动作就是给作品加上“还可以做得更好”的旁注。“规范式”批评的错觉在于，就其本身而言，它仅仅是经验主义者谬论的替代品，只是把作品作为一个自发的假设来“接纳”：就是说，“规范式”批评强行介入、处理和修改文本，以使其更好地被消费。最表层梦境就类似于经由“规范式”

批评定义的文学文本，也可以说是由其自己定义的文本，即它可能“想要”呈现的文本是自发的、完整的并因而是意识形态的。相对而言，与“真实的”梦的文本相对应的则是经由科学的批评定义的文学文本，它“意识不到”自我，只能由与意识形态的**联系**而构成；这种联系它本身不能直接言及，只能通过自残才得以展示。在解释文本的空白和缺漏时，弗洛伊德和马歇雷都将讨论中的话语与其生产条件联系起来：事实上，马歇雷本人就做过这一类比，他曾评论说弗洛伊德把梦的意义置之**别处**，在其自身之外，在那个使其成为产品的结构之中。不管是对梦还是文学文本而言，那个结构都不是“微不足道地”存在于话语之中的，而恰恰是它将话语撕裂，形成不对称；意识形态是以无序状态出现在文本“之中”的。批评和梦的解析的任务都是表达出话语的未言之言——或者更精确地说，是审视生产断裂话语的扭曲机制，重构那一加工过程，文本在此过程中由于与其可能性条件的联系而遭受内部位移。

92 弗洛伊德的“最表层梦境”可对应于所谓的“现象”文本——其自我连贯的丰富含义将自己视为持续“可读的”话语而“毛遂自荐”供人审查。文本的这种异常存在，在资产阶级意识形态中起到了把读者变为同样自我连贯的“主体”的作用，其中心是意义完全专属的特权空间。但是“横跨”在那种异常存在之上而构建的是“真实”文本，是

“现象”文本通过持续的缝合来试图掩盖的话语。当然，评论家不是文本的**治疗师**：他的任务不是为了治愈文本或使之完整，而是揭示它为什么是它的那个样子。尽管如此，将批评与梦的解析做类比还是颇有启示性的，不仅仅是因为文本和梦作为话语模式的相似之处。两者之间的问题域联系和产生条件都能导致固有的**歧义性**话语，以至于弗洛伊德用来描述梦境的术语都表现出了“文学性”——梦成了语义重点不断变换的、除去文法规则的语言，其运作是通过对其素材加以“关联模糊的压缩”、混调和凝结，而这样可能就需要将基本的逻辑规则暂时停用。这种歧义性适用于意义的替代和省略，因此对文学文本来说也是一种同样适合的模式。我在此前已经论证，文本对真实的高度相对自主性造成了其特有的**聚合体**，即奇怪的、多元决定的意义聚合；但是这种聚合也造成了文学语言在原型上的歧义性和多义性。因为文学话语没有真正的特定指涉物，因此其意指仍然保持多样化和部分“开放”，这便使其与意识形态的联系所引发的意义的替代和省略成为可能。

马歇雷关于文本—意识形态联系的构想是丰富而富有启示的，但我必须说它也是片面的。在他的作品中，**缺席**这一中心概念成为了马克思主义和结构主义思想元素的理论联系，简而言之，缺席使马歇雷能够保留人工物的高度

自主性，同时又与历史相联系。换言之，如果文学语言的形式主义理论要与历史唯物主义共存，如果俄国 20 世纪 20
93 年代的文学争论可以被一举超越的话，缺席就是一个绝对必要的概念。但是，如果把作品的身份设想成完全由它所不是的东西构成，那不但显得很像黑格尔的理论，而且这种对文本与历史联系的根本性的**否定**观念，虽然无疑可以有效地对抗一些新黑格尔主义和庸俗马克思主义提出的极度“正面”的模型，却也难免陷入其特有的教条主义的危险。因为，文本会因其与意识形态的联系而陷入严重的内部混乱这一说法并不是始终正确的，也不能说这种关系仅仅在于文本强迫意识形态对抗其所否定的历史。我们见到过，有些文本与意识形态建立的联系没有这么“紧张”，从而也不仅仅“再造”意识形态。蒲柏的《人论》就是一个高度“加工的”意识形态作品，却也没有因此而陷入自我冲突；在这里，意识形态中固有的**可接受的**矛盾（悖论）是可成立的，没有明显的自我摧残。也有其他一些文本在以“解决问题”为名对意识形态成分进行加工、替代和变形时显示出一系列的不一致，但是也没有使它们扭曲成严重的自我矛盾。从这个角度看，此类文本中选取的意识形态话语通常更加“不了解”直接的意识形态决定因素，更加不纯粹，更加模糊，因此需要更加严格地加以生产，并在这一过程中将一定程度的对抗性出卖给生产模式。似乎，

这里讨论的意识形态范畴不会“自发地”决定其恰当的话
语，而是向审美操作“展示”多种选择和不确定性——这
些不确定性一定要得到“修剪”，但在最终产品中仍然或多
或少地缠绕不清。蒲柏的一些诗歌在此也较为典型：作品
的独特“审美效果”一定程度上在于审美变形机制的持续
的戏剧性的可见性，这种可见性同时又得到遮盖和“自然
化”。也就是说，文本在其素材中展示了有限“自由”的幻
象，似乎它们的特殊分量和影射性有可能使它们逃脱对审
美加工的服从，结果却证明这种服从终究还是无可逃避。
单词和短语向它们在“前文本”话语中的位置招手示意，
结果还是得屈从于它们无可逃避的文本轨迹，以及它们在
特定意识形态构成中的位置。或者，正如马歇雷所说，也 94
有一些文本，意识形态的场面调度制造出意义的严重自我
割裂——比如在《序曲》这样的作品中，有机主义的进化
论意识形态被完全顿悟的“时间节点”——拒绝被吸收的
顽固材料——割裂。在此，文本“官方的”意识形态与其
生产模式相矛盾，即所说与所示不一致。只要《序曲》从
悲剧的边缘悬崖勒马，退回到其独自的顿悟所示之处，它
的“官方”意识形态就可以说是胜利了；但是有一两首
“露西”诗歌恰好相反，因为其中某些莫名的情感压力长驱
直入，将“官方”意识形态抛入了激烈的拷问。换句话说，
意识形态迫使文本无序化的方式是相冲突的；即便如此，

我们也必须分清楚**意义**（或意义层次）的无序和**形式**的无序。在形式上，《序曲》被其意识形态上的悖论而割裂，无法升华为自己希冀的天衣无缝的、不带个人色彩的史诗：其普遍的不确定性、不均匀的纹理、断断续续的叙事和不断变换的立场与其慰藉人心的进化论观点并不和谐，显得自身并不统一。但是相比之下，一些“露西”诗歌的意识形态冲突却恰恰因为它们形式上的波澜不惊、完好无损而获得了启示。

论证文本与意识形态之间的差异化关系并不是为折中主义辩护。只是说这些关系在历史上是可变的，如同“一般的”意识形态和“审美的”意识形态一样可变，因此需要具体的历史定义。而且，这种多变性在同一位作家的职业生涯中也有迹可循：我脑中浮现的是托马斯·哈代。《绿荫下》创造了一种田园式的意识形态，也由此显露了小说本身的局限性，将社会流动、分裂和瓦解的形式戏剧化，这是田园式的意识形态不可能完成的。但是这些元素并没有被允许从根本上颠覆田园牧歌的体裁，正如小说半自嘲式的副标题（“一幅荷兰派的写生画”）所暗示的，小说是通过对其无法吸收的事物保持某种疏离而保全自我。《远离尘嚣》这一书名则是更加公开的嘲讽，适合这部将更加强烈的现实主义技巧强加于“田园式”意识形态的小说，让其陷入强烈的自我质疑之中，却又通过结局对悲剧的拒绝而对它表达了犹疑的认可。《还乡》、《卡斯特桥市长》中形式的不和谐，典型地将田园、神话、“古典”悲剧和虚构现 95 实主义杂糅于一体的“不纯粹的”哈代式复合体，则是在意识形态上明确超越田园体的产物，但还未实现其形式的圆满，直到小说《林地居民》和《德伯家的苔丝》出现，才升华为精致的现实主义。哈代刚刚完成这种关系的升华，就开始在《无名的裘德》中通过将它逼入虚构模式而迫使它陷入自我矛盾之中，这恰好凸显了现实主义本身的局限性。《无名的裘德》中剧烈的内部错位和矛盾正是小说将其所运作的意识形态逼向绝路的结果，好在在此之前，他的小说已然展示了文本和意识形态之间一系列的可能关系。

马歇雷坚信，文本的矛盾不应被理解为真实历史矛盾的反映。恰恰相反，文本的矛盾正是来自于这种反映的**缺席**，来自于将自己介于作品和历史之间的意识形态运作所遭到曲解的效果。但是如果文本的内部冲突不是历史矛盾的反映，那么它们也不是意识形态矛盾的反映。因为，严格来说，意识形态**之中**应该没有矛盾，因为意识形态的作用正是消除矛盾。只有意识形态和它阻隔的东西，即历史本身之间才有矛盾。那么，文本的不和谐就是作品意识形态**生产**的结果。文本将意识形态**置于**矛盾之中，暴露其与历史联系的局限和缺失，并以此将自身置于质疑之中，在自我之中制造缺失与无序。然而，这里亦有陷入过度扩张主义和“极权主义”的意识形态概念的危险。因为意识形态并非时时处处都是假想中的、天衣无缝的整体——时时处处“处于最佳状态”。从内部看，意识形态并没有外部，在这种意义上，人们不能像跨越地理界线一样越过意识形态的外部界限。意识形态的门槛也是内部界限：意识形态空间如同太空一样是弧形的，而历史超越它而存在，正如只有上帝可以置身于宇宙之外。创造一条从意识形态的中心跨越其边界的“通道”是不可能的，因为从有利位置看过去，意识形态没有可供跨越的边界；意识形态的圆弧自我封闭，在其自身之外创造了一个无法探索的虚空，因为
96 它确确实实什么也不是。如果说无法从意识形态内部穿越其边界，那是因为这些边界根本就不存在，因为边界之外一片虚空。沿着意识形态意义的任一条轨道无限期地旅行，目的不是为了邂逅一道表达的终极门槛，而是要画出一条将你不可避免地带回起点的弧线。意识形态如若发现其分界线，就是它自我解体的开始；不小心误入与之相邻的异域空间必然带来“文化冲击”，它是不可能从中幸存的。如果发现了这样的异域，意识形态也就找到了它的**祖国**，然后就只能落叶归根，它便寿终正寝了。当它备感创伤地认识到自己被隐瞒的血统渊源后，即发现归根到底它不是自我繁殖而是由历史生成的这一真相、在发现在它之前历史

已然存在这样的丑事之后，意识形态便不可能存活了。但是这一认识可能是被意外发现的、与之抗衡的手足兄弟——向其揭晓其身世秘密的对立的意识形态——强加给它的。这一秘密可能是直接说出的，也可能是意识形态在觉察到了自己的对手从历史的子宫分娩出来的瞬间，而被迫承认自己也是同根同源的产物。换言之，意识形态并不是因为被文学文本强迫撞在历史的墙上才吓得交出了自己的秘密。意识形态的矛盾也许是因为这种由历史决定的与另一种意识形态或次生意识形态狭路相逢而被逼迫出来的；事实上可以说，正是在这样的历史紧要关头，可以发现也是许多重大文学流派的诞生时刻。诚然，莎士比亚的戏剧绝不仅只是“再造”了一种历史意识形态的冲突，但它也未曾逼迫某一特定的意识形态到打破其意义重大之沉默的地步。而应该说，这些戏剧从内部的一个明确立场制造了意识形态的严重冲突，其特征是程度极高的“解体”；造成这种解体的正是敌对意识形态带来的冲突，它们是随着阶级斗争的某一特定阶段应运而生的。

意识形态构成的科学性可以保证批评的科学性。只有在这一科学的基础上才能建立科学的批评——只有理解了意识形态，我们才可以说自己理解了文学文本。这并不是说，科学的批评只是把历史唯物主义“应用”到文学中。批评是上层建筑理论的一个具体要素，它研究的是其对应

97 客体的特殊规律；它的任务并不是研究意识形态构成的规律，而是作为文学的意识形态话语的生产规律。

如果文学文本可以被简化为其意识形态的构成，那批评的确就只是这些意识形态科学的具体应用。此类化约主义更为臭名昭著的形式大部分已经从马克思主义批评中消失，不过取而代之的却是此类方法中更为复杂、更具诱惑力的版本。其中一个现代版本是把文学作品视为谜一样的、需要破译“密码”的“信息”，其理论基础，按照皮埃尔·马歇雷的说法，基本上就是柏拉图式的人工物的概念。如果文本是编码的信息，那它的作用就仅仅是媒介，是被掩盖的结构的幻影；那么某些结构主义分析在阐释该结构的“复制品”时，就变成了幻影的幻影。作者的生产就仅仅是某个生产的**表象**，因为真实的客体在其后面或内部；因此，批评的目的就是从文本的“外形”入手，抽丝剥茧地找到隐匿在其“内部”的结构。

但是，文本并不是那种具有意识形态本质的现象，不是宏观结构的微观；文本所归属的意识形态并不是在其内部扮演其“深层结构”。吕西安·戈德曼的“发生结构主义”的问题域把这样的错误推到了典型的极致：在此，最“有效的”作品就是把一个社会群体或阶级的“世界观”之结构最“完全地”移置于“想象的创造”层面上来。在戈德曼的手上，文本被粗暴地剥夺了物质性，简化成了精神结构的缩影。尽管我很尊敬戈德曼，但我必须说，认为历史上差异巨大的作品可以“表达”同样的“世界观”，这种观念是不正确的；不仅如此，认为同一个作家写出来的作品必属同一意识形态，也不一定就是正确的。甚至，即使属于同一意识形态的不同文本也不会以同样的方式“给出”这一意识形态——其实，给出的方式差异巨大，以至于我们完全可以将“文本意识形态”说成是以独特方式构成的表达世界。这一世界远非意识形态的微缩反映，而是将其积极拓展并详尽阐述，成为其自我再造的构成要素。在这种意义上，探讨文本与意识形态的“联系”本身就冒着过于表征化地提出问题的风险。因为，这一问题并不是两个
外部相关的现象，而是由文本建立的意识形态**内部的**“差 98
异性联系”所在——这种联系，**正因为**它在文本中创造了高度的相对自主性，使其成为了意识形态再造的一个固有成分。我们甚至可以大胆地说，文本就是意识形态进入与其自身的关系模式的过程，从而促成其特有的自我再造。这一说法很容易被误读为黑格尔式的概念——文本是意识形态的灵魂仅仅为了重新调整自己而进入物质肉身的入口，而文学也不过是意识形态内部的一个通道或交易。正是为了避免这样的误解，我们必须讨论文本与意识形态的生产关系；但是不能仅仅将那一关系视为外部联系来把握也同样重要。我们或许可以从意识形态本身与资本主义生产方

式的关系中找到类比。意识形态并不仅仅是与这种生产方式外部相关的“一系列的再现”；恰恰相反，它植根于那些纯经济的形式之中，这些形式只能以自身的异常存在来掩盖资本主义生产的真相。那么，意识形态与生产方式的关系就是一种**内部**关系；但是同时意识形态也因其“内部疏离”，将自身构造成相对自主的结构。同样的，文学文本也因为它与意识形态绑在一起的内部纽带而构成了相对自主的结构。

文本与意识形态之间的复杂关系，即文本既不是意识形态的附带现象，又不是完全自主的要素，是与文本的“结构”这一问题相关的。文本可以说是有结构的，虽说这种结构不是由对称构成的，而是由断裂和离心构成的。只要其多种要素之间的距离和冲突是确定的而非模糊不清的，就会构成一种特定类型的结构。但是这种结构不应被看作意识形态的缩影或者密码；意识形态并不是文本的“真相”，正如戏剧文本并不是戏剧表演的“真相”一样。文本的“真相”不是一种本质，而是一种实践——文本与意识形态关系的实践以及与此相关的与历史关系的实践。在这种实践的基础上，文本将自身构造为一种结构：它将意识形态拆解，为的是用自己相对自主的语言重构意识形态，
99 以及在审美生产中加工和重塑意识形态。同时，文本自身也在意识形态对它的作用下而被不同程度地拆解。在这种

解构实践中，文本作为一种结构相对清晰的构成与意识形态邂逅，强化了自己特定的配价和联系，它用“具体逻辑”与其对质，这一逻辑形成了文本自我生产的外部边缘。文本与来自于这些配价的不同程度的压力时而合作、时而对抗，在此过程中发现自己可以接受一种相对未经加工的意识形态要素，也因此发现有必要替换或重塑另一种要素，与它的顽固做斗争，并在斗争中为自己制造了新的问题。文本用这种方式使意识形态无序化，从而创造一种内部秩序，然后这种秩序可能会引发新的文本本身和意识形态的无序。这一复杂的运动不能被想象成“文本的结构”转换或是再造了“意识形态的结构”，而只能被理解成为文本与意识形态之间永不停歇的相互**作用**，理解成二者相互的建构与解构，在此过程中文本不断地多元决定自己的决定。因此，文本的结构是这一过程的**产物**，而不是其意识形态环境的反映。“文本的逻辑”不是“意识形态逻辑”的双倍话语，而是与更宽泛的逻辑建构相反的。

但是，如果文本结构不会再造意识形态结构，我们就要避免陷入对文学客体的新的经验论。如前文所述，有一种特定的“文本意识形态”，它不能被简化为“一般的”或者“作者的”意识形态；而且在任何两个文本中，只有当它们言辞完全一致时，该意识形态才是相同的。在这种意义上，每一位作家和每一位作家的每一个文本，都会创造一种“不同的”意识形态。威廉·威彻利和乔治·埃瑟里奇的意识形态就不一样，《乡下女人》与《光明磊落者》[1]的意识形态也不同。然而，争论有多少文本就有多少意识形态必将毫无裨益——这一说法就像说在阶级社会中有多少个体主体就有多少意识形态一样空洞。我们这里可以重提一下本章开头关于文本与戏剧表演的类比。说得形象一点，《奥赛罗》的两个不同的创作版本产生了不同的文本；但是对它们的批评分析只有联系莎士比亚的唯一确定性文
100 本才可能做出。同样的，将威彻利和埃瑟里奇的作品置于同一意识形态领域并不是对它们的**贬损**，——相反，只有这样做，他们作品的差异以及各自独特的特征才能得以确立。文学文本的经验主义不可避免地导致了意识形态的唯名论。

因此，文本与意识形态的联系可以做下面的概括。意识形态作为一套以某一种**形式**或者一系列形式表现出来的意指向文本呈现自我，展示了某种一般结构关系。意识形态也向文本呈现一系列明确的审美生产模式和机制——一整套由意识形态决定的、意识形态意指的美学创作的可能模式。这些具体的模式一般由意识形态“自然”采纳的结构形式决定：它们与意识形态意指本身的结构所固有的一

① 同为威廉·威彻利的戏剧作品。——译注

般感知和再现形式之间存在着不同程度的或冲突或同源的确定关系。它们可能在历史上和意识形态上是与那些一般形式“同时给出”的，正如一种特定的叙事模式与表现“个体进展”的一般意识形态形式同时给出一样，或者它们也可能与这类一般的具象形式在历史上和意识形态上不同步。既然文本通常是这些美学创作模式的复杂的统一体，那么它便有可能与其意指结构所赋予的一般形式之间包含一整套差异性的、相互冲突的联系。在这种意义上，文本可能与自身在历史上并不一致。这些审美生产模式，被意识形态的一般再现形式所决定，就会“生产”一系列的意识形态意指——这些意指本身也是某些一般意识形态范畴的产物，这些范畴通过某种形式来表现这些意指。在这些意指的生产过程中，生产方式立即“预构成”了它们——也就是说，部分地决定了**哪些**意指要被生产——操作这些被选中的意指，根据自身审美模式相对自主的规律，并基于这些模式的意识形态决定因素以及意识形态意指所运用的特定形式和特征，将它们替换、重塑和转化。“审美”正是借由这一替换和转化过程，根据由审美本身多元决定的 101
意识形态决定因素来生产“意识形态”的，这一过程展示给批评界的是文本和意识形态之间的一系列复杂交易——这些交易在文本中扮演的角色就是一个或多或少可见的冲突的产生、解决和再次产生的过程。也正是在此过程中，社会意指—意识形态—生产过程的某些一般结构被暴露出来。在向批评交出由意识形态决定的意义建构模式的惯例的过程中，文本同时也间接阐明了此意识形态与真实历史的联系。

人们可能会辩称：文学是接近我们所持的意识形态的最有揭示性的体验模式。在文学里，在阶级社会生活体验的纹理中，我们最能够通过特别复杂、连贯、集中和即时的方式观察意识形态的运作。这种接近模式比科学模式更为直接，比日常生活本身通常存在的模式更为连贯。在这种意义上，文学恰恰位于严谨得使人疏远的科学知识和“生活”中生动但松散的活生生的事件之间的“中点”。文学不像科学，它在被赋予意识形态形式时借用了真实之名，但却也创造了关于自发且未经修饰之真实的幻象。因此，文学与真实的距离比科学更远，但又显得更近。像科学一样，文学通过利用某些范畴和惯例占用客体，具体来说就是**体裁**、象征和传统风格等。像科学一样，这些范畴本身就是认识和再现所精心制作的产品；但是就文学而言，这种精心加工并未达到生产**概念**的程度，而只是达成某些形式，这些形式在起到与科学中的概念范畴**类似的**作用的同时，又往往会将自己隐蔽和自然化，与自己所生产的“材料”形成表面上亲密和自发的关系。在意识形态方面，这种联系是多种多样的，但是文学的典型作用就是将其生产模式部分“溶解”，从而形成其产品，即“具体的生活”。因此，如同私产一样，文学文本表现为一个“自然”的物体，典型地否认了其生产过程中的所有决定因素。批评的功能就是拒绝承认作品的自然存在，否定这种“自然性”，从而使其真实的决定因素现身。

四

意识形态与文学形式

102 在前几章我已尝试去审视这种研究介入的批评状况，勾勒这一研究领域系统的概念分布，并且提供一个对文本与意识形态诸种关系的详尽分析。现在，我想来探究这些关系在英国文学史上从马修·阿诺德到 D. H. 劳伦斯这一特殊阶段自身呈现出的形态。

资产阶级意识形态在 19 世纪的英格兰遭遇到严重问题。培植于功利主义贫瘠的土壤，它不能生产出一套可以渗透到英国社会生活经验本质中的强有力的情感神话。因此，它确实需要不断诉诸浪漫主义人文主义的遗产——依靠伯克式的保守主义与德国唯心主义的暧昧结合，由先前的柯勒律治传递到卡莱尔、迪斯雷利、阿诺德和罗斯金，即为我们所知的“文化与社会”传统。这一传统提供了对资产阶级社会关系的唯心主义批判以及对资本权利的献祭。英国 19 世纪的意识形态，建立在统治集团内资产阶级与贵族阶级的复杂接合上，其特有的复杂性在一定程度上体现在安东尼奥·葛兰西所称的“有机的”与“传统的”成分之间的矛盾统一。①贫乏的经验主义是不能上升到真正的意识 103
形态层次上的，只得利用浪漫主义人文主义的丰富的象征资源，吸收其形而上学的法则和准封建主义的社会模式，以认可资产阶级财产关系。“文化与社会”的传统是对这种意识形态接合的文学记录；在随后的 19 世纪 30 年代，约翰·斯图亚特·密尔机械地把柯勒律治和边沁套在一起，为此提供了一个较为明显的例证。②

的确，葛兰西就曾直接评论过 19 世纪英格兰的这种意识形态形成：“有机知识分子有着极其宽广的范畴，即，作为经济集团出现在相同工业领域的那些人，但是我们发现，

① 对葛兰西来说，“有机的”知识分子是指在新兴社会阶级的基础上产生的那些人，但他们随后面对——并且需要征服和同化——那些从先前社会条件中幸存下来的“传统的”知识分子范畴。葛兰西指出，对英国传统尤为重要的是，“知识分子中传统的和大众化的类型是由文人、哲学家、艺术家体现出来的”。（《狱中札记》，第 9 页）区分葛兰西对“有机的”这一术语的使用与我在文中赋予这个术语的意义之间的不同，是非常重要的。

② 参见利维斯（F. R. Leavis）编：《密尔论边沁和柯勒律治》，伦敦，1950 年。埃里克·霍布斯鲍姆（Eric Hobsbawm）曾注意到，“纯粹的”功利主义意识形态的种种局限——为保护财产，以并不强大且政治上更不稳定的“效用”范畴取代它们时，其对“自然权利”的去神秘化是如何能够严重削弱“形而上”法则的力量的。

在更高范围内旧有的地主阶级保持着实际的垄断地位。它丧失了其经济上的优势，被当权的新集团同化为‘传统知识分子’和领导集团。旧土地贵族阶层以一种缝合的方式与工业家结合起来，而这恰恰是在其他国家将传统知识分子与新统治阶级联合起来的方式。”①

这种同化一方面可以在资产阶级对“有机论者”的社会概念愈加依赖中看到。② 随着维多利亚时代的资本主义不断采取社团形式，它转向浪漫主义人文主义传统的社会的和审美的有机论，以发现艺术中与其意识形态要求相关的总体性和情感模式。在 19 世纪后半期，“有机形式”从初始的诗歌观念逐步延伸到这一时代的主导文学模式，即小说。小说的严肃美学由此发展起来，在亨利·詹姆斯作品中发现了这个世纪末期的重要思想家。③本章将以概括和纲

---

① 昆汀·霍尔、杰弗雷·诺威尔编：《狱中札记》，伦敦，1971 年，第 18 页。

② 我使用“有机的”和“有机论”来表示社会的和审美的形态与自然的生命形式之间可能具有的自发的统一性，并且更为普遍地指向对称融合的体系，其特征是它们的构成要素之间和谐的相互依赖。

③ 然而，小说作为有机形式的观念，并不仅仅是一个“超结构”的问题。到詹姆斯所处的时代，在文学生产的物质模式中的变化，意味着一种转向，即从冗长而多重情节的厚重三卷本小说转向更为“有机的”单卷本。的确，在此，我们有一个极为复杂的例子，即普遍的资产阶级生产方式、文学生产模式、“审美的”意识形态以及主导意识形态的需求之间的接合。

要的形式，审视19世纪重要的文学与其所嵌入的意识形态 104
生成之间的某些关系；本章将把“有机形式”（organic form）的概念作为历史与文学生产之间一个关键的交叉点展开讨论。①

1. 马修·阿诺德（Matthew Arnold）

葛兰西所说的“传统的”知识分子被同化为“有机知识分子”，正是了解马修·阿诺德这位伟大的维多利亚时代诗人、批评家和思想家的历史意义的关键。作为一个文化倡导者和资产阶级庸俗主义的抨击者，阿诺德始终对现代自由主义者乃至社会主义者发挥着巨大的影响力；他难道没有声称，文化“寻求消除阶级”，以及“文化人是对平等的真正倡导者”吗？② 然而我们需要说明，阿诺德的计划不是对阶级—社会的革命性废除。正相反：它是去实现对维

① 我必须为在这一章中审视的资料具有某种异质性而道歉，它们包括社会批评、小说和诗歌，以及某些与英国社会相关性看似极小的作家，然而，正如我希望这种相关性变得明显一样，这也正是我论点的一部分；而在此研究的资料的统一性主要在于有机论的**主题**。正是这种主题上的一致性或多或少地标识着文学编年史的一个逆转——以詹姆斯和康拉德为例，在我看来，詹姆斯将有机论的观念延伸到了新的方向。

② 伊恩·格雷格编：《文化与无政府状态》，印第安纳波利斯和纽约，1971年，第56页。

多利亚时代英格兰统治集团内各种阶级—力量的激进重组，从而更加有效地吸收无产阶级。阿诺德社会批评的推动力是将因追求实效陷入自身物质利益而缺乏远见、偏狭的资产阶级，转化成一个真正的**霸权**阶级——这一阶级具有的文化资源足以使它在历史中保持主导地位。对阿诺德而言，

105 贵族正在迅速地失去政治霸权，但不幸的是，作为其历史继任者的资产阶级尚未准备好去接管它。[①] 因而，他强调中产阶级需要获得更为团结的、文雅的形式，并且通过将自身置入一种开化的国家教育体系中去实现这一目标。安东尼奥·葛兰西对现代无产阶级所要求的，即它应该不仅获得物质权力，还要获得“道德的和知识的领导权”——却是马修·阿诺德为维多利亚时期资产阶级而寻求的。葛兰西在《现代君主论》中提出，无产阶级“在征服政治权和经济权的问题时，正如考虑为了政治和经济而将自身组织起来一样，也要思考为了文化将自身组织起来”[②]。阿诺德

① 实际上，阿诺德关于在英格兰哪个阶级真正行使政治霸权的观点上明显地不一致。他通常的立场——无力将真正的霸权与对国家机器的管理区分开来的结果——是贵族阶级仍然是统治阶级。的确，直到 1879 年他还写道：“目前中产阶级不能就这样承担统治权——这是不可能的。”［《我们就转向外邦人去》（‘Ecce, Convertimur ad Gentes’），R. H. 苏柏编：《马修·阿诺德：英国文学与爱尔兰政治》，安·阿博，1973 年，第 17 页。］而另一方面，他在《友谊的花环》中说，贵族阶级管理（administer），中产阶级统治（govern）。

② 《狱中札记》。

几乎不能比这更为巧妙地阐释出了自己的计划。

正是这种意识形态的必要性，促使阿诺德明显地做出了将他的顽固的资产阶级同胞（fellow-bourgeois）“希腊化”的利他主义努力。国家建立的学校，通过把中产阶级与“他们国家最好的文化”联系起来，将赋予他们“一种卓越性和崇高精神，而这是各阶级的自身格调在目前尚不足以给予的”①。阿诺德声称，这一事业“将真正加强他们的自尊和道德力量；将真正地把他们与其之上的阶级融合起来，并且会为他们带来其有权要求得到的平等”②。资产阶级缺乏那种贵族统治阶级普遍具有的精神优势；除非它能够迅速获得这种文化霸权，将自身作为一个真正的民族阶级置于社会的“知识中心”，否则它将无法完成在政治上融合它所剥削的阶级的历史使命：

> 对一个民族来说，其情感的格调和精神的庄严竟然被贬低或钝化，这本身就是一个严重的灾难。但是 106
> 灾难似乎更加严重，当我们考虑到，中产阶级，正如他们现在所处的状态，由于他们狭隘、无情、愚钝和缺乏吸引力的精神和文化，将几乎肯定无法塑造或同化那些地位比他们低的大众，后者的同情心在目前实

① R. H. 苏柏编：《法国的大众教育》，载于《民主的教育》，安·阿博，1962年，第22页。

② 同上，第23页。

> 际上要比中产阶级更为广阔和更为自由。他们，这些民众来到这个世界，渴望去拥有这个世界，获得对自己的生活和行为更为生动的感知。在他们无法抑制的发展中，他们当然的教育者和发起者就是那些正处在他们地位之上的，中产阶级。如果中产阶级不能赢得他们的同情，或不能为他们提供指导，社会就要陷入无政府主义的危险之中。①

因此，资产阶级必须挪用衰落贵族文明的美学遗产，从而用一个能够渗透到大众的意识形态（大写的文化）将自身装备起来，在一个“被教化、被自由化、被升华、被转变的中产阶级”之中，无产阶级将会有“一个或许愉快地引领其志向的目标”②。

我们应同时注意到，阿诺德阶级霸权的观念在理论上是无效的。确实，这是一个历史决定论者错误的经典例证，即将意识形态理解为一个“阶级—主体”的“世界观”，“一个被这个阶级强加在作为整体的社会上的精神愿景”。③

---

① R. H. 苏柏编：《法国的大众教育》，载《民主的教育》。安·阿博，1962 年，第 26 页。

② 同上，第 322、324 页。

③ 对这种意识形态的观念的批评，可参见尼科·布朗扎（Nicos Poulantzas）：《政治权力与社会阶级》，伦敦，1973 年，第 195—224 页。

然而，阿诺德的论点总的来说标志着19世纪自由主义的一个重要转变。因为维多利亚时代的资本主义努力超越早期的个人主义阶段，将自身组织成更具社团的形式，因而在约翰·斯图亚特·密尔的《论自由》（1859）中能找到的那种表述姗姗来迟且失败了的古典自由主义，也遭受到了类似的转变。阿诺德相信，“人类本性的所有倾向本身都是重要和有益的”①；但是，现在必须把它们整合在一个和谐的、有内聚力的、没有冲突的秩序之内——简言之，即文化之内。精神的**自由放任**（laissez-faire）在历史上已被废弃；它必须服从于这个信仰，即“国家以其集体的和共有的特征，为了普遍的利益被赋予严格的权力，并且以比个体更广泛的利益的名义，控制着个体意志”②。一个陷入个人主义教 107
条的资产阶级现在必须考虑是否要有国家行为，“它虽然一度是危险的，但它可能（不可能）变得不仅自身没有危险，而且成为帮助我们抵御来自其他方面的危险的途径”③。

那么，社团国家就是大写的文化的社会中心——各种冲动的对称的总体性，而冲动是一个文明的有机形式。然而，如果阿诺德在这个意义上超越了他所处的时代，那这

---

① R. H. 苏柏编：《凯尔特文学研究》，载《批评讲座和论文集》，安·阿博，1962年，第348页。

② 《文化与无政府状态》，第60页。

③ 《民主的教育》，第4页。

样一位负有资本主义国家新需求的“未来的自由主义者”①之所以能够做到这一点，恰恰是因为在另一种意义上他是保守的。如果他对资产阶级实用主义的批判源自他感知到对更加精致的意识形态的需求，那么这种批判也来自一个传统主义者的文化概念，文化作为“思想和精神的内在条件……与我们所尊崇的机械的和物质的文明不同”②。这位既是“进步的”学校督导，又是贵族的诗歌教授，完全站在了与传统的资产阶级自由主义相冲突的立场上，这双重身份在《文化与无政府状态》中的美学社会学中相遇。

阿诺德关注文化的审美意义，这对他所服务的意识形态目标既是有效的又是无力的。其有效性在于，艺术提供了一个人类主体如何自发地、潜意识地**受影响**的原型，因而总体上与意识形态问题相关。其无力在于，这种直觉美学的后果是政治上的毁灭性的茫然。阿诺德正确地认识到，各种意识形态主要通过形象和再现去构建自身，而不是通过教条的体系：文化与“雅各宾主义”相对立，总是不满于“体系、教徒、学派中的人；对像孔德那样的人们不满，

① 这是他对自己的描述。详见：《自由主义的未来》，载《英国文学与爱尔兰政治》，第 38 页。

② 《文化与无政府状态》，第 38 页。阿诺德对英国阶级结构的描述——野蛮人、非利士人和群氓——本身就依靠一个本质上的贵族的“等级”观念；他没有提出一个作为固有的**关系性**现实的社会阶级的观念。

或已故的巴克尔先生[①]或密尔先生不满”[②]。的确，恰恰是意见不合的理性主义者围绕“教条”的争辩才威胁要毁灭意识形态必须滋养的本能的虔诚和精神的忠诚。因此，教条必须服从诗歌，文学必须驱除教条： 108

> 诗歌的未来不可限量，因为在诗歌中，能得到其最崇高的命运，随着时间的推移，我们的民族将会发现一个越来越可靠的归宿。没有一个信念是不会动摇的，没有一个公认的教条不会被证明是无可置疑的，没有一个被普遍接受的传统是不会受到解体的威胁的……越来越多的人将会发现，我们必须求助诗歌来为我们解释生活，安慰我们、鼓励我们。没有诗歌，我们的科学是不完整的；现在许多被认为是宗教和哲学的东西将被诗歌取代……这一天即将到来，我们将为自己感到惊异，我们为何如此依赖宗教和哲学，为何如此严肃地对待它们；我们越是认识到它们的空洞，就越是珍视诗歌提供给我们的“知识的活力和更美好

---

① 亨利·托马斯·巴克尔（Henry Thomas Buckle，1821—1861），英国著名的实证主义历史学家，以其在 1857 至 1861 年间所著的《英国文明史》（*History of Civilization in England*）二卷而闻名于世。——译注

② 《文化与无政府状态》，第 54 页。

的精神”。①

这就是说，“诗歌”是对处在可怕的意识形态危机中的社会所采取的最终救助手段，以慰藉取代批评，以情感取代分析，以持续性取代颠覆性。照此，诗歌会代表一个普遍的意识形态操作模式而不是一个特殊的文学实践。然而，像文化一样，诗歌无处不在，但其内容却空洞无物。正如弗雷德里克·哈里森在其对《文化与无政府状态》犀利的戏仿中所认识到的：

> 有和谐却没有体系；有直觉却没有逻辑；有永恒之成长却没有成熟；有永恒运动却没有什么得到默许；有不断敞开的问题却没有一个答案；有一切事物的无限可能性；有望变成所有事物，却一无所是。②

这明显表现了阿诺德“试金石”式的批评概念在理论上的无效，其中，对某种幽灵般的共鸣所做出的完全直觉的反应被庄严地提升为文学评价的绝对标准，而这种共鸣常见于一些脱离了美学和历史语境的诗歌意象。

① 《诗歌研究》，载《英国文学与爱尔兰政治》，第161—162页。
② “文化：一个对话”，《双周评论》，1867年11月。

《文化与无政府状态》将“希腊精神”的诉求与“希伯来精神”相对照，将自由主义的教化与道德承诺相对照，意在深化中产阶级的精神霸权。然而，它由此就冒了将实 109
际上维持资产阶级霸权的“绝对的”道德价值自由化到不复存在的风险。因此，在《文化与无政府状态》之后有关“神学的”著作中，阿诺德需要用责任、服从和顺从等希伯来美德抗衡希腊精神——凭借这些美德，一个具有危险性的理性主义的工人阶级可以在意识形态上融入政治社会。阿诺德在《上帝与圣经》中抱怨说，大多数民众信奉一种革命的自然神论，它基于假定的“人的权利”，敌视所有传统文化。最根本的矫正措施是基督教：信仰基督教的人知道责任而不是权利，从而使自身服从于神圣法则的团体秩序的“甜蜜的理性”。然而，如果民众从“雅各宾主义”中被解救出来，在很大程度上不能接受的宗教信条就需要以诗化形式来排除。阿诺德在《文学与教条》中说，由于圣经被装饰进了伪造的神学范畴，无产阶级已经对它产生背弃。因而，大规模的去神话化是至关重要的：经文必须被剥离到只剩下启示性的诗歌结构，以支撑一个保守的社会道德。希腊化的宗教必须成为希伯来伦理的侍女。

关于马修·阿诺德有损其声誉的一个事实是，他拒绝支持他那个时代的一个真正的去神话化者，约翰·威廉·科伦索主教，正如莱昂内尔·特里林所指出的，阿诺德批判科伦索，因为他相信，“科伦索所想到的那些工厂老工不可教诲，即是说，通过这种工作，他们的心灵不可能被培育，他们的道德感不可能被提升，同样，他们的宗教信仰也不可能被加强”①。科伦索对圣经的怀疑在意识形态上是有破坏性的：“在知识可以找到可以生根的任何土壤之前，人类中大部分人必须通过他们的内心和想象被柔化和人性化……只有当（思想观念）以这种方式传达到了他们那里，他们才能据其实践调整自我而不会动摇。”② 简言之，科伦索是毫无诗意的，因而在政治上是危险的：他对圣经的理性主义批判阻止这种将宗教信条消解成意象的方法，而意象独自就可以渗入到无产阶级的情感中，它使人确信，而
110 不是扰乱人心，给人以抚慰而不是败坏道德。假如文化太难以捉摸，且精英主义是不足以成为完成这一迫切任务的工具，那么宗教——作为在传统上最有力的和最普遍的意识形态控制模式之一 ——必须为实现这一目标而被翻新和改变。阿诺德对科伦索的焦虑使他回想起了他对自己早期诗歌的精神危害力的恐惧，为此，他在 1853 年《诗集》的序言中记录了这些忧虑。他从诗集中删除了《恩培多克勒在埃特纳火山口上》这首诗，因为它似乎蓄意使人意气消

① 《马修·阿诺德》，纽约，1949 年，第 211 页。
② 《主教和哲学家》，麦克米兰杂志，1 月，1863 年。

沉而不是使读者振奋；真正的诗歌必须传递“无利害的客观性”而不是忧郁和神经质，诉求“那些在人类中持久存在的基本情感，那些不受时间影响的永恒情感”①。“道德的崇高”必须对抗“精神的不安”：诗歌必须成为解决现实矛盾的意识形态上的方案。

2. 乔治·艾略特（George Eliot）

从马修·阿诺德转向乔治·艾略特，旨在观察阿诺德的文化观念意图解决的某些意识形态冲突的特殊而复杂的形式。艾略特的文学生涯，从她翻译施特劳斯的《耶稣传》（1846）到《丹尼尔·德龙达》（1876），几乎完全与19世纪30—40年代严重的经济萧条和激烈的阶级斗争之后维多利亚时代的繁荣时期联系在一起。在这一时期，生产量增长可观，英国的世界贸易额发展迅猛，并且货币工资在1850年至1870年间可能提高了三分之一。这种繁荣所带来的众所周知的政治后果是工人阶级虽然局部却又明显的团结。从19世纪的中期起，一直到萧条的80年代无产阶级斗争的复兴，社团主义成为了遍布工人阶级运动广泛领域的

① R. H. 苏柏编：《论古典传统》，安·阿博，1960年，第4页。

显著特征。①工业资产阶级在平复了工人阶级第一次武装斗
111 争的浪潮之后，到1850年已开始巩固其胜利成果。部分工人阶级群体在经济上得到了发展，其结果是他们在每一个阶段的政治上的合作。在颁布第二个《改革法案》前夕，R. H. 赫顿在《论改革文集》（1867）中提出，工会已向工人传授合作、牺牲和团结的价值，而这一行动准则必须有效地融入整个社会之中。通过各级工会组织，工人已逐渐理解真正的政府治理的价值，而不信任“那些仅仅是分散的力量”。这种“阶级—爱国主义”必须不惜一切代价被导向国民利益；工联主义的精神必须被移植到“我们的民族政治更为丰富的发展之中”②。

乔治·艾略特小说的意识形态母体（ideological matrix）是由维多利亚时期资本主义不断增强的社团特征及其政治

① 从20世纪中期开始，这种不断发展壮大的社团主义形式是为人熟知的：工业厂房的大规模扩建和大规模有组织的农业“高水平耕作”时期的到来，资本家合营和股份企业的发展，铁路公司的联合，以及在诸如教育和公共卫生领域中越来越集权化的国家官僚阶层的逐渐出现。与这些发展相关的是资产阶级意识形态（实证主义、基督教社会主义、新封建主义、新黑格尔主义等）所采取的社团模式，以及广泛的工人阶级运动群体所采取的社团模式：安抚工联主义、合作互助会、储蓄银行等。

② 在阶级斗争中的这种转折与特殊的文学发展之间存在着一种非典型的密切关联，即把盖斯凯尔夫人的《玛丽·巴顿》（1848）与其《北方南方》（1855）的意识形态区别开来的差异。正是在这种差异中，历史突变的关键时刻被揭示出来。

机构所决定的。艾略特的作品试图解决维多利亚时代中期的意识形态在两种形式之间的结构性冲突，即与“自由精神”无限制进化有关的渐趋温和的浪漫主义个人主义与某些“更高级的”社团意识形态模式之间的冲突。这些更高级的模式（主要是费尔巴哈式的人文主义和科学理性主义）寻求确定不变的社会法则；如果浪漫主义的人文主义要避免伦理的混乱和社会的分裂，就必须遵循这些法则。从根本上说，浪漫主义个人主义这么做而不背叛其自己的价值观是可能的。因为，一方面，科学的理性主义在审慎地抑制边沁利己主义的颠覆倾向中也阻止了浪漫主义的自我表现；如果这是真实的话，那么，同样真实的是，它也揭示了某些历史上进步的法则，发展中的个体可以在想象中与这些法则结合起来。而且，人本宗教使科学法则充满了浪漫的人文主义精神，亦发现这种法则被铭记在人们的激情和虔诚之中。与孔德实证哲学的过度抽象、系统的符号体系不同，人本宗教将自身呈现为一种总体化的信念，没有 112
损害“个人”——没有损害拥有直接经验的生动关系。人本宗教保护浪漫主义的价值观免受咄咄逼人的理性主义的危害；但是通过将这些价值观植根于人类集体，它同样保护这些价值不受放纵的个人主义的影响。借助这种意识形态的接合，浪漫个人主义可以服从社会整体而不会牺牲个人的自我实现。

但这只是从原则上这样说，实际上，“社团”与“个体主义”意识形态之间潜在的悲剧性碰撞总是被艾略特小说的形式所缓和抑制。艾略特作为农场代理人的女儿，对她来说，社团价值的社会基点就是乡村社会；正是在这里，最为明显地表现在《亚当·比德》和《织工马南》中的是，一系列传统主义者的习俗和归因于英国外省乡村的“有机的”从属关系被民族意识形态“挑选”为范式，意识形态正是在这一点上恰恰需要这些社会融合的形象化描绘。正如约翰·古德所评论的①，《亚当·比德》中的乡村社会被选为一个文学主题并不是因其与世隔绝的奇特魅力，而是作为整个社会形态的简化模型——这种形态的决定性法则能够以更纯粹的、更概略的形式被聚焦在那里。田园生活、神话、道德寓言——这些艾略特乡村小说的构思及外在表现形式，其功能——就是为这种“透明性”留有余地，但是这样一来，就将艾略特小说核心的历史矛盾重塑进在意识形态上可以解析的措辞之中。

当然，这并不是说艾略特小说的有机主义模式就是其作者意识形态的“表达”。作为文学生产者，乔治·艾略特描述了一个“空间”，这个空间是通过将“田园的”、宗教

① 芭芭拉·哈代编：《乔治·艾略特批评文集》，伦敦，1976年，第20页。

的和浪漫主义的意识形态亚集合（sub-ensembles）嵌入到一个被自由主义、科学理性主义和经验主义所控制的意识形态形成之中而构成的。就其作品而言，这种接合是由性别意识形态的诸种因素多元决定的，性别意识形态既强化个体解放的内驱力，又认可需要预先阻碍它的“女性”价值观（同情、宽容、被动的屈从）。将乔治·艾略特这样一位大都市理性主义知识分子简化为一个地方性的、小资产阶级的“阶级—意识形态”的“主体”是没有问题的。“乔治·艾略特”这个短语无非意味着，将某些具体的意识形 113
态决定性因素——基督教福音派、乡村有机主义、初期女权主义、小资产阶级道德主义，嵌入到一个既被它们的在场所支持又受其困窘的霸权意识形态构成之中。这种意识形态结构的矛盾统一提供了她小说的生产母体；然而，艾略特文本的意识形态当然不可化简为这种意识形态。因为，艾略特的文学生产必须不仅处在“一般的”意识形态层面，而且应该处在文学形式突变的相对自主的层面上。因为她诸多文本中的每一个都展现出适合不同类型模式的各种小说手法的一种复杂混合：“田园风格”、历史现实主义、寓言、创世神话和教诲之类的话语，甚至（包括《丹尼尔·德龙达》）乌托邦幻想的成分。这些话语都不能被置于与任何意识形态形式的简单的表达关系之中；相反，正是文本内话语之间的相互接合，才**生产出**作为文学意指的意识形态的形式。这一过程的两个例子足以说明问题。《弗洛斯河上的磨坊》的自传体模式包含至少两种不同的文学话语形式：描述性的“田园风格”（道森一家、玛姬早年在磨坊的生活）和玛姬主体性发展的复杂的心理斗争。正是这些冲突模式的相互作用，才产生出刻写在汤姆和玛姬·杜黎弗两个人物形象上的“传统”与“进步”之间的意识形态竞争。但这种竞争被小说“田园风格的”手法同时化解了。因为正如文本的合成闭合（synthetic closure）将汤姆简化为一种永恒不变的儿童时期的人物类型，所以，河流的意象——象征道德漂移不定和变化无常的欲望——自然化了，也由此扭曲了自由人文主义的价值观，将他们塑造为一种对自然欲望的无意识顺从，而不是一种积极的成长。“自然的”与“文化的”话语之间的对立被转化成“自然的”意指的两种模式之间的极端对立：作为正面的（田园的）自然和作为负面的（欲望的）自然。再者，不难看到，在《米德尔马契》中现实主义的形式本身是如何决定了某种“文本的意识形态”。在早期“田园”小说中，艾略特的现实主义在一定程度上是通过她带着愧疚介入社会小人物命运而表现出来的。然而，这种介入并不一定延伸到人物特性塑造中这一完全“内在”的模式。一旦它这样做了，小说—形式即刻被去除中心了：因为所有命运都是重要的，
114 因而每一个都被相对化了。正如艾略特所设想的，现实主

义关乎对相互交错的诸过程加以巧妙的解析，关乎作者同情心的均等分配，以及在不稳定的均衡中把握相互竞争的价值观。这种文本意识形态的“一般的”意识形态的对应物当然就是自由改良主义；没有别的意识形态效果可以通过这种对小说手法的组合而令人信服地产生出来。

艾略特的小说将历史的矛盾重塑成意识形态上可以解决的形式，这一点在《亚当·比德》中尤为明显。亚当本人，带有卡莱尔式的劳动信念和顽固的道德主义，是一个“有机的”人物类型——小资产阶级实用主义者，他“没有世界正义的理论”，因而他充当了一个统治阶级的可靠代理人。但是，这些“有机的”价值被小说的形式阻止进入带有任何“真正的”自由个人主义的重要僵局之中。这种个人主义以被贬低被轻视的享乐主义的利己主义形式（亚瑟·顿尼索恩和赫蒂·索雷尔放任的性冲动）出现在文本中，而稳定的乡村社会结构可以排除或吸纳这种享乐主义的利己主义而不致造成明显的自我分裂。赫蒂不经意地打破了乡绅与手工业工人之间的阶级—合作，使亚当对亚瑟采取敌对态度；然而可以说，一旦她被从小说中驱逐出来，这种有机的忠诚就可以被逐渐地再次确认。再者，道德上不妥协的亚当被其遭受的磨难人性化了，以至于他已在精神上做好准备去娶这位“更高贵的”工人阶级女孩——迪娜·莫里斯，她对虔诚的自我牺牲表现出的福音派热情正与他固执的反智的遵奉主义相匹配。因此，亚当能够进入更为丰富的个体化意识（他最后拥有了一个木材厂）而没有损害他作为有机类型的神话式的身份，一种令人赞赏的自然化的文化与教化的自然之间的混合物。

在选择乡村小资产阶级生活作为“范例”区域时，艾略特流露出了对它的模糊态度，而这一态度又反过来揭示出她与读者的不确定关系，她将文学现实主义的惯例延伸至对社会小人物的敏感描述；但是艾略特在坚持其呈现出的看似边缘性生活的潜在意义时，她也用一种友好的恩赐态度夹带试探性的反讽，为她选择这样一个落后的飞地作
115 为严肃小说的题材表示歉意。语气的踌躇凸显了一个意识形态的冲突。这暴露了理性主义者对乡村庸俗主义的批判（并与一个竭力超越这些沉闷范围的浪漫主义个人主义结合一起）与一个根深蒂固的观念——将这种顽固的、呆板的传统主义价值观称赞为能养育更高个体成就之花的低微且又有营养的土壤——之间的矛盾。《亚当·比德》以浪漫主义的方式，在对亚当和迪娜的人物塑造中使普通生活理想化了，将热情与平庸融合起来，并谋求一个局部解决这一窘境的方案。然而，在《弗洛斯河上的磨坊》中，这种合成（synthesis）要求在更大程度上更加突出地运用文学手法。

《弗洛斯河上的磨坊》中的乡村社会——其中一个奋力

挣扎的佃户迫于城市银行和农业产业的压力，将土地抵押了出去，只得破产——并不比《亚当·比德》中的社会更易理想化。由于城市资本渗透进农村地区，在《亚当·比德》中乡村社会暗示但受抑制的那些冲突爆发出来，提供了《弗洛斯河上的磨坊》中的一个中心意象，即朵尔考特磨坊自身的财政危机。而且，如果赫蒂·索雷尔能够被有效地外化为对社会有破坏力的利己主义者，《弗洛斯河上的磨坊》中的玛姬·杜黎弗就是真正的自由价值观的拥有者，她决不会被轻易地逐出。《亚当·比德》以道德的狂热和永不满足的个人主义划分迪娜与赫蒂之间的不同，而玛姬·杜黎弗则结合了两者；这预先防止了早期小说中的简单和解。由于玛姬受到自由个人主义的诱惑，决然摆脱乡村小资产阶级沉闷的压抑，她仍然必须以恪守她儿时传统主义社会环境的名义抵制这种伦理。这样，对一个理想化的教养环境的怀旧被转译为对氏族的、幽闭恐惧的**习俗**的辩护，以反对与贪婪的利己主义危险地交织在一起的自我的浪漫主义自发性。幽闭恐惧症、自我牺牲的陷阱被小说清楚地记录下来；然而，它们之所以不能被决然地拒斥，是因为小说提供给玛姬一个唯一供选择的委身之人斯蒂芬·盖斯特。盖斯特对她来说不能代表一个真正的完满：作为一个取代她父亲所处的落后乡村世界的贪婪资本主义养尊处优的产物，他的个人缺陷与他的阶级立场有着微妙的联系。

小说抓住这种关系，随即表现出了超出《亚当·比德》范
116 围的复杂的历史意义，并且恰当地使玛姬回归圣奥格村变得更易被接受。与此同时，汤姆·杜黎弗的经历明显表现了乡村社会的矛盾：汤姆在这个使磨坊倒闭的城市资本主义中尽力让生意兴隆，从而竭力帮助破产的父亲。然而，玛姬最终与其共同走向死亡的并不是那个以往复杂又自我分裂的汤姆。小说明显操纵的结尾——玛姬甘愿牺牲自己与她哥哥一起溺亡——通过文学手法的神奇策略抑制了这种意识形态的冲突。玛姬的死亡既是内疚的赎罪又是积极的自我实现；玛姬与哥哥，这个有机共同体中的浪漫之爱的对象、固执己见的类型，最终共同赴死，她在同一个行动中既实现了自我又否定了自己，从而支持了“有机的”德性，同时也达到了对它们完满的个体性的超越。

归根结底，艾略特历史地向乡村小说回溯的怀旧有机主义是由当前的迫切需求所决定的，这在《激进主义者费力克斯·霍尔特》中显而易见，这部小说写在第二个改革法案颁布前夕，是关于第一次改革法案的。从根本上说，费力克斯是亚当·比德的城市版，作为一个小资产阶级匠人，他以无产阶级名义发言，但并不比他的前工业时期的前辈亚当更能代表无产阶级。因此，他的“激进主义”表现在一个改良主义者对道德教育的信赖和一个实证主义者对政治变革的怀疑之中——在文本中，这两者的结合同机

会主义的激进政治与大众的冷漠的无理性的结盟是公然对立的。《费力克斯的告工友书》，以其将阶级利益转变为阶级义务的吁求，它为文化特权的辩护和对大众运动的恐惧，恰恰使小说对“有机”变化的维持性意识形态投射到更为明晰的措辞之中。在这个意义上，《激进主义者费力克斯·霍尔特》突出了艾略特现实主义小说模式中那些惯有的“田园”意象在意识形态上的无力。这只是一部自我矛盾的作品，因为它坚持（正如其自我意识上坚定自信的题目所示）将这一形象——费力克斯本人“置于中心”——置于一个都市环境，这只能使其有效的位移得以强制进行，将一个被放逐的、道德化的亚当·比德移植到城镇。小说“正式的”设计与其所揭示的相冲突：费力克斯“进步的”政治批判只不过是传统主义价值观对政治本身的一种理想主义的反抗。在主人公身上，小说所希望彰显的，即他比激进派更激进，不能与作为一个对土地拥有权的坚定维护者的描述一致起来。解决这一矛盾的方案在于对费力克斯本人的“个性化”，将他描述为一个极具领袖气质的英雄，以存在感来弥补政治上的缺失。 117

如果费力克斯在这个意义上是一个“虚假的”中心，那么特兰萨姆夫人在小说中是一个真正的却被错放的中心。两个人物都是被历史淘汰的，特兰萨姆夫人被表现为一个不合时宜到可悲的封建主义者，她的虔诚被她激进的儿子所轻视。然而，如果小说在她身上哀悼传统社会的死亡，在同样是过时的霍尔特那里，这种哀悼必须被折射为一个“进步的”立场。有关特兰萨姆夫人的场景，恰恰在审美上背叛了处在小说核心的意识形态矛盾——充斥着荒凉、怀旧和政治上无所作为的挫败感的落后地区被排斥到了作品意识形态的边缘，但是通过其纯粹的艺术性也反抗了这种放逐。特兰萨姆夫人是对费力克斯和当代历史的暗中反驳，虽然费力克斯本人在根本上被那个世界所拒绝；因此文本中有两种错置在发挥作用。《激进主义者费力克斯·霍尔特》，在其形式结构中——在其政治范围与有关特兰萨姆夫人的章节之间的脱节中，暴露出一种未能获得主题表达的自我分裂。特兰萨姆夫人场景的艺术力量暗示出一种难以抹除的“个体”幻灭的残留在场，这种个体的幻灭拒绝被小说官方的进步主义意识形态所总体化和吸收。自由主义，被准实证主义的霍尔特提升到了更具社团性的和“科学的”形式，同时将自身从种种潜在的暴虐总体中抽离出来，维护受到它们威胁的“个体的”价值。这个文本的结构性变位是由意识形态的失调所产生的；但是这种失调同样是三个不同“文本”之间为争夺在整个小说内的主导地位而相互作用的产物。因为《激进主义者费力克斯·霍尔特》是有机主义神话（费力克斯）、心理剧（特兰萨姆夫人）和政治小说的矛盾混合；它的话语是从一种传统形式到另一种传统形式的一系列滑移、突变的产物。文本意识形态正是存在于由这些局部、无效的模式转变所产生的空隙之中。

的确，艾略特的小说，从一开始就展现了超越古典自由主义诸种意识形态总体之间的冲突，展现出了一种面对 118
这些总体在自由主义谱系培育的“个人的”价值上所带来的破坏作用的恐惧。（这种冲突显示在艾略特与英国实证主义者之间模糊不定的同道关系之中，她拥护但并没有加入到它的行列之中。）小说具有有机的总体性，但这是一种**现象上的**总体性；其对无缝的对称整体的创造必须在不损害直接经验的真实性下完成。[①] 在《罗慕拉》中这个问题明显地体现在主题上，小说中萨沃纳罗拉“充满激情的无限感”、具有诱惑力的社团性视野，与违背自由主义神圣性的道德专制交织一起。然而，这些神圣性自身是不充分的：“对最亲近人的温柔的同情也有其危险性，往往畏怯和怀疑更大的目标，而没有目标，生活便不能上升至宗教”[②]。用阿诺德的话来说，这是一个危险的去中心的希腊精神与宗

---

① 这一点非常重要：艾略特曾在写给弗雷德里克·哈里森（Frederic Harrison）的信中提到了她为人所知的格言：艺术，尽管是教育的最高级形式，但绝不能从“图画”倒退到“图表”（diagram）。在信中她表示不接受哈里森提出的她应该创作一部名副其实的、纯正的实证主义小说的建议（乔治·艾略特：《通信集》，戈登·S. 海特编，伦敦，1956 年，第四册，第 300 页）。

② 《罗慕拉》，伦敦，1883 年，第二部，第 332—333 页。

教性质强得令人压抑的希伯来精神之间的冲突。

像费力克斯·霍尔特一样具有自由主义思想的工人们，将“文化”与道德纪律调和起来，似乎提出了解决这个问题的答案；然而在《费力克斯·霍尔特》之后，艾略特没有再重复这个注定失败的尝试，即将这些生活在“田园式”场景中的人物置于都市之中。《米德尔马契》中的比德-霍尔特类型的人物就是凯莱布·高思，一个乡村有机主义的老套的类型，但却明显地缄默无语，处在小说结构内的边缘位置。随着这类人物的意识形态影响力的减弱，价值转向了一个替代性的对立立场：就《米德尔马契》来说，它转向了大都市艺术家威尔·拉迪斯拉夫。如果具有传统主义思想的手艺人构成了资产阶级社会内的一小股精神抵抗力量的话，那么大都市艺术家则构成一个居于其外部的持异议的空间。然而，拉迪斯拉夫并不能完全填补那种过时的有机主义类型：如果他在自由主义的文化上比高思更有优势，这正是因为他缺乏社会根基。就丹尼尔·德龙达而言，正是他将综观全局的视野与坚定的忠诚结合起来，这种意识形态的窘境才最终被消解。

然而，这并不是说，高思的价值观在《米德尔马契》中没有最终获胜。它们确实获胜了，但却是以一种天真的
119 自由主义幻灭的“更高的”模式获胜的，而这种幻灭，随着更具雄心的努力投入的失败，被迫向低微的改良主义运

动唾手可得的任务中寻求慰藉。《米德尔马契》的反讽在于，它是一个深刻质疑意识形态总体的审美总体化的胜利。小说中的四个中心人物，每一个都代表着这种在历史上典型的总体化：卡苏朋的唯心主义，利德盖特的科学理性主义，布尔斯特罗德的福音派基督教，多萝西娅·布鲁克通过统一的行动原则的浪漫主义自我实现。这些总体中的每一个都破碎了，随即陷入了日常生活的罗网。而这种陷入罗网的状况可以用两种方式解读：在一定程度上这是经验主义者对理论主义暴政的抑制；也意味着一个根深蒂固的地方性偏狭意识战胜试图超越它的理性主义或浪漫主义冲动的惨淡胜利。小说题目暗示出的僵局，源自第一次改革法案时乡村社会的转折时期；然而毫无疑问，小说明智地表达出一种缄默的幻灭，其"意识形态终结"的氛围符合第二次改革法案之后的境况。《米德尔马契》客观地提出又未能解决的问题是，意识形态如何得以在概念上详尽阐述而在情感上让人感动——如何培植"非理性的"个人的虔诚，而同时将它们凝聚成一个超越纯粹经验主义和浪漫主义自发性的结构。根据拉迪斯拉夫的说法，这种结构所需要的是一个"'心灵（soul）'，在其中，知识瞬间变成感情，而感情作为一个新的知识器官又反射回去"——这是一个我们已经看到的马修·阿诺德对自己提出的问题。面对《激进主义者费力克斯·霍尔特》讽刺地描画出的工人阶级意识中的挑衅的模式，资产阶级自由主义传统中谨慎的经验主义必须被再次肯定；然而，这种经验主义本质上是对后一改革法案时期英格兰所处的历史时刻在意识形态上不充分的反应，当时的英格兰需要一种更为集中地融合起来的意识形态。

这个窘境被《米德尔马契》中的一个核心意象描绘出来，这就是作为社会结构的**网**（web）。这个网是一个**衍生的**有机意象，是《亚当·比德》中的动物意象与某种**结构**更为成熟的理论概念之间的一个中点。这个网，相对自主的网线微妙交织，蕴含掠夺的寓意，包含造成局部复杂化的种种可能性，其复杂性容纳了被《亚当·比德》更为彻底的有机主义意象所排斥的冲突形式。但是同时，这个网
120 的对称性，其社会过程的“空间”去历史化，其对矛盾层面的排斥，也维持了有机模式的基本统一性。这个网复杂的脆弱性促成了一种谨慎的政治保守主义：其网线越精妙地交织，行动的破坏性后果就越增强，因此启动雄心勃勃的总体性工程就必须越慎重。然而，相反地，即使在这个网的任何一点上的行动都会通过其条条细线振动着而影响整个结构，与总体性的半神秘的关系仍然会保留下来。在此，正如在小说结尾处河流的比喻中一样，河流在将其力量分散到各个支流时强化了其总体的冲击力，自然的意象被用来意指如何获得一个与社会总体性的完满关系——不

是通过意识形态的抽象概念，而是通过实用的、明显地处在外围的运作。如果《米德尔马契》的自然隐喻发挥了这种作用，那么其审美意象也发挥着同样的功能。正如拉迪斯拉夫对多萝西娅所说的："试图照看整个世界是没有用的，当你在艺术中或者在任何其他事物中感到快乐——它就得到了照看。"小说中总体性的问题可以有效地移位到审美形式的问题，它赋予材料以结构而没有破坏其经验的丰富性。换言之，小说从形式上回答了它在主题上提出的问题。只有小说家本人才是其去中心小说中的中心主体，以及其特有的随附于作为其来源之整体的思想意识主体，而这种思想意识还在同时进入了与每一部分的移情关系之中。

我们可能会说，《米德尔马契》是一部没有多少实质历史内容的形式上的历史小说。《改革法案》、铁路、霍乱、破坏机器：这些"真实的"历史力量只不过触及小说的边缘。文本与其提及的"真实的"历史之间的调解尤为庞杂；而其效果是将小说从"历史"移植到"伦理"。《米德尔马契》是在利己主义与同情、"头脑"与"心灵"、自我实现与自我屈从方面展开的；这种伦理的主导同时指向一个历史的僵局，并提供了在意识形态上克服它的手段。在小说中的历史堂皇地处于转折状态；然而解读文本就是做出结论，"悬置"是更为恰当的字眼。小说表面呈现的作为最终通向"世界向善"的矛盾的、过渡的时代，事实上更多的

121 是一个历史真空；愚昧的、具有传统主义思想的米德尔马契对历史发展似乎并没有比《亚当·比德》中的海斯罗普做出更多的反应。然而，小说所宣称的内容与其表现之间存在着差异：在审美上"生产"的社会向善论的意识形态，由小说名称暗示出来，它暴露出对历史进步不太乐观的观点。实际上，它揭示了19世纪30年代初的一个典型形象，它属于那些事实上导向19世纪70年代初的狭隘观点，在此，拉迪斯拉夫的具有开拓精神的改良主义热情"已经在很大程度上受到阻碍"。《米德尔马契》将其对当时困境的感受投射回到过去；并且因为这种结局是对"真实的"历史的极端不信任，历史被有效地置换成了伦理，历史因而也具有了"永恒的"地位。但是，这种置换由此提供给艾略特一个意识形态的解决方案：因为在历史的条件下不能解决的，可以通过对那些处于危急关头的问题的"道德化"来调解。的确，这是现实主义小说形式中固有的神秘化，它通过将客观的社会关系置入人际关系，不断敞开社会关系简化为人际关系的可能性。① 在《米德尔马契》中，这种将历史简化为伦理的效果是在自我牺牲的"解决方案"中取得的，是在多萝西娅、利德盖特和布尔斯特罗德（在某

① 这是弗朗西斯·马尔赫恩（Francis Mulhern）在《意识形态与文学形式—— 一个评论》一文中提出的观点。见《新左派评论》，第91期，1975年5—6月。

种意义上）以他们的各种方式的挣扎中获得的。对自我的痛苦放弃呈现为解开历史之谜的答案。

然而，这种解决方案在意识形态上是不充分的，正如威尔·拉迪斯拉夫在小说中的出现所显示的那样。因为拉迪斯拉夫在赞同社会演化进程的同时，也保持着个人主义的活力，挑战这种成熟的顺从。作为一个谋求在政治上改良的艺术家，他提出经验主义的努力与浪漫主义的自我肯定是可以相容的；用布鲁克先生的话来说，他是“那种带有雪莱色彩的伯克”。小说将他“现实化”的困难源自其无力发现这种有利的意识形态的接合，即将谨慎的渐进主义与幻想的浪漫主义结合起来，能够在它描述的历史条件下得以实现。因此，在这一点上，一种不同的历史是必要的。在拉迪斯拉夫那里不能有效获得的，可以按照更加适合的方式，在后来的浪漫主义预言家与改良主义政治家丹尼尔·德龙达那里再做尝试。

实际上，艾略特所需要的是一个“总体化”的设想， 122
以把个体约束在一个社会结构的法则之中，维护被《罗慕拉》和《米德尔马契》中的那些设想所亵渎的“个人的”虔诚，以浪漫主义的方式解放自我。这个问题的答案是《丹尼尔·德龙达》。在这部小说中，艾略特在德龙达的犹太性中发现了一个解决她的意识形态窘境的神奇方案，即是说，德龙达的犹太性给他提供了一个完满的浪漫主义的身份特性，而同时将他融入一个社团性的历史文化的复杂总体性之中。德龙达早期的自由主义是毫无结果的希腊精神式的自由主义，一种去中心的同情心的散播，侵蚀了他按原则行事的能力：“过于深思熟虑和发散的同情心会使他所具有的疾恶如仇和谨慎择友这些道德力量的条件，处于瘫痪无力的危险境界。”希伯来精神提供了重要的矫正——一种通过“灵魂对至高无上者（the Highest）的归顺”，来体现“将普遍的完满的个人之爱与更大责任相融合”的信仰。然而，这种归顺使“个人的”自由主义价值观完好无损。德龙达的愿景具有“一种有意识地、精力充沛地与人类命运的更大征程协同并进的精神，但仍然对行走在近处且需要倚靠的脚步充满了良知和温柔之心”。

换言之，这个问题只有在英格兰后一改革法案时期无效的去总体化之外，通过发明一种**替代**的总体性才能得以“解决”——当德龙达离家去中东寻求他的命运时，这个总体性立即被带走了。因而，问题是将这个虚伪的总体性置入与资产阶级的英国的再生关系之中——这个困难，通过德龙达对社会中伤心的、意志消沉的受害者格温德琳·哈勒斯的救赎影响力被“解决了”。但是在尝试这个解决方案的过程中，小说分裂为自我矛盾——的确，是从正中间分裂的。因为丹尼尔只有离开格温德琳到中东，使她陷入模糊不定的阿诺德式的对某种理想之善的信仰之中，他才能实现自己的命运，《丹尼尔·德龙达》中形式的位移是其尝试克服小说中呈现的意识形态矛盾的结果；正是在小说中“格温德琳”和“丹尼尔”片段之间的沉默中，那些矛盾的真相表达得最为生动。

《米德尔马契》对“真实”历史的相对偏离，在一定程度上是由于艾略特的信仰（由实证主义和理想主义构成）的结果，她相信思想观念具有塑造社会存在的力量。然而，123 小说所显露的恰恰是观念与事实之间的严重分离，由此造成一个空洞的乌托邦式幻想，另一个则是陈腐的经验主义。如果德龙达的愿景是设想历史要成为现实，这样的矛盾就必须被消除。小说因而将艾略特对观念的决定性力量的信仰推向神秘的极端：梦想、欲望、朦胧的冲动被描述为未来的预期的象征符号。这些梦想在对未来的创造中达成有效共谋：丹尼尔沉思，末底改①的禀性可能是梦想之一，在其中“对后果的明智判断被融入激情信仰之火，从而决定它所相信的后果”。历史成为对在其内部发挥作用的精神力量的现象性表达；因而在想象所捕捉的真实和历史真实发生之间就不存在根本的矛盾。换言之，小说被迫竭力依靠运用神秘的认识论，以解决其问题，因而也被驱逐到现实主义界限之外。由巧合和隐藏的亲情关系组成的整

① 末底改（Mordecai），《圣经》中的人物，是以斯帖的堂兄，他从哈曼手中救出犹太人。——译注

个难以置信的结构支持了叙事，显示了《米德尔马契》里的现实主义的重大嬗变，在后者中这些手段是被谨慎地使用的。

从这个意义上说，《丹尼尔·德龙达》标志着 19 世纪现实主义的一个重要的界标——现实主义处于意识形态的压力下，正在变形，无法承受。但这不只是一个“美学”被“意识形态”粗暴地侵入的问题。因为《丹尼尔·德龙达》也标志着在现实主义形式相对自主的演变中的一个危机点——在这里，那些冷漠自信的形式的充满疑问的**虚构性**，作为文本自身内的意指层面正被融合起来。小说对艺术的引人注目的专注，在某种意义上是为有机主义理想而置换的欲求：艺术解放作为个体的主体但又要求服从非个人的秩序，体现一个理想的卓越性但又需要付出很多卑微劳动，引发苦行的希伯来精神但又唤起近乎性爱的忠诚。然而，这种专注也表明文本对其自身的虚构特质的持续而间接的深思——深思这种循环运动，借此，小说中的“真实”事件在某种意义上来看本身就是“小说”，预示虚幻的成分亦是“现实”。虚构话语范围之外不可能有末底改（正
124 如确实会有布尔斯特罗德一样），这是《丹尼尔·德龙达》的意识形态困境的真实标志——完全是现实主义意指的危机。这部小说本身就是被向往的社会现实的一个预兆性符号；但是由于小说中的社会现实是一个虚构的构建，不能

将自身投射到超越美学话语的界限之外，文本最终只能意指自身。它在自我意指的过程中所揭露的，是一种缺席，即它必定逃避其美学建构——被抛弃的格温德琳·哈勒斯所抑制的空白、“真实的”意识形态缺失的符号。对于这种缺失，这部小说是一个虚构的还击。

因此，艾略特的小说表现出一种尝试，以其浪漫主义的和经验主义的形式，将自由主义意识形态与某些前工业的、理想主义的或实证主义的有机模式融合起来。这是最终由19世纪资本主义愈加具有的社团特征所决定的一份进取心，这时期的艾略特正处在文学创作阶段。然而，这并不是为文学体系与历史体系的同源关系而争辩，或把艾略特的全部作品简化到一种历时性的读解。这不是艾略特的作品从前工业的“田园风格”演变到成熟的现实主义，以回应资产阶级意识形态某种线性发展的一个问题。相反，这是一个同时领会她文本意识形态的共时现象和形式上的不连续性的问题——并从理论上阐明一系列分裂结构，借此不同的文学话语生产出一种最初就在场的社团主义者的意识形态。艾略特小说的**不同之处**就在于对被嵌入其中的文学形式的不断重新排列的效果——这种重新排列就是，在她的每个文本中有一个特别的、突出的话语“享有特权”，用来“安置”和扭曲其他话语。在这种共时的实践中，一个显著的发展结果可以被察觉到：从意识形态冲突的本质上的**隐喻性**闭合（将社会历史类比为自然进化）发展到从本质上对这些问题的转喻性解决（用“个人的”价值观、看法和关系来解决社会弊端）。[1] 小说的自然化、道德化和神秘化手法引发了这种闭合，但是在这样的行动中也暴露了围绕文本意识形态展开斗争的印记。正是从一种虚构规则到另一种虚构规则的无规律的嬗变中，一系列形
125 式替代借此使一些混乱的问题边缘化，但仍被粗暴地呈现出来，艾略特的有机闭合才显露出其**构建**功能。可能去颠覆它们的不是一个被抑制的“外部”，而是它们内在产生的缺席和变位。

随着维多利亚时代的资本主义进入帝国主义阶段，《亚当·比德》中“田园”乡村有机主义真正的历史基础逐步暴露出来。《泰奥菲拉斯托斯·萨奇的印象》（1879）恳求在民族主义修辞的语境下“共同生存”，警告进行“与异族血脉的移民草率融合”将陷入危险。“将我们与伟大历史事物联系起来是一种自豪，”艾略特写道，“是人性化的、鼓舞人心的思想习性，为了这一完美的整体，鼓励牺牲个人的舒适、利益，或者其他自私的野心。被这种情操所改变的人，不会成为完全卑贱的。”《丹尼尔·德龙达》中的社团社会依然是一个有待实现的目标，因而一个理想主义者

① 有关这种小说中的普遍特性，参见弗朗西斯·马尔赫恩（Francis Mulhern）《意识形态与文学形式——一个评论》一文。

对当代英格兰的批判已成为对现状热情洋溢的颂扬。自由人文主义的声音已成为了沙文主义反应的声音。

3. 查尔斯·狄更斯（Charles Dickens）

维多利亚社会的重要小说是小资产阶级的产物。勃朗特姐妹、狄更斯、艾略特、哈代：正是在他们这里，而不是在萨克雷、特罗洛普、迪斯雷利、布尔沃·林顿那里，可以发现19世纪现实主义的杰出成就。小资产阶级被模糊地置于社会结构之中，但比那些安然躲避在单一阶级内部的作家能够在整体上涵盖一个更加丰富的、更为重要的经验范围。然而也能够发现整个资产阶级社会某些最为典型的矛盾集中体现在其自身的状况之中。的确，在英格兰，“传统的”资产阶级经验显然不利于重要的小说的生产。①看来，只有那些与社会保持摇摆不定的阶级—关系的作家，才易于对重大文学艺术从中被生产的诸多矛盾持开放的态 126
度。（这对19世纪初期的简·奥斯汀来说是正确的，在其作品中地位较低的乡绅的处境为审视贵族与资产阶级之间的冲突和联盟提供了尤为珍贵的焦点。）由于小资产阶级现

① 这是造成狄更斯某些早期作品结构失调的一个原因。像《尼古拉斯·尼克贝》、《马丁·朱述尔维特》等小说在传统的、具有资产阶级思想的主要人物形象中呈现了一个完全缺席的中心；小说的真实生活在角落和外围随处可见，围绕着这个缺席的中心盘旋。

实主义传统在19世纪末衰退到自然主义（吉辛、威尔斯、班内特），其与社会纠结的、不确定的关系，可以说，被侨居国外的作家们——詹姆斯和康拉德以及后来的T. S. 艾略特和庞德——所征用。20世纪爱尔兰社会存在着类似的模糊关系，产生出了叶芝和乔伊斯的重要艺术作品。

然而，这并不是要证明，重要的19世纪现实主义是小资产阶级"阶级—意识形态"的产物。因为严格说来，没有这种意识形态的从属形态（sub-formation）："小资产阶级意识形态"是作为从社会结构中统治阶级和被统治阶级意识形态领域中吸收来的诸种成分的极为纯粹又矛盾的统一体而存在的。本文涉及的这些问题是它们嵌入霸权意识形态形式的风格中尤为复杂的、多元决定的特性——这种复杂性在一定程度上是文学的"现实主义"本身的产物。因为现实主义，正如我们在乔治·艾略特那里已看到的，在它其中的一个支系中产生了"民主的"意识形态—— 一个对被抑制的社会经验和卑微平凡的命运的渐进的回应。然而，其"类型"和"总体性"的审美意识形态（我们不应对这些观念的**意识形态**特征心存疑虑）坚持将这些成分融合成为一个统一的"世界观"。现实主义文本的意识形态并不存在于这种主导的"世界观"之中，而是存在于试图控制其他话语模式的形式的突变和替代之中。比如说，就早期的狄更斯来看，每个文本都是相互竞争的小说模式的名副其实的交通隘口——哥特式小说、浪漫传奇、道德寓言、“社会问题”小说、通俗戏剧、“短篇故事”、新闻报道、插曲式“娱乐节目”——这一切都不允许“现实主义”拥有特权地位。因而狄更斯后期的“现实主义”是明显混杂的—— 往往是一个“总体化”形式吞噬非现实主义“内容”的问题，一个有关分散的、冲突的话语的问题，这些话语不断出现以取代经典现实主义的安全的“总览”视角。如果狄更斯走向这种现实主义，产生一个“总体化”的意识形态，那么这是一个被对立的文学手法的“分散”效应 127
从内部不断解构的意识形态。最终，狄更斯的小说呈现了矛盾统一的象征符号（大法官法庭、兜圈子官僚机构），它们是小说自身建构的真正原则。只有这些象征话语才能够最终提供一种“总览”；但是恰恰因为它们的一致性完全是一种系统化矛盾的一致，这种总览只是一个缺席的空间，在其中不同的修辞手法被关联起来。

狄更斯是一位来自都市而非乡村的小资产阶级，这一事实预示着他的小说与乔治·艾略特的迥然不同。在过去一个半世纪内的所有重要作家中，狄更斯或许最少受到各种有机主义意识形态的浸染。在狄更斯那里，浪漫主义人文主义对工业资本主义的批判仍然是明显“自发的”，不像在卡莱尔或劳伦斯作品中那样获得精致的意识形态实现。对于当时最常见的有机主义形式——青年英格兰、中世纪精神、自然崇拜、牛津运动，狄更斯持有一个**都市**小资产阶级作家的蔑视态度，对他来说，没有令人满意的退隐到田园生活迷雾之可能。在狄更斯作品里，回归自然大多是一种消极的姿态，与死亡和退回到童年时期以及社会分离有关，而不是与社会范式有关。对于乔治·艾略特来说，如果自然表示社会构建的乡村英格兰世界，那么对狄更斯来说，自然则是道德主义感伤的场所，而不是社会法则的中心。小妮尔象征着从弱肉强食的城市中被逐出的自然价值观，但正是原型上的都市形象奎尔普抓住了小说作者的想象力。明显体现在"圣诞精神"和《艰难时世》中粗俗的生机论，让狄更斯自发的、经验主义的浪漫人文主义特征暴露出显著的审美和意识形态的软弱性。然而在其成熟的作品中，这种软弱性剥夺了他已塑成的有机主义意识形态，以类似《丹尼尔·德龙达》的风格，借以调解和"解决"上述中的矛盾。在像《董贝父子》这样具有转折性的作品中，这种意识形态的缺席导致了被它脆弱地重现的矛盾所扭曲和自我分裂的文本。比如，小说中有名的铁路场景，为了小资产阶级的利益沮丧地反对注定要淘汰它的资产阶级工业的进步，但同时又极为兴奋地肯定这种进步。
128 然而，尽管这种反对在一定程度上被部分隐含在自然的意象中，但是狄更斯不像艾略特那样具有有机主义的意识形态，能借此在美学上融合作品中相互冲突的象征符号，他也没有意识形态的资源，以此确保“传统”与“进步”的调和。这些矛盾仍然明显地嵌入到这个文本之中，从而丰富和激活其极不规律的发展。

童真是狄更斯浪漫主义人文主义的一个核心象征，小说将其带进与成人经历的一系列复杂的结构关系之中。因为儿童是孤立的、易受伤害的，而且不能将感知上的碎片化世界总体化，他在人物形象上体现的正面价值实际上是以一种否定的描述出现的。这种否定性清楚地反映了狄更斯对资产阶级社会道德批判的理论局限：儿童的被动性是其受压抑的鲜明标记，但是这也将其从这个世界排除到一个完美无瑕的美善领域。另一方面，儿童的这种空白将支配他的社会力量带入到引人注目的焦点中；用布莱希特的隐喻来说，他成为一个空荡的剧场，具有历史典型意义的力量在上面相互竞争。奥利弗·退斯特作为否定的中心，其自身叙事的实际缺席使他被动地聚焦具有社会意义的事件；然而，他的虚无性也是由于小说的意识形态无力把他表现为一个社会**产物**所决定的。的确，要做到这一点，就要去削弱奥利弗同历史的分离，恰恰是这种分离最终确保了他的寓言式成功。小说继而表明，奥利弗既是又不是资产阶级压迫的产物，正如他被神奇解救后进入的资产阶级社会关系是“真实的”，正反衬着充斥着贫穷和犯罪的那个“不真实的”下层社会，并在同一时间被这个虚幻的下层世界显露出来。

因而，狄更斯的小说揭露了被童真所调解的社会现实与这种天真所体现的先验道德价值观之间的一个矛盾。这是小资产阶级思想意识固有的矛盾——它需要接受传统资产阶级的伦理规范，同时对其压制的严酷的社会现实有破坏意识。这带来的一个后果就是小说自身中的一系列形式的失调。从传统的意义来看，《匹克威克外传》不是真正的**小说**，因为匹克威克自满式的天真，使他不能获得插
129 曲式片段之外的意义深远的相互连接的经验。所以，小说需要填补一个中心人物——山姆·维勒；尽管他地位低下（匹克威克的仆人），但实际上却是主人。在对文本中资产阶级的温和的双重替代中，文本从其正式叙事中排除的令人不快的经历在别处爆发，在经常打断正式叙事来呈现荒诞暴力的、痴迷死亡的故事中爆发。以某种程度上的相同的方式，《老古玩店》中的奎尔普象征着愤懑的、混乱的复仇，而这是小说在高雅得体、多愁善感的故事情节上的泄愤。①

狄更斯的小说，像艾略特的一样，运用文学手法“解决”意识形态的冲突；但是他的小说比艾略特的更出色，这些冲突更清晰地将自身铭记在文本的裂缝和空隙之中，

---

① 这是约翰·凯里（John Carey）提出的观点。参见：《暴力的雕像：狄更斯的想象力研究》，伦敦，1974 年，第 26 页。

铭记在它们的混合结构和分离的意义之中。这并不是说艾略特的作品没有显示出我所指的形式的替代；而是说艾略特的写作，被有机形式的审美的和社会意识形态所支撑，比狄更斯的作品更有意识和一致地谋求有机的闭合。相比之下，狄更斯的小说提供了自我矛盾的形式和内在的不一致性，并作为其历史意义的一部分。狄更斯的成熟作品肯定取得了审美融合，但是其类型与艾略特有显著不同。艾略特的有机主义意识形态为社会总体化提供一个结构，而狄更斯在其后期作品中被迫使用社会机构（《荒凉山庄》中的大法官法庭、《小杜丽》中兜圈子的官僚机构），即他的批评对象，作为审美一体化的意象。讽刺的是，正是这些冲突、分离和矛盾体系提供给狄更斯象征的连贯性原则。在这个意义上，他成熟作品的审美统一性并非建立在“有机共同体”的神话上，而正相反，建立在资产阶级社会的历史自我分离上。这并不是狄更斯早期把人物看作是怪异的和不相关的社会统一愿景的产物；而是这种无关性现在被表现为**系统的**——去中心的结构功能，像大法官法庭、金融资本主义和兜圈子官僚机构，这些捉摸不定的中心，似乎无所不在，却又处处缺席。[①]狄更斯晚期作品中的人 130

① 这些复杂的总体性可以通过工业体系与“生活”之间粗鄙的二元对立而与封闭和静态的《艰难时世》所呈现的一元论工业体系形成对比。在这个意义上，《艰难时世》可被看作是一种虚假的过度总体化。

物仍然是个性鲜明和滑稽可笑的，但是现在他们越来越被理解为这些结构的携带者，充当了后期小说的真正主角。

艾略特作品所尝试共时地解决的——由英国资本主义历史本质中某些突变所决定的资产阶级意识形态的两个阶段之间的矛盾——在狄更斯的作品中则**历时地**向前推进。早期小说混乱的、去中心的、片段化的形式，总体上与早期缺乏组织的工业资本主义相呼应；成熟期小说统一的结构暗指高度协调的资本主义，这体现在复杂的金融资本主义网络（《小杜丽》中莫多尔），逐步走向中央集权的国家官僚机构（兜圈子机构），以及愈加庞大的意识形态机构（《艰难时世》中的教育体系，《荒凉山庄》中的司法结构）。① （《董贝父子》中的铁路标志着这种发展中的一个转折性阶段—— 一个明显统一的网络，依然在它们创造出的创新性的“自发性”和它们导致的经验异质性中，召回了早期小说任意的、剧烈的能量。）然而，这种历时的运动不是从“个人主义”到“共同体”。这是一种从小说的缺席的

① 显然，正如这种结构可能显示出来的，这不是一个文学体系与历史体系之间简单的同源关系的问题。更确切地说，关键的问题在于，这是一个被相对缺乏系统的浪漫主义人文主义意识形态所多元决定的早期话语的“掺假”表达，与被愈加具有优势的社团意识形态因素所多元决定的后期小说的**相对**更加一致的规则之间的差别。

中心（天真的儿童、空洞的传统的成人）出发，围绕它的一系列交织的矛盾最终达到去中心的总体性的运动——这种小说以其融合的象征主义，模仿一系列冲突和现在被理解为系统的无关性。

4. 约瑟夫·康拉德（Joseph Conrad）

从乔治·艾略特到后来描写小资产阶级乡村生活的小说家托马斯·哈代，来追溯19世纪文学的有机主义的发展，这将是一个可预见的错误。然而，尽管哈代继承了有机的 131
社会进化的意识形态（他呼应艾略特，把人类书写为“像蜘蛛网一样的巨大网络或组织”①），但是他的小说基本上偏重于乡村社会那些结构上的冲突和悲剧性的矛盾，这是艾略特小说所回避的。我在前一章已提出，哈代走向完全成熟的批判现实主义是艰辛又不平坦的；正是他的文学形式（田园诗、情节剧、社会现实主义、自然主义、神话、寓言、古典悲剧）独特的**混杂**才是最为突出的。哈代模糊地处在他自己所属的衰退的乡村小群体和整个社会结构之内，以现实主义的内在性探索威塞克斯，却又通过固定化

① 佛劳伦斯·哈代（Florence Hardy）：《托马斯·哈代生平》，伦敦，1962年，第177页。

的神话视角观察它，他作为文学生产者的处境充满着种种矛盾。这些矛盾是与他和都市读者之间令人担忧的生产关系分不开的，他们的代言人拒绝其第一部生硬的激进作品。哈代对田园和神话形式的间或运用，反映了他渴望与读者就不大受待见的“乡村风格”达成默契，但是他仍然运用“普遍化的”寓言、民谣和古典悲剧的框架，赋予被认为只是乡下货色而易遭摈弃的虚构材料以重要地位。阿列克·德伯维尔这位资产阶级暴发户、哑剧魔鬼、情节剧中的恶棍，他是撒旦式恶魔的象征符号吗？——如何调解这些冲突的文学模式的形式问题，是哈代通常嵌入主导意识形态结构的复杂模式和其可能的文学形式跨度的产物。然而，到他完成《无名的裘德》的时候，这种“调解”实际上已被抛弃：这部小说与其说是给读者的一个献礼，不如说是对他们的蓄意攻击。书中被读解为“粗陋的东西”的与其说是某种艺术无力的结果，不如说是哈代令人惊诧的原始的胆量的结果，是对退回到现实主义范围摆出一个又一个戏剧性姿势的“逼真性”的大胆蔑视。小说的题词“文字让人死”（The letter killeth）绝非偶然：充斥着来自其他文本的冗长引文，主题上沉迷于文学文化的暴力，交织着各种类型学的手段，《无名的裘德》将**文字**置人于死地的惯性与艺术生产即素材处理技艺的另类形象形成对照。文本筹
132 划的类型、形式、模式和生产实践本身就是其自我构建的

种种意象——一种“外观之物”（用哈代令人启迪的话来说是“这支笔的**创作成果**”）拼接出的形象，其“永久性”或“一致性”是无关紧要的。在哈代生产实践极端的**暂时性**之内铭记着另外一个更为重要的暂时性——社会形式自身（典型地体现在两性关系上）的欲求的非—闭合（non-closure）；所谓形式，即小说在“引爆”其自身文本文字的行动中，也以它们被接受的形态而“引爆”。整个小说中，神圣的手稿——《尼西亚信经》、《约伯记》——被裘德暴力地转变成对那些无法回应的读者的愤怒的口头攻击——通过这种攻击，小说模拟了自身在当时文学社会关系内被取代的处境。哈代声称，顽固盲从的公众对《无名的裘德》的反应使他永远不再进行小说写作；然而仅仅因为恶评，哈代具有这样地位的作家就停止了写作，这当然会令人生疑。事实是，在《无名的裘德》之后，哈代无处可去；由于已经“引爆”了小说的有机形式，他被迫放弃了小说创作。

然而，世纪末的（fin-de-siècle）有机主义传统并没有传给身为乡村英国人的哈代，而是传给了波兰移民康拉德。随着康拉德，一位波兰流亡者、商船水手，进入英国文学的竞技场，我们见证了我已在乔治·艾略特作品中追溯的浪漫主义个人主义与社会有机主义之间冲突中出现的特有的**多元决定**的实例。康拉德的父亲是一位思想保守的爱国者，也是一位反抗俄国统治波兰的民族主义反叛者——被流放和囚禁的泛斯拉夫神秘主义者，从他那里，康拉德继承了一个信仰，即被征服的祖国是一个共同的主体（“一个有机的生物”①），与之相伴随的是这一信仰的历史命运所具有的弥赛亚式的救世意义。然而这种浪漫理想主义遗产，与康拉德从他母亲家族那里吸收的实用而保守的现实主义相冲突。她来自拥有土地的普罗夫斯基家族，提倡谨慎的立宪主义，坚定地放弃浪漫主义自我。康拉德所属的波兰贵族阶层已经分裂：上层贵族实际上被融入俄国统治阶级，使拥有土地的乡绅阶层，像普罗夫斯基家族和康拉德自己
133 的家庭，设法摆脱帝国的奴役。他们渴望民族独立，却被俄国帝国主义剥夺了社会霸权，踌躇地接受一个“极端的”方式——革命，通过这种方式才能取得民族独立。因而，波兰对于康拉德来说，象征着民族共同性与自由主义启蒙之间的理想融合；这是一种“自发的”统一；然而却“近乎夸张地尊崇个人权利”，将自身与欧洲自由主义结盟，反对斯拉夫式的“狂热”。②

康拉德作为海员和艺术家从波兰的自我放逐，明显地证实他摆脱了难以容忍的幽闭恐怖的帝国主义。然而，艺

① 约瑟夫·康拉德：《文学与人生札记》，伦敦，1921 年，第 157 页。

② 约瑟夫·康拉德：《个人档案》，伦敦，1921 年，第 12 页。

术和商船的工作同时重新创造了在波兰时被野蛮分裂的有机统一。商船是一个有机的共同体，它以其稳定的职责等级结构削减了破坏性的个人主义和无政府主义想象。但是，像波兰一样，商船也表现出受外来势力威胁所造成的一种集体孤立的形式，因而——尤其对于一个在社交上被排除到全体船员之外的船长——将个体性抛入了与他自身不确定身份的孤立的、煎熬的冲突之中。同样，艺术象征着摆脱了高压统治的个人想象力的高度自主性；但这也是一个需要放弃个体自我的有机整体。英国社会本身给康拉德提供了应对他从波兰语境继承的相互冲突的意识形态准则的一个理想的方案；英国社会已成为保守的移民逃脱欧洲政治动乱的大受欢迎的飞地。① 其宽容、实用的个人主义与商船船队有机、浪漫的民族主义遗产结合起来，提供给康拉德的恰恰是他所寻求的意识形态接合。康拉德相信，英格兰"是唯一阻挡产生于欧洲大陆贫民窟地狱般教义的压力的屏障"②；其稳定的、等级制度的传统主义有如一座堡垒，对抗着那种"削弱民族情感的博爱，而保护这份博

① 参见佩里·安德森（Perry Anderson）：《民族文化的成分》，载《新左派评论》，第 50 期，1968 年 7—8 月。若想了解与康拉德、亨利·詹姆斯和艾略特特极为相关的分析保守的"白人移居"英格兰的文献，也可参见我的《旅居国外和旅居国外的作家》，伦敦，1970 年。

② 奥布里（G. J. Aubry）编：《文学与人生》，纽约，1927 年，第 84 页。

爱就是我关注的事”。[1] 康拉德进入英语创作生涯，远非一
134 个“外来的”意识形态对英国历史的侵入，或一个由国外势力产生的“阶级主体”闯入本土的社会结构。他的移民身份只有作为与本土主导意识形态相关的矛盾统一体中的可能模式之一才具有相关性。“移居国外的境遇”不是对康拉德作为波兰社会或英国社会“主体”的个人地位的“总体化”；而是最终由本土意识形态的内在表现方式所决定的，作为历史主体的约瑟夫·康拉德所占有的一套客观意识形态关系。

正如阿夫伦·弗莱希曼所提出的，[2] 康拉德直接继承了19世纪浪漫主义人文主义的有机主义传统。他的积极价值首先体现在全体船员坚定的团结性上，是有关工作、责任、忠诚和坚忍地顺从的保守的卡莱尔式的准则——是使人自发地约束在社会整体中的价值观。然而，他的小说，虽有反复出现的自我分裂的主题，也掺杂着竭力使自身服从公共准则的内疚的、放纵的浪漫个人主义。换言之，康拉德的社会有机主义，与极端的且有时是唯我论的个人主义相结合——这是一种对社会价值客观本质的形而上学的怀疑主义，一种把理想作为自我主义和幻觉的非理性反映

---

① 奥布里（G. J. Aubry）编：《文学与人生》，纽约，1927年，第269页。

② 阿夫伦·弗莱希曼（Avron Fleishmann）：《康拉德的政治》，巴尔的摩，1967年，第三章。

的不信任,一种把人类社会本质上看作是为了自私利益的“罪恶”组织的看法，一种把世界看作是极度神秘的根深蒂固的主观主义，一种将历史看作是循环的或荒谬的认识。

康拉德文本中的这种意识形态接合，最终被他所服务的英国资本主义的帝国主义特征所决定；并且被他的波兰经验及其有机的理想主义与政治幻灭的冲突所多元决定。19世纪帝国主义需要一种社团的、弥赛亚式的、理想主义意识形态的生产；但是这一要求恰恰处在这样的关节点上，维多利亚中期对进步的信仰正被侵蚀成悲观主义、主观主义和非理性主义，这（最终）是由经济萧条所导致的，而经济萧条催化了英国帝国主义更加严重的剥削。浪漫主义的理想与卑鄙的物质实践之间的抵牾在帝国主义面前陷入了尴尬暴露的窘境；它也孕育了一种文化相对主义的意识，正是在这一点上，帝国主义国家的绝对文化霸权需要 *135*
被确认下来。遍及康拉德作品中的事实与价值、理想与现实、物质与精神、自然与意识的严重分离就是这些矛盾的产物。

康拉德对人本主义的轻蔑拒绝，在一定程度上源自他对帝国主义剥削的认识，而人本主义却将其合理化。然而，在粗糙地谴责帝国主义非理想主义形式的同时，他受意识形态上的局限，于英国的不同变体中去发现一个补救的

“观念”——浪漫主义的介入，将政治上无组织的部落社会与真正的“有机”团体结合起来。他对赤裸裸地进行剥削的比利时或美国帝国主义的抨击，在根本上是传统主义英国保守派的做法，他们极端怀疑资产阶级的“物质主义”和“重商主义”。只有这种行为被一个有机的理想所美化，正如在商船里，他自己的浪漫民族主义与殖民主义的残酷现实之间的矛盾才能被“解决”。康拉德既不相信殖民主义国家的文化优越性，也不完全排斥帝国主义。《黑暗的心》传达的“信息”是西方文明在本质上与非洲社会一样野蛮——这个观点扰乱了帝国主义的那些设想的程度正如帝国主义强调它们的程度。

在康拉德的美学中，有机的团结与怀疑的个人主义之间的冲突得到调解。他写到，艺术家应捕捉“生命流逝的阶段”，表现其振动、色彩和形式，并努力唤起“与各种创造物潜在的同伴之情，——和对团结的微妙的但不可征服的信仰，它将无数心灵的孤独结合在一起……”① 艺术的意识形态功能就是肯定人类团结，反对分裂的个人主义；然而将艺术材料描述为振动的和短暂的，却反讽地强调了个人主义的印象主义，而这在意识形态上是应被克服的。对于康拉德来说，艺术在于将桀骜不驯的语言进行严谨的磨

---

① 《水仙号上的黑水手》，伦敦，1921 年，前言，第 8 页。

炼，使之成为有形刻画的和富有表现力的细节描绘；对他来说，正如对亨利·詹姆斯一样，小说构成了巧妙塑造的有机统一体，又反过来隐含着将作家重新定义为苛求文本的福楼拜式的**劳动者**（他曾经说过，写作，是一种**行动**）。然而，在重新定义作家为劳动者的过程中，世纪末的（fin-de-siècle）唯美主义同时割断了他与社会背境的联系。作者 *136*
既是一个劳动者，但他的产品不再有确定的读者。自信的维多利亚中期的生产者与消费者之间的契约，在一定程度上已瓦解，这种瓦解反映在作家的生产工具——语言本身——愈加有问题的情况中。作者必须仔细地“制作”（work）他的文本，恰恰因为他不能再依靠“普通语言”作为与其消费者的纽带，他们像他一样陷入一种意识形态中，认为人类交流本身只不过是能够短暂地让人获得安慰的幻觉。的确，狄更斯或许处在最后的历史时刻，在此，纯粹的语言丰富性已不再意谓作为客体的写作（writing-as-object）——用罗兰·巴特的术语来说，书写（écriture）。[1] 康拉德精心设计的语言丰富性提供了显著的对比。文本必须被巧妙地构建成复杂的统一体，但它所没有表达出来的才

① 参见《写作的零度》，伦敦，1967 年。这种矛盾在“现代主义”中达到顶点，在这里（乔伊斯）一种对意义细致入微的准确的细化精练，自相矛盾地将作品转变为一个极为接近其读者的自我关涉的语言客体，在看似更为恰当的交流行为中抵抗他们。

是至关重要的——使其意义多重、模糊和难以表现的不断变化的喻指性暗示，即 F. R. 利维斯从《黑暗的心》中正确识别的仅为意义的“定语式的”暗示。① 即是说，作品，既被有机地封闭，而在语言上又是开放的；形象必须被清楚地铭写，但是“每一个想象都不确定地漂浮在怀疑的海洋之中……在一个充满着种种不确定的尚未探索的世界里”②。康拉德在写给爱德华·加内特的信中继而谈到了**读者**的现实性问题，以及他自己作为危险的文学生产者如何写作的形式问题。实际上，康拉德所做的就是将浪漫主义美学与“生产的”美学结合起来。艺术的目的是透过现象世界去揭示其难以捉摸的本质；然而这个任务，虽说只是唯心主义美学的老生常谈，也需要付出相当代价的辛勤劳动。小说不断极力否定其人为的修饰，将自身呈现为“自然的”和半透明的；然而这种努力终究是自我挫败的。艺术家，就像马洛（Marlow），在他试图更准确地传达真相时，不断背离真实性。

的确，正是由于康拉德发现了作为叙事手段的马洛，
137 他才能够“解决”如何写作的问题。因为叙事者的手法使如何传达真实的认识论问题，被融入文本自身的形式结构

① 《伟大的传统》，哈蒙兹沃思，1962 年，第 198 页。
② 爱德华·加内特（Edward Garnett）编：《康拉德来信》，伦敦，1927 年，第 153 页。

之中。对康拉德来说，写一个故事，发现一种形式，都成为困扰他的认识论困难的范例；构建一个叙事就是构建一种道德秩序。但这种秩序被指责为与写作一样是不确定的和暂时的——当冒险进入未知领域，即叙事的展开过程之时，写作一直是一个脆弱的和冒险的计划，不断被构建和解构。因而，在创作小说时，作家正在塑造一个真空，雕刻一个虚空。对于康拉德而言，创作就是自我牺牲地分享社会总体性，正如《黑暗的心》中科兹的努力，仅仅暴露出一个人疏离于已被化简为秩序的始终不可捉摸的自然一样。美学形式必须征服尚未发展完善的结构，正如帝国主义竭力使部落社会的“无组织性”屈服于“理性”；然而这种秩序的确立总是包含着自身的否定性。

的确，康拉德的每一部小说都充满了对有机统一的颠覆性否定。在康拉德的小说中，意识形态的失调不像狄更斯小说那样，出现在对开放式的、内在不一致的形式的运用之中，而是显现在围绕着一个核心的缺席、对相互交织的模式的精明组织之中。康拉德每一部作品的中心都存在着一种共鸣的沉默：科兹、吉姆、诺斯托罗莫深不可测的神秘性，《水仙号的黑水手》中詹姆斯·威特徘徊不去的被动性，《台风》中马克惠冷漠的模糊性，《在西方目光下》中“俄罗斯灵魂”的永恒隐秘性，《间谍》中未看见炸弹爆炸的傻瓜斯蒂维的神秘的沉默，《胜利》中海斯特不存在的

金银财宝。① 这些缺席是确定的，它们划定了康拉德意识形
138 态的间隙和范围，呈现了被意义的碰撞或排斥所掏出的“空心”。

例如，吉姆老爷的模糊性——由小说层层叠加的叙事技巧所产生的——在根本上是看待吉姆的两个矛盾视点的相互取消，致使吉姆被简化为一个记号所具有的模糊性。他既可以被看作是一个浪漫的殖民主义者，竭尽全力地塑造他的命运，也可以被看作是被机械的宇宙必然决定的玩物。类似的相互取消也存在于《在西方目光下》的形式结构中，在这里，英雄但“狂热的”俄国灵魂，与英国叙事者人道却又枯燥的经验主义，在盘旋重叠的反讽中彼此不断地将对方置入问题之中。马克惠坚定的沉默体现了有机主义传统不可言喻的价值，顽固忠诚和不假思索的英雄主义价值，这些价值只能显现出来而不能言说。相反，詹姆

① 或许值得插入这一点，《悼念》（*In Memoriam*）是最为鲜明的维多利亚时期缺少中心的作品。缺席的中心，诗歌围绕它沉思和徘徊，是由阿瑟·哈莱姆的去世留下的空白，它将诗歌在形式上粉碎成一系列短暂的冥想。但是这种缺席是在意识形态上决定的，因为诗歌主要不是关于哈莱姆的死亡，而是关于整个意识形态的焦虑和不安全感（科学、理性主义、信仰丧失、恐惧革命），这些都是这个空白产生的模糊的焦点。哈莱姆是一个空洞的空间，聚集着这些几乎无法表达的焦虑。诗歌的忧郁（比较弗洛伊德：忧郁是没有对象的忧伤）反映了这个事实，即在意识形态上被禁止准确地知道为什么它是悲伤的；这是一个展现了资产阶级意识形态不安全感的经典文献，它只能隐晦地如此了解自身，将其焦虑转移到哈莱姆这一个体人物身上。

斯·威特徘徊不去的被动性意味着社会秩序的无序解体，这种社会秩序太过形而上学，根深蒂固，难以明确表达。标题故事讲述的黑暗之心就是帝国主义本身，因为这个故事可以被看作是一个滑稽的幻想和形而上之恶，它必然是晦涩的；但它也是帝国主义所掠夺的非洲社会，以帝国主义的方式，呈现为神秘莫测之物的社会。在《间谍》中，炸弹爆炸，就像吉姆弃船一跳，不能被直接地呈现：它暗示出一种巨大的转变，在一个有机进化的自然中不可预测的“一跳”，而小说保守的意识形态只能将其调解为不可见的神秘之物。《诺斯托罗莫》缺失的中心在一定程度上就是诺斯托罗莫本人，但也是他作为代理人所获取的银子——惰性的、不透明的物质，人类行动发疯地盘旋在它的周围。银子作为决定性结构，其持有人是小说中的人物（正如康拉德所说，是书中真正的主角），银子也是整个行动的统一原则；但是由于这种行动对于康拉德而言没有清晰的历史可理解性，这是一个必然戏剧性地缺席的原则。正是在这些“掏空”而不是分散和分裂康拉德小说的有机形式 139
的缺席之中，这部小说与其意识形态语境之间的关系被揭露出来。

康拉德在写给加内特的信中说，“很明显，我注定要去描述，而只有描述。有些东西我**必须**听之任之”①。确切地

① 《写给加内特的信》，第94页。

说，这是康拉德的形式的主要问题，由他的作品所处的意识形态母体所决定，而同时也决定着它。因为这不是康拉德的形式“表现”一种意识形态的问题，而是他的文学形式必然产生的意识形态矛盾的问题。康拉德的作品是一个典型的关于**行动**的异域故事，它被丰富而具体地再现出来，在其边缘一系列关于行动本身真实性的怀疑性问题发挥着影响。故事或者奇谈将行动“凸显化”为坚实和无可置疑的；它将历史、人物、客观世界设想为无可怀疑的现实。然而，这些设想被叙事带着幻觉意义的阴影抛入极端的怀疑之中，横穿或模糊了故事的轮廓。如果这个叙事被简化为一个奇谈，那些关键的意义就会消解；如果这些意义被直接地探索，叙事就蒸发了。将戏剧性的行动与“形而上的”暗示合成一体的是氛围：前者的异域风格与后者的神秘主义相对应。然而，在创作冒险故事的“体裁”时，康拉德以明确的形式“生产”了他自己的意识形态。冒险故事引发了行动单纯的、坚实的具体性，它转而又面临着其侵蚀性的否定——像“水仙号轮船”或《秘密共享者》一样，如果叙事要幸存下来的话，就要把阴魂不散的幽灵驱除。这种幸存对康拉德在意识形态上和艺术上都是必要的：如果社会秩序的最高虚拟性得以维持的话，信仰、工作和责任绝不能被迫屈服于怀疑主义。正是这个原因，作为悲观主义者的康拉德强调，艺术家的任务不是传达道德虚无主义，而是抱有永恒的希望。① 然而，这种希望总是模糊而不明确的。《间谍》中自然主义的形式加深并具体化了物质世界，致使其革命性的破坏自然显得不可想象；然而这种厚重化又增添了人与物体的一种怪诞神秘的氛围，与小说中对无序的未知世界的恐惧合为一体。

如果这种“形而上学的唯物主义”被用来确定既与物 140
的自然性，它也放逐了同样必要的反资产阶级实证主义的主观性领域。那么，在一个冷静而僵化的世界里，剧变（维妮）、运动（维罗克）、精神视野（斯蒂维）必须坚持将其自身插入文本，只要以神秘的方式。斯蒂维的沉默是“神秘的”，可以被显现但不能被阐明；文本**言说**（speaks）其矛盾，而不是说明（speak of）它们。其话语被深渊所环绕，虚无主义者被不断地悬在深渊的边缘——教授，他将瞬间的自我—寄托汇入永恒，因而是一个文本自身的逼真形象。因为《间谍》只有通过自我引爆（即反讽）的持续过程，才能够揭示自身的真实性。只有通过否定它的每一个命题的革命性行动，并且从“无”中（ex nihilo）重构自身，它才能够表达现实；然而，它知道这是不可能的，因为它注定要与充斥着意识形态矛盾的话语一起发挥作用——或者，正如小说自身指明的，被迫处于语言永恒的

---

① 《文学与人生札记》。

非真实性状态。但是，作品不能让自身顺着无法言表的深渊消失，让其命题被回顾性地取消，使自身处在完全无话可说的境地。如果它在对超验的投入上，类似于书写《逻辑哲学论》的维特根斯坦，那么，也必须以作为对那个巨大的、陷于僵局的“游戏”即社会的奉献，来模仿书写《哲学研究》的维特根斯坦。价值，被认为等同于一种被蔑视的人本主义，而无政府主义梦想是对它更为退化的延伸，因而被迫超出了这个世界的疆界，被排除在表达之外。然而，正是因为这一点，一切似乎原封不动；而这提供给文本一种解决，或者，更恰当地说，提供了一种解决的错觉。这个世界，正如《逻辑哲学论》所阐述的一样，只是“一切发生之事”；在这个意义上，就不需要一个解决，因为**似乎没有什么需要去解决的**。处于僵局的游戏在一方面是未完成的，在另一方面是完成的；世界继续前进，而这既是文本的问题，也是文本的答案。对价值的需求，对价值全然空白的认识：正是在这里，康拉德的创作事业最深刻的矛盾，一个与他所具有的帝国主义意识形态不可分离的矛盾，才彰显出来。

5. 亨利·詹姆斯（Henry James）

141 就康拉德而言，有机生活只有在历史上非典型条件下才是可能的：轮船上的全体船员、理想化的波兰或部落群体。至于詹姆斯，我们已向前更进一步：有机生活现在只能是个被艺术精湛体现的那种有机**意识**的问题，[①]深思熟虑地“总体化”一个缺乏内在结构的世界。艺术家的职责就是“永远去**创造**恰如其分的意义——当（经验的）直接层面是松散的和混乱的时候”[②]。因而，詹姆斯的作品表现出一种迫切的、专注的努力，在意识的封闭领域全面拯救有机的意义——通过这种“美丽的”、多元而又和谐统一的意识的力量，征服某些真实的冲突和分离。在为物质的获取而斗争的形式中，这些冲突催生财富，首先使这种有特权的意识成为可能。但是这种深思意识的拥有者由此缺席了具体的历史，脱离了他的总体性的事物；去“认识”（“know”是詹姆斯的一个重要术语），既是至高的先验性，也是无能的否定。像《一位女士的画像》中的拉尔夫·杜歇、《华盛顿广场》中的思洛泼医生、《尴尬年月》中的范德尔班科，或者《圣泉》中的匿名叙事者，他们的一种意

---

① “始终把它看作为一个整体，是我们明智的、道德的努力，正如我们要牢记的，是高级艺术的状况……一组主观材料的统一的趋向被精心制作成艺术品的问题，换言之，是兴趣的各种含义所达到的程度的问题，无论有多少问题，**必须**汇聚和融合，成为始终——根据我对事物的了解——首先要得到的回答。”（《小说家札记》，伦敦，1914 年，第 100 页。）

② 《美国掠影》，伦敦，1907 年，第 273 页。

识，敏锐地包含着它遭遇到的社会现实，然而正是因为其怠惰地超然于这个世界，它才呈现为私有化和边缘性的；在《梅茜所知道的》中，这种意识的拥有者竟是儿童，却并非偶然。因为“总体化”必然涉及这种与现实的远隔状态，它不断处在破坏性伪造的危险之中，在寻求单一的、秘密的原则，以此将经验转变为艺术品紧密结合的可理解性时，无情地压制经验世界（像《圣泉》的叙事者或《螺丝在拧紧》的女教师）。

142 然而，这种无生气的否定性的认识（knowing）也可以转化为一种美德。那些具有特权精神的人物，像《一位女士的画像》中的伊莎贝尔·阿切尔和《鸽翼》中的米丽·希尔，通过全然拒绝为自己获取任何东西，勇敢放弃私利，在精神上战胜对他人怀有占有欲的个人主义。她们战胜了那些物质财富较少的人，而物质财富则给她们提供了这些超越性姿态的基础。正如约翰·古德所指出的，这个基础在晚期詹姆斯作品中就是美国企业的巨大财富，它使受益人“有那么多的钱，以至于（他们）不用再去考虑它了”①。的确，这是詹姆斯式的精神“否定性”的历史秘

① 约翰·古德（John Goode）编：《真实的氛围：亨利·詹姆斯研究新论文集》，伦敦，1972 年，第 255 页。这期间，即詹姆斯从 1883 年访问美国，到他二十年后又返回的期间，是美国资本主义巨大发展的新纪元，它见证了企业、大亨和强盗式资本家的出现，以及一个新的、完全以财富为基础的“贵族社会”的产生。

密：否定性是一个深渊，它在意识自身与意识难以顾及的被抑制的支撑性经济基础之间敞开，——这个深渊，作为摆脱了经济约束的虚空的自由状态，被铭记在意识本身之内。正是在这个深渊的黑暗之中，詹姆斯小说真正的历史决定因素被极为清楚地阐明了。然而，如米丽·希尔，或《金碗》中的玛吉·沃尔沃这样的人物，从詹姆斯小说世界所充斥的贪婪的个人主义所获得的贵族式解脱，可以被转化为一种“积极的”否定：正是通过沉默的自我牺牲和被动的蒙受痛苦，这些人物才对她们所处的环境产生影响，恰恰通过她们圣洁地拒绝物质上的介入，才让已扭曲的贪婪关系得到救赎，将无占有欲（non-possessiveness）转变成为精神上占有他人的方式。

然而，这种神奇的“社团”意识，是由巨大的企业财富的渗透和力量转变所产生的，极具模糊性。如果一方面它可以被看作是对资产阶级个人主义在历史上“更低等”形式的崇高超越，那么它也可以被读解为对这些模式的神秘化升华——一种占主导地位的个人主义被提升到近乎高雅的“公正”意识的精神领域。这是詹姆斯小说的结构模糊性的意识形态基础，是不断能对更多人物做出“双重读解”的意识形态基础，如《螺丝在拧紧》中的家庭女教师、《被凌辱的伯顿》中的弗莱达·维奇、《梅茜所知道的》中的梅茜·法拉奇、《尴尬年月》中的布鲁克讷姆夫人以及米 *143*

丽·希尔和玛吉·沃尔沃，他们都可以被视为开明意识的类型，或是略有占有欲的个人主义者。

詹姆斯小说中的精神贵族，寄生在必须被不断抑制的资产阶级物质基础之上，他们的种种矛盾，是由詹姆斯自身嵌入资产阶级社会的模式的矛盾形式所多元决定的。詹姆斯的祖父是一个富有的商人，遗赠给众多子孙的财富足以使他们完全不依赖于“商业”——这种独立性生动而讽刺地表现在詹姆斯的父亲研究斯维登堡宗教学说的哲学生涯中，他具有理性主义观念，厌恶美国的“物质主义”，却又渴望提供给儿子们足够的财源，使他们自由而不受约束。因而，詹姆斯脱离了他周围的重大历史；他讲述了其家庭在一个“商业本身就是受尊敬的”社会中“通常的分裂状态”,① 而在《反射器》(*The Reverberator*) 的前言中，他承认不能以艺术形式处理商业的“神秘性”。他的美国国内流亡者的身份，被出生于纽约却生活在波士顿的“外来者”的家庭处境所强化，接着又被他自己侨居英格兰的关系所重现出来。詹姆斯从美国“虚构的”、非有机的、无传统的“巨大松散状态”逃离到了“高度文明”的英格兰，其“礼仪、习俗、惯例、习惯、形式”② 为他提供了滋养艺术

① 杜珀（F. W. Dupee）编：《自传》，伦敦，1956 年，第 278 页。
② 珀西·卢博克（Percy Lubbock）编：《亨利·詹姆斯通信集》，伦敦，1920 年，第 1 册，第 72 页。

的成熟土壤；所以，他与英国社会的关系既是寄生的（他
谈到过“吸收英国生活的营养”的愿望），有时又是旁观
的。就像同是保守移民的约瑟夫·康拉德一样，詹姆斯将
其对第二祖国强烈的意识形态介入与对其历史反讽沉思式
的疏离结合起来。在1885年写给格瑞斯·诺顿的信中，他
声称，他能够想象“没有任何景象，比他看到的这个不稳
定的、虚伪的帝国用它近乎难以驾驭的力量不断挣扎，更
动人、更刺激和更具戏剧性了”；如果英格兰继续与爱尔兰
民族主义做斗争，而不失败和投降，他就会有“一场或许
从最近的立足点值得一看的好剧”①。（但是，他也谨慎地补
充道，他并不想政治化到令人厌恶。）一年后，他在写给哥 144
哥的信中，表达了“没有看到”失业者在皮卡迪利大街游
行的“场面”而恼火；如果他在家的话，他就能从阳台上
一览无余，大饱眼福。

像康拉德一样，詹姆斯移居国外的境遇体现了一系列客观的意识形态关系，而不是“表达”了某种“阶级”或“民族的”境况。移居国外的历史**事实**，在意识形态上是被在国内已将他建构为主体的意识形态因素，嵌入民族意识形态的个体模式所多元决定的**结果**。也像康拉德一样，詹

① 珀西·卢博克（Percy Lubbock）编：《亨利·詹姆斯通信集》，第1册，第113页。

姆斯的小说不能被简化为对这种意识形态接合的简单“反映”。因为詹姆斯（像康拉德一样）只是19世纪现实主义危机的一个方面的特定名称（在其他历史问题中）——在这个危机中文学意义自身的问题成为了文学生产的一个决定性结构。“知识”的问题必定与詹姆斯作为海外移民的历史身份有关；但是这个身份只是由“现实主义”自身的意识形态所导致的问题的一种特殊的多元决定。因为现实主义，特别是在其自由人文主义的变种中，预设了一个特许的认识论立场，从中准确的道德判断得以产生，这是一种细微透明的智力，在其之外一无所有，它可以通过没有超越其话语范围的批评凝视固定下来。然而恰恰是这种准确判断所加剧的**困难**，这个话语才将其作为文本内审查的对象；既然如此，它不可避免地被迫斜睨那种支持其无所不知的虚构支撑物。如何做到这样，但又没有将这些支撑物消解殆尽，是后期詹姆斯愈加被迫去面对的形式问题——如何折回到文学话语自身上，而不会将其瓦解成纯粹的语义重复。其晚期小说飘忽不定、曲折多变的句法结构竭力保持文本意识的连贯性，因为文本意识时刻面临被其意指所吞噬的威胁。有特权的意识必须被保存下来，但也必须占用其自身的模糊范围，暗中唤起超越其表面知识的多种可能的读解，设想一个要建构而不是消费其意义的读者。然而所有这一切必须进行，可以说，是在经典现实主义形式的背后持续下去：这种形式和它所生产和隐匿的诸种意识形态价值，决不能被那些对旁观的自我（ego）的稳定性进行公开质疑的手段所“引爆”。因为在这种形式之下，存 145
在着一个主体的意识形态，并且在这个之下，存在着一个社会形态——甚至是最精致的批评智识也不能被允许渗透进来的领域。

然而，英国社会形态最终并没有为詹姆斯提供救赎的有机飞地。尽管二十多年来他一直是统治阶级家庭聚会的专业座上宾，但是他发现英国生活极端追求物质利益，并认为上层阶级的状况就像法国大革命前的法国贵族那样腐烂堕落，随时会垮掉。① 有机的意识只能在艺术自身中发现其轨迹，而艺术独自以其精致的描述的形式可以限制经验关系蔓延、缠结的复杂无限性。② 詹姆斯的晚期作品，通过不断将其未经加工的偶然性吸收进意识的变形结构，呈现出为拯救和救赎非有机的物质存在的令人诧异的努力，为了达到这一目的，作品中运用了句法错综复杂的交织形式，

① 《亨利·詹姆斯通信集》，第 1 册，第 122 页。

② “各种关系无处停歇，真实地，普遍地，而艺术家微妙的问题是永远通过自己的几何学画出一个领域，在其中他们这样做**看起来**是愉快的。”布莱克莫（R. P. Blackmur）编：《小说的艺术》，纽约，1962 年，第 5 页。在詹姆斯小说的内容中，与**领域**的形式等同的是“**调整**”：即“调整”人物、情境和关系，通过对意识的策略沟通，把它们描绘成一个和谐的统一体，这是一个反复出现的詹姆斯式的隐喻。

而句法不断受到被它刚刚征服的异质材料分解的威胁。“（斯特瑞塞的）整个情节（在《使节》中）的全部价值，”他写道，“恰恰已是这样的，即‘认知’是它的效果。”①“认知”——意识本身——具有至高的非商品性，而对詹姆斯也是最高的价值；然而在一个商品为所欲为地统治着的社会中，它也是缺席、失败、否定。在“认知”中，这个世界被占用并且在同样的行为中遗失。最终，这也是亨利·詹姆斯无力超越的矛盾。

6. T. S. 艾略特（T. S. Eliot）

作为一个保守的美国移民，亨利·詹姆斯的继承者是 T. S. 艾略特，一位来自“贵族的”圣路易斯家族的后裔。
146 在 20 世纪初期，由于圣路易斯腐败、专横的体制的真相被揭露——艾略特家族显然牵连其中，艾略特家族社会的和知识的霸权遭到惨痛削弱。② 像詹姆斯一样，艾略特在精神

① 马西森（F. O. Matthiessen）、默多克（K. B. Murdock）编：《亨利·詹姆斯笔记》，纽约，1947 年，第 409 页。

② 参见加布里埃尔·皮尔逊（Gabriel Pearson）：《艾略特：象征主义的美国用法》。载于格雷厄姆·马丁（Graham Martin）编：《透视艾略特》，伦敦，1970 年，第 98 页。我在这里从小说转向诗歌本身反映了历史上重要的转变；正如我们将看到的，诗歌对艾略特来说，本身就是一个资源尤为丰富的和恰当的意识形态媒介，正如它是以不同的方式对待叶芝一样。

上被美国工业资本主义剥夺了继承权，后来在美国仅能够从像弗吉尼亚右翼新土地运动之类的事件中发现他所重视的“血统”、教养和“有机的”地域主义，他带着历史使命来到欧洲，重新定义其文化传统的有机统一，并且将文化上具有乡村色彩的英格兰重新嵌入总体性之中。的确，他要使自己成为“欧洲思想”有机意识的焦点，欧洲思想——这个丰富而未破裂的实体，神秘地内在于被它所培育的每一位艺术家复杂的同时性之中。英国文学文化，仍然受自由人文主义和晚期浪漫主义在意识形态上已衰竭的形式所控制，应被彻底地重构成为一种古典主义，这将会根除“辉格党主义”（新教主义、自由主义、浪漫主义、人文主义）的最后残余。它将以一个更高的、社团的意识形态构成的名义来进行，由“个性”对秩序、理性、权威和传统的投降所决定。

艾略特在英国意识形态的美学领域要完成的历史任务是一项大规模的废除和拯救工作，对此，他具备充分的历史条件，身为侨民，他在这一领域具有特权的、全景式的优势。作为一个新英格兰人，他足以从内部接近它，做出“权威”判断，而作为一个“欧洲的”美国人，他足以从外部识别其地域性的局限。艾略特本人对其职责做出的描述典型地表现为佯装随意（sham-casual）：“不时地，大约每隔一百年，批评家似乎应该审视我们文学的历史，并以新的顺序排列诗人和诗歌，这是值得做的一件事。这个任务不是变革的而是重新调整的任务。”① 这似乎谦逊地描述了格雷厄姆·马丁（Graham Martin）所正确指出的“这个世纪可能会产生的文化帝国主义最具雄心的壮举”②；但是，艾略特构想中温和平静的态度、进化论式的强调方式，对于
147 他的计划是极为关键的。面对世界帝国主义的危机、严重的经济萧条和不断强大起来的工人阶级的战斗性，英国社会，在艾略特作为诗人和批评家刚刚开始他的创作生涯时，在意识形态上迫切需要的恰恰是他的文学古典主义所蕴含的价值观。然而，这种古典主义意识形态的效力在于对经验主义的、历史主义的模式予以静态、理性主义形式上的拒绝——的确，在于一种与浪漫主义传统的进化有机主义矛盾地结合起来的古典主义的生产。艾略特的“传统”是一种不稳定的、自我转变的有机主义，在时间和空间中延伸，不断被当下所重组；但是，这种极端的历史相对主义因而被赋予绝对经典的权威地位。艾略特所做的，实际上是采纳浪漫主义晚期（象征主义）的美学，将个体的人工制品看作是有机的、非个人的和自主的，继而将这个信条投射到一个独裁主义的文化意识形态之中。③

---

① 《诗歌的用途和批评的用途》，伦敦，1933 年，第 108 页。

② 《透视艾略特》，第 22 页。

③ “客观对应物”学说强调以某种平行的方式，将主观经验任意地投射成规则，因而它们只是**被宣称**是“客观的”，对那种经验始终是可辨认的代码。

艾略特将其古典主义信条框定在浪漫主义传统的有机主义范围之中，从而能够把理想主义的总体性与其另一面的诉诸感官的经验主义结合起来。如果要有效地重塑意识形态的审美领域，诗歌语言就必须抓住和渗透当代经验混乱的、碎片化的特征，将其触手根植于集体无意识的原始结构之内。照此，诗歌艺术通常提供意识形态的情感作用的范式：艾略特关于有机社会的理想是这样的，在其中具有优雅意识的精英，通过节奏、习性和共鸣将其价值观传递到很大程度上是无意识的群体，浸润其神经系统，而不是吸引其思想。① 因此，博学而艰涩的艾略特所具有的极端反智主义——对抽象概念紧张不安的不信任，坚持将思想诗性地转变为感觉经验，强调意象派的那种将生硬、精确的意象"包含"在其概念之中，都迎合在象征主义对作为音乐的诗歌的关注上。

然而，艾略特在关注作为有机秩序的艺术和强调诗歌语言在感官上的模仿特征之间存在着潜在的矛盾。《传统与 148
个人才能》中那些信奉秩序和非个人化价值观的威严保守派，也是《普鲁佛洛克的恋歌》中的诗人，诗歌描述了充斥着悲观厌世情绪和离散物质的骚动不安的主观世界。艾

① 参见《基督教社会的概念》，伦敦，1939 年；《文化定义札记》，1948 年。这是艾略特敏锐的政治洞察力的症候，前者中的退化的社会乌托邦主义应该指向第二次世界大战前夕的世界。

略特力图借助玄学派诗人去克服这个矛盾：因为邓恩（Donne）代表着精神与血统、感官与智力之间有机融合的最后的**紧张**而**曲折**的历史时刻，在17世纪灾难性地堕入世俗主义而使社会解体之前——保皇主义的失败、清教徒移居国外的事实（包括艾略特家族从萨默赛特移居国外）、英国国教普世性的消亡、科学理性的兴起、弥尔顿的语言灾难、浪漫主义狂热的自我崇拜的加速衰退。邓恩从经验中创造了有机的整体，同时展现了其实际的片段化；而这或许也是《荒原》的意图。然而，这首诗的“形式”与“内容”相矛盾：《荒原》片段化的内容冷漠地模仿了文化解体的经验，同时其整体化的神话形式默默指向对这种瓦解的超越。这首诗是不透明的，既因为它在这种瓦解中的语言复杂性，也因为它试图通过深奥的暗示去构建一个理想的秩序。

带着这种审美上的不和谐去追踪艾略特与《荒原》中所记录的欧洲资产阶级社会的模糊关系是可能的。的确，艾略特与这首诗所处的关系问题已成为他与接纳他的社会的关系问题。作为一个“贵族阶级”的美国移民，艾略特首先关注有机文化统一性的愿景，其理想主义在某种程度上使他疏离了他所面对的危机的历史现实。然而，艾略特早期作品表现出他是一位都市先锋诗人，但同时他也是劳埃德银行的勤奋雇员，因而即使“在精神上”已经威胁到精英的文化状况，但他也必然支持实际上保护他的这一经济体系。正是在《荒原》的“形式”与“内容”之间的空白区，在其宇宙的分离与内疚的共谋之间，生产它的意识形态被最为显著地铭写下来。

然而，《荒原》不仅被一个意识形态所生产，同时也生产了一个意识形态。它首先不是一个“文化解体”的意识 149
形态，而是一个**文化知识**的意识形态。的确，这首诗所意指的不是“欧洲的衰落”或者生殖崇拜，而是其自身对深奥暗喻的详尽展示——被这种神秘的或全景式的母题所**激活**的展示。那些发觉捕捉这首诗“意义”的路径被其幕后不可预测的姿态所阻止的读者，不知不觉地就已拥有了那个“意义”。文化瓦解了，但大写的文化（Culture）却幸存下来，其形式就是《荒原》：这是文本的意识形态姿态，被铭记在其真正存在的可耻的事实之中。正是在这个意义上，诗歌的能指代码与其能指相矛盾：因为如果历史确实是不毛之地，那么作品本身就不会产生，而如果作品存在，那么它就只能是作为一个对其“内容”的隐含否定。《荒原》自我抵消的状态是意识形态起源之谜的标志，对此没有实质性的答案：如果历史是无用和枯竭的，那么，文化来自何处？我们可以用不同的方式改述这个谜：如果诗歌符号仅仅由于充斥着感官经验而具有意识形态效力，那它们如何实现对其所演绎的经验进行**评论**这一在意识形态上的重要作用？这是一个以不同的形式而出现的相同问题：在经验领域内，需要去践行的话语（文化、意识形态）资源在哪里？它不可能在这个领域之内，因为这将会消除其超越性的地位；但是它也不可能在这个领域之外，因为这将会剥夺它“经验的”力量，使它像旁观的忒瑞西阿斯①一样无效。因而，如果积极的价值可能既不处于诗歌之内，也不在诗歌之外，相反它必须居于文本自身确乎存在的范围之中——处在赋予其形式的范围之中。它必须处在可以显示但不能被言说之处，这正是诗歌自身的“事实”。诗歌的“事实”是由一套“渐进的”手段构成的，用话语来连接话语，拒绝有机闭合的引诱；文本的符号转向片段化情境的局部分解，文本对“总体化”概观的模仿性否定，**是**其意识形态的情感功能。然而，这种局部分解，绝不是一个对符号的“自然化”：在其**相互连接**的话语中，诗歌作为一个完全被构建的文本展示自身，诱使出一个“代表性的”读解，而同时诗歌通过其暴露出的生产机制又颠覆了这个读解。但是这种颠覆的最终结果只是现象性的：因为在这个
150 破裂的、极端地去中心的诗歌背后，运转着一个另类文本，这正是建构此文本的诸种神话的封闭的、连贯的、权威性

① 忒瑞西阿斯（Tiresias），希腊神话中的一位盲人先知，因为看灵巧女神洗澡而致双目失明。——译注

的话语。用艾略特自己的一个隐喻来说，现象性的文本，只是入室盗贼在进行偷窃勾当时，转移看门狗注意力的一块肉。存在于这两个话语之间的间距中的文本意识形态存在这一事实，即“现象性的”文本能够“显示”而不是**言明**维持着它的隐性连贯。因为如果这种连贯被直接地表达出来，那么仅仅通过间接方式获得的意识形态的影响力就会失去；然而依然至关重要的是，这种影响力不应该被完全分散成某种现象性的效果。正是这个原因，在诗歌结尾，“隐性的”文本仅此一次地以雷霆之声传送的神秘命令发言。这不是艾略特，也不是一个人物或一个“现象性的”文本在发言；它只能是一个匿名的、便于被假设为实在性的绝对物在发言。雷鸣所发出的是一个孤独的苦行者的智慧，其意识形态的含义与诗歌自身“进步的”、开拓性的、有印刷意识的形式不一致；然而恰恰是在“进步的形式”与“反动的内容”的接合中存在着《荒原》的意识形态。这两种成分被某种“精英主义”结合起来：文学小圈子的“先锋派”实验与统治的少数派的保守价值观相对应。这些实验的目的恰恰是将这些价值“准备就绪”；然而这种结果完全是对它们的效力的质疑，因为雷霆的威严**命令**被呈现为空洞的隆隆声。

艾略特早年信奉弗朗西斯·赫伯特·布莱德利（F. H. Bradley）的新黑格尔主义，它强调直接经验的非关系性统一，从而为他提供了探求有机整体的部分解决方案。但是，布莱德利将自我分解成其经验之间的关系，同时抵制那种对艾略特来说是意识形态的敌人的清教徒式的个人主义，同样地，他也仅确认了流放者破裂、孤立的身份之感。类似地，尽管在布莱德利的学说中，直接经验的统一性预示着一个绝对物的超理性的统一，这是早期艾略特所渴望的，但实际上所有的观点都被这种信条简化为完全的相对主义。艾略特大写的传统（Tradition）“历史化”了布莱德利式的有机主义，正如布莱德利已将黑格尔“去历史化”一样；但是这样一来，它延伸而不是逃离了一个封闭
151 的、主体间的区域，用自我进化的理想主义完全整体地代替了真实的历史，在这种唯心主义信念中所有的时间都永恒地在场，因而是不可弥补的。布莱德利所提供的纯现象的总体性，在意识形态上是不充分的：艾略特超越这种总体性，去信奉保皇派的英国国教保守主义，它将为这种有机主义提供一个社会场所。这只是理想化的；事实上，他对等级化的基督教秩序感伤而怀旧的种种幻想，有机地将虔诚的平民与教士精英融合起来，正是像康拉德对商业准则的浪漫主义化一样，在历史上逐渐被淘汰。“精神的”整体性必须发现其社会对应物，然而这样一来只显示出其社会的无能性。《四个四重奏》提供了一个精神的总体性，它超越了无价值的现象世界，然而必须反过来使其充满勉强

允诺的意义——这是一个矛盾，它打乱了艾略特后期戏剧的那些形式结构，即形而上学的不和谐的杂交和对立，以及客厅轻喜剧。艾略特“超越”了康拉德和詹姆斯，将有机的理想定位在一个具体的社会制度之中，即基督教会；①假如它不能再向前进展，这是因为他的解决方案即是问题的一部分。

7. 威廉·巴特勒·叶芝（William Butler Yeats）

在英国，正当艾略特、庞德、休姆和意象主义者从浪漫个人主义日趋减少的资源转向古典的或象征主义非个人的形式时，在爱尔兰，叶芝返回到了凯尔特神话和早期英国浪漫主义遗产中，大胆地以风格、激情和个性反对“贪婪的交易者和银行家”，反对爱尔兰资产阶级渐渐侵蚀的世界。然而在英格兰，浪漫主义个人主义是久已确立的资产阶级意识形态的一个组成部分，这个阶级在被英帝国征服的爱尔兰仍然处在初期阶段；因此，叶芝不得不在反对资产阶级霸权的斗争中，提供在资产阶级英格兰早已垂死的**贵族的**浪漫主义资源——理想化的骑士、盎格鲁—爱尔兰统治力量的仪式化谱系。

① 这个制度偶然地对詹姆斯和康拉德产生了重要的吸引力。

然而，叶芝与这种遗产的关系以及通过它与整个爱尔
152 兰社会的关系，显然存在着矛盾。在血统上，他不属于统治阶级，而是属于新教资产阶级；就这一点而论，他在爱尔兰社会内部处于双重脱节的境况，既疏离于他所认同的阶级，又疏离于他试图成为其诗歌神话作者的天主教民族主义运动组织。作为19世纪90年代民族主义运动文化分支的领导者，叶芝从这个建立了民族主义运动的大众社会基础的天主教资产阶级退缩出来；土地联盟（Land League），通过有组织的联合抵制，采用将经济力量从新教徒转移到新兴天主教资产阶级的策略，已经削弱了叶芝自己的阶级和他精神上所属的统治集团的影响力。因此，叶芝致力于约翰·奥利里建立的芬尼亚兄弟会的浪漫民族主义；而这个组织反对土地联盟刺激农业的策略，因而拒绝了反对英帝国主义的一个最为有效的武器。叶芝的文化工程是用一种被贵族浪漫主义和传统神话所培育的民族主义理想更为丰富的符号体系，去取代青年爱尔兰诗歌运动陈腐的爱国套话；然而，叶芝投身于从未占据主动且其领导地位从未受欢迎的盎格鲁—爱尔兰统治集团，将自我抛入到与真正的历史和民族主义运动基础的矛盾之中。叶芝的文化民族主义——本身是对被“帕内尔事件”暂时分散的政治力量的取代和挪用，进入了与民族主义政治现实日趋加深的冲突之中。这种冲突以诗歌的形式聚焦在茅·德·冈（Maud

Gonne）身上，她对叶芝来说，既是爱尔兰永恒之美的象征，也是心怀仇恨的政治煽动者的象征。《1916 年的复活节》中矛盾修辞法的双重视野，足以完全显露叶芝试图调和起义的浪漫英雄主义与其领导者被蔑视的意识形态和社会阶级的困难。

20 世纪初期，当叶芝的诗歌从麻醉式的幻想，转向痛苦却具反抗性醒悟的精练而坚韧的形式时，他认识到他的社会非继承性，而这恰恰推动了其诗歌成熟的进程。历史矛盾的日趋尖锐，迫使逐渐被社会排斥的叶芝，进入一种咄咄逼人的诗歌行为主义的补偿性意识形态，世纪末的（fin-de-siècle）萎靡被转变成斗志旺盛的雄辩。他的诗歌面具（the poetic mask）理论由此形成，并作为一种浪漫主义的“个性”投射到非个人的、具有社会代表性的形式之中；在一个精神上异化的社会内，面具不但保护诗人，而且促 153
成其个人身份的有机统一，激活这个社会所毁坏的社会功能。同样，叶芝使其诗歌如此更加贴近普通语言，致使他的贵族价值观被资产阶级庸俗主义大加嘲讽蔑视，而这样一来又重新激活了早期浪漫主义的一个关键矛盾——诗人需要获得居于中心的“代表性”地位，而恰恰在此，他被降至一个历史边缘的角色。

在叶芝将焦虑不安的个人主义调解成具有历史“代表性”措辞的尝试中，他转向的正是早期英国浪漫主义。叶芝在将（他的）思想“锤炼成为统一性”，运用比纯粹个人主义冲动的奇思怪想更不易瓦解的、有凝聚力且精妙的符号体系去反击资产阶级权力的驱动下，又返回来重写和复活资产阶级革命初期的神话作者威廉·布莱克厚重的象征总体物，而叶芝曾在19世纪90年代初编辑过他的诗集。布莱克也标志着一种意识形态的接合，在此，如果浪漫主义的个人主义要幸存下来并阐明生产它的真实历史，它就必须被提升为一种精妙的神话体系。而且由于叶芝必须与布莱克达成一致，同样，布莱克在其重要的诗歌《弥尔顿》中，也必须转而与他自己的资产阶级革命前辈结合起来。这三位诗人共同构建了“宇宙的”（cosmic）象征体系，在神话化资产阶级革命时，它们可以从绝对理想主义幻想的有利位置评估其历史的种种局限。这一过程的顶点，在叶芝那里就是《幻象》（*A Vision*）非凡的宇宙观。《幻象》的初稿完成于1917年，此时爱尔兰民族主义和世界帝国主义危机正处在剧痛之中。这部作品深奥艰涩的神智学象征主义及其作为对立物间循环的相互渗透而指向现实的意象，意味着叶芝去“解决人与其命运深层对立”的最具野心的尝试——将难以控制的历史的偶然事件化简为具有控制力的神话秩序。

从一开始，叶芝所寻求的可以说就是恢复爱尔兰社会有机统一的神话（“难道所有的种族不是从一个神话中才有了他们最初的统一性？是神话将他们与岩石和山岗结合起来”①）。叶芝诗篇有机化的象征符号——树木、舞者、塔楼）是这种有机整体的诗歌节点。当这种理想的统一性在资产阶级爱尔兰逐渐变得难以实现时，它被迫进入法西斯 154
主义的政治模式。对墨索里尼和极右翼自由国家参议员凯文·欧·希金斯的赞赏，20 世纪 30 年代投身于欧·杜菲的爱尔兰法西斯运动，对用“武力和军队”挣脱“强盗统治”的辩护，对基于专制精英统治的新欧洲文明的梦想——在衰老的叶芝那里，这些政治信念在文学的有机理想的终极目标中昭然显露。

8. 詹姆斯·乔伊斯（James Joyce）

在某种意义上，詹姆斯·乔伊斯与威廉·巴特勒·叶芝的关系，类似于亨利·詹姆斯与约瑟夫·康拉德的关系。乔伊斯和詹姆斯都将另外两位作家竭力在社会传统中定位的统一性，转移到艺术自身的专属领域。出生于一个天主教小资产阶级家庭的乔伊斯，认为浪漫主义的盎格鲁—爱尔兰传统已崩溃，应予以排斥（他认为叶芝是一个“无聊

① 《自传》，伦敦，1966 年，第 194 页。

的白痴……完全与爱尔兰人民脱离了关系"),① 并抵制其有关灵感自发性的神秘审美观；而艺术是一种生产**劳动**，是一个巨大的、穷其一生取代被停滞不前的、教权主义的、文化上褊狭的爱尔兰所剥夺的社会身份的代替物。从乔伊斯独特的阶级立场来看，他像叶芝一样，与爱尔兰民族主义的关系模糊不定：他从自愿接受的流亡欧洲的立场上支持新芬党，将其领导者阿瑟·格里菲思的社会主义（错误十足地）比作拉布里奥拉②的马克思主义；然而乔伊斯之所以抛弃爱尔兰，在一定程度上是为反对民族主义资产阶级的种种缺陷，是与感情用事的爱国主义、迷信的宗教信仰和文化庸俗主义的决裂。如果叶芝通过认同统治集团的反动，在历史上脱离了民族主义，那么乔伊斯脱离民族主义则涉及一种对立的介入。在的里亚斯特③，乔伊斯的朋友大都是工人和社会主义者，他在写给哥哥的信中强调，"延迟无产阶级的解放，反对教权主义或贵族统治或资产阶级思想，意味着对各种暴政的厌恶"④。由于爱尔兰明显缺失这种解放，乔伊斯摆脱教权主义和帝国主义艰难

① 引自理查德·埃尔曼：《詹姆斯·乔伊斯》，伦敦，1966 年，第 248 页。

② 拉布里奥拉（Labriola，1843—1904），意大利马克思主义政治家、哲学家。——译注

③ 的里亚斯特（Trieste），意大利东北部港口城市。——译注

④ 引自理查德·埃尔曼：《詹姆斯·乔伊斯》，第 204 页。

的自我解放，只能通过在物质上和精神上借助自己的艺术而获得。 155

然而，这种艺术不能被看作是对乔伊斯自身“阶级处境”的诸种矛盾的“表达”。因为乔伊斯的各种文本的内在矛盾，不是他作为历史主体被含混地嵌入其中的意识形态形成的一种反映，而是一种**生产**——这种生产，通过使该意识形态发挥作用暴露其构架范围。而与乔伊斯作品有关的“审美意识形态”，也不是对作为整体的意识形态形成的简单“反映”。乔伊斯来自小资产阶级天主教民族主义意识形态的亚结构—— 一个与主导意识形态构成矛盾统一体的亚结构。这种关系因而又被他的移民境遇所多元决定，由此以不同方式再生产出那种最初的矛盾统一体。这种形成的复杂性在乔伊斯审美意识形态的层面上“被生产”。因为如果他对文学自然主义的信奉在某种意义上是对小资产阶级都柏林“现实”的忠诚，那么这也是对一种大都市视角的投入，在其中那些“现实”可以被批判性地间离。欧洲提供给乔伊斯一种超越爱尔兰文化地域主义的方式，但是欧洲**自然主义**强化了执着的小资产阶级对个人的物质生活惯例的关注，这类人把一个杂货商的心态强加在自身上。对乔伊斯来说，自然主义意味着小资产阶级的无力，但也矛盾地与古典史诗宁静的现实主义和霸权的爱尔兰秩序中的“现实主义的”经院哲学结合起来。因此，在《尤利西斯》中，一种迂腐的“经院哲学的”和“物质主义的”神话被用来定位受物质束缚的社会。相反地，乔伊斯致力于借助艺术去超越和复原爱尔兰社会，致使他与霸权审美意识形态的某些浪漫主义和唯美主义方面联系起来；但是，“浪漫主义艺术家”的唯心主义观念，一般会对自然主义怀有敌意，在《斯提芬英雄》中被看作是作为艺术生产的一种典型的**小资产阶级**意识形态。

这些复杂的处理方式多元决定了乔伊斯所属的文学话语的危机。这一危机在《都柏林人》中尤为明显，其中，受挫的欲望、衰退的记忆和无力的梦想在单调的自然主义语境内冷漠地展现着，囊括了当代爱尔兰的精神萎靡。详尽的自然主义的“内容”隐含着与都柏林生活的密切关系，
156 同时被决然不介入、沉闷地自我轻视的风格所削弱——这个风格与种种缺席产生共鸣，它们在叙事自身的刻意地贫乏、不确定特性中自我体现。有机闭合被蔑视地阻止，正如被《尤利西斯》以不同的方式阻止一样。《尤利西斯》通过自然主义和神话代码的形式梳理，“解决”了“异化的”艺术意识（斯蒂芬·迪德勒斯）与物质存在（利奥波德·布鲁姆）之间的矛盾，正如乔伊斯本人在“作为生产者的作者”（author-as-producer）的审美观中超越这种二重性一样。他拒斥斯蒂芬的浪漫主观主义，同时保留（不像布鲁姆）对艺术完全自我奉献的实质上的浪漫主义信条。但是，

《尤利西斯》中这种形式的相互渗透是一种巨大的、自我炫示的结构性反讽，如此之精致地、竭尽全力获得，以至于它引人关注荷马神话中彰明昭著的合成基础。的确，这种形式的“解决”的人为性在小说**内容**中被讽刺地揭露出来——在斯蒂芬与布鲁姆相会的缺乏顿悟的非事件中，围绕中心的缺席，文本的冲突和复杂性缠结一起。乔伊斯寻求的物质生活与自我流放的艺术意识之间的统一，不是**在**作品中得以获得，而是**借助于**它而获得。《尤利西斯》是关于其自身生产条件的小说，置身于与提供给它“原材料”的荷马史诗的反讽认同和失调之中。①小说材料无缝的、有机的构成是作为自主**产品**的文本的现象，它通过其闭合的完整性，诱使读者将文本解构为其生产过程的诸种矛盾。如果其错综复杂的神话化再现了对小资产阶级都柏林的悲惨状况的艺术性报复，那么其大胆而真实的自然主义则不断颠覆这些理想化的事物。在与传统自然主义小说部分的、戏仿的相似性中，《尤利西斯》将自身作为一个熟悉的商品提供给读者，但其晦涩难懂，自说自话，削弱了这种交易，而拒绝商品地位，同时在每一个词语精心制作的、压缩的

① 格奥尔格·卢卡奇在《小说理论》中将荷马史诗说成是这样的一个世界——在其中物体和意义自发地结合在一起，目的与内容相统一。对于乔伊斯来说，这种自发的结合只能是以零星的和不可预测的方式才能获得：这是“顿悟”之说的基础。

内包结构中，矛盾地炫耀着已进入其生产的深入细致的劳动。小说凭借其作为自我戏仿的身份，竭力避免堕落为一
157 个商品；其作者因此就成为一个没有消费者的生产者。

因而，乔伊斯在《尤利西斯》中生产了一部既“封闭”又“开放”的作品，而《芬尼根守灵夜》可以说也存在某种类似性。《芬尼根守灵夜》一方面是一个极为详尽复杂、自我密封的体系，由乔伊斯从经院哲学那里继承的“总体化”动力所驱动；他本人宣称除了前提在一切事物中都致力于经院哲学。然而这种“封闭的”文本，通过努力将整个现实吸收到自身之中，变得与世界相连，因而是一个由代码、差异、转变组成的“开放的”游戏。对乔伊斯来说，现实本身是一个巨大的有机的人工制品，一个由其自身的法则驱动的，密封的、相互渗透的体系，不断变化而在本质上又是稳定的。有机的文学作品由此成为了世界本身“科学的”模式，在其结构的法则中演绎宇宙自身有活力的静态。人类社会是这个宇宙进程的特定部分，被其不可改变的法则所决定，不可阻挡地经沿着维科式的①循环移动

① 维科在《新科学》中提出一种理想的永恒的历史。认为一切民族从兴起、发展到鼎盛一直到衰亡，都必须经过这种理想的人类永恒历史。这一永恒历史可以分成三个阶段：神的时期、英雄时期和人的时期，它们对应的政体分别是氏族公社、贵族政体和君主独裁政体，对应的语言则分别是神的语言、象征语言和民众语言。——译注

着，给观看的艺术家提供“安全、满足和耐心”的经典视野。在这个意义上，乔伊斯的审美意识形态，就像成熟期的叶芝的一样，标志着从处于危机中的历史的退避。然而，当叶芝、艾略特和劳伦斯令人不快地从城市逃避时，乔伊斯却仍然是一个进步的、原型的都市生产者，利用差异、分离、分裂、置换和同时性作为其艺术的特有形式。

9. 戴维·赫伯特·劳伦斯（David Herbert Lawrence）

在本章讨论的所有作家中，唯有劳伦斯出身于无产阶级，而他在其社会的和审美的设定中也是最纯正的“有机主义者”。劳伦斯作为在20世纪直接继承“文化与社会”浪漫人文主义的作家，其小说呈现出这个世纪对工业资本主义一种最有力的文学批判，他的批判来自对处在意大利、新墨西哥、前工业时期的英格兰多样化有机秩序的根深蒂固的执着，并且隐喻在小说形式本身之中。对劳伦斯来说，小说是一个微妙而易变的有机体，其成分尤为相互关联；它蔑视教条和形而上学的绝对物，却追踪其统一的生命形式的感官流动。[1] 然而，劳伦斯也是一个教条主义的、形

① 参见“小说”，《凤凰·2》，伦敦，1968年。

158 而上学的绝对论者、极端的二元论者，他被机制和解体所吸引；他的历史重要性在很大程度上正是由于这种矛盾。

劳伦斯的作品所戏剧性地表现的，实际上是浪漫人文主义传统自身内社团的成分与个人主义成分之间的矛盾。个人主义的极端形式对于浪漫人文主义意识形态是结构性的——的确，这是将有机主义运用到个体自我，由此在整体上自成目的，通过其独特的决定性法则，自发地演化成“整体性”。这种意识形态的成分——既是普通资产阶级个人主义的理想化版本，也是对它所生产的“具体化”社会的“革命性”反抗——极为明显地表现在劳伦斯的写作中，并且进入与非个人化和有机秩序的对立规则的矛盾之中。劳伦斯的社会有机主义坚决反对工业资本主义原子论的、机械论的意识形态，而同时又纳入了资产阶级自由主义的价值观：同情、亲密、怜悯、“个人的”中心性。由于第一次世界大战是劳伦斯一生中最具创伤性的事件，这些矛盾随着战争在他那里陷入了危机。战争标示着自由人文主义的遗产及其仁慈的理想主义和“个人的”价值观明显的瓦解，从而为纪律、行动、等级制度、个体分离、神秘的非个人化的“黑暗之神”扫清了道路——简言之，为排斥关乎同情和性亲密的“女性”原则而支持具有权力的“男性”原则的社会秩序扫清了道路。“以爱统治已过去，以权力统治再次到来。”①

在这个意义上，劳伦斯是一个主要的法西斯主义先驱，但这并不是说他本人无保留地接受法西斯意识形态。他毫不含糊地谴责墨索里尼，并且正确地认定法西斯主义是对资本主义危机错误地做出的“激进”反应。② 劳伦斯不能接受法西斯主义是因为，一方面法西斯主义意味着一种对资产阶级自由主义的浪漫有机反应的形式，而同时它又否定对他来说同样是浪漫主义遗产重要组成部分的个人主义。这是他对个体自主性的自豪赞颂与渴望社 159 会融合的不断踯躅之间的矛盾，他无法逃避它；他希望人们成为训练有素的士兵，但又是**个体的**士兵，渴望去“统治”他们，而不是“欺凌”他们。③ 为了“解决”这一矛盾，劳伦斯诉诸一种形而上理论，将现实二元对立地分为“男性”和“女性”原则，并试图将它们控制在辩证的张力中。男性原则是权力、意识、精神、行动主义、个体化的原则；女性原则是肉体、感官享受、永久性和被动性

① “值得崇拜的是强者”，《凤凰·2》。

② 参见劳伦斯在《烈马圣莫尔》中的评论：“试试法西斯主义。法西斯主义会使生活的表面完好无损，但其暗中破坏的能力反而更好。”劳伦斯不是一个法西斯主义者，就像说他不是同性恋者。他认为法西斯主义和同性恋都是不道德的，但是他又下意识地被两者所吸引。

③ 《无意识的幻想》，伦敦，1961 年，第 84 页。

的原则。① 男性原则从女性那里获取养料，但必须避免毫无活力地陷入其中。然而，劳伦斯二元的形而上学理论充斥着内在矛盾，这涉及重要的个人身世的原因：他的母亲，作为原始性感官统一体的象征，事实上是小资产阶级，因而代表着个体化、积极向上的意识和积极的理想主义，正与出身于工人阶级的父亲的沉默寡言、感觉上的被动性形成对比。他父母的性别角色部分颠倒了，正如劳伦斯所解释的，扭曲并强化了他的形而上学理论试图去解决的种种矛盾。② 母亲，作为一个养育子女，而又令人烦腻的人物象征，因抑制了真正的男性气概（正如他父亲的被动性）被下意识地憎恶，却又作为一个爱、温柔和个人亲密性的形象被珍视。反过来说，她积极的、努力向上的意识，虽然瓦解了他父亲所象征的对感官生活无知的统一性，却比他冷酷的非个体性更可取。《儿子与情人》将这些冲突作为其主题，在整体上排斥父亲，保护母亲；然而，随着劳伦斯小说经过第一次世界大战及之后的发展，这种优先权被部

① 这种二元性在劳伦斯作品中以整个的对立范围被反映出来：爱与法、明与暗、狮子与独角兽、太阳与月亮、父与子、精神与灵魂、太空与大地，诸如此类。

② 这种扭曲在某些劳伦斯象征对立的**可逆性**中明显可见：父亲，肉欲的阳物崇拜意识的象征，可以与**女性**相等同；狮子可能象征着主动的权力和肉欲；太阳有时是男性智力，有时又是感官上的女性温暖，而月亮可能暗示女性的被动性或男性的冷漠抽象的意识。

分地颠倒过来。《恋爱中的女人》竭力以纯粹“男性”关系的“解放”作用，去弥补潜在的幽闭恐惧症的性亲密；而战后小说（《亚伦的手杖》、《袋鼠》、《羽蛇》）中歇斯底里的男性沙文主义，再现了对男性权力崇拜的性爱和非个人 160
性的尖锐拒斥。劳伦斯对女性的不断加深的憎恶，是对资产阶级自由主义价值观和破坏了个体自主性的肉欲诱惑的反应；然而，他对感官生命作为社会复兴之源的信念矛盾地持续着。在《查特莱夫人的情人》中，这一父亲形象最终在对梅勒斯的描绘中得以重建；但是梅勒斯结合了非个体化的男性权力和“女性的”温柔，结合了工人阶级的粗野与小资产阶级的意识，从而获得了对困扰劳伦斯创作的种种矛盾的神话般解决。

因而，劳伦斯与主导意识形态特有的关系模式，首先是一种无产阶级和资产阶级诸种成分的矛盾结合——这种结合突出地表现为替代性意识形态话语之间严重对立的冲突，已被编码到他的形而上理论体系之中。但是，这一事实不只是有关“身世的”兴趣：因为年轻时的劳伦斯所经历过的意识形态矛盾——权力与爱、社区与自主、感官与意识、秩序与个人主义之间，是一种特殊的多元决定，这关涉到作为整体的主导结构内的深层意识形态危机。因而，劳伦斯与这种危机的关系，是由他移居海外的经历复杂地多元决定的，这一经历使他将自信的、脱离传统的个人主义与对历史上被误置的“总体性”的渴求结合起来。劳伦斯小说的形式，以多种方法生产了这种意识形态的接合。现实主义小说《儿子与情人》中的“症候性的”压抑和多种缺失，或许可以在《虹》的超现实主义形式中得到补救；《虹》这个文本以其文字“引爆”现实主义，即使它在其演进的生成结构的“总体化”有机主义中保留了现实主义。战后，劳伦斯近乎彻底的意识形态瓦解与审美意指的危机密切关联，以文学形式的彻底破裂和分散自身呈现出来：小说，诸如《亚伦的手杖》和《袋鼠》显然无力演化片段化的情节、精神上的自传和狂热的说教之间的叙事。但是，在这些文本和《虹》之间存在着《恋爱中的女人》的独特时刻。这部作品突变成共时的形式，脱离了《虹》的历时节奏，产生了具有停滞和幻灭特征的“文本的意识形态”；然而恰恰是在有机形式的裂隙中，在其象征符号并置的
161 “蒙太奇”技巧中，这部小说强化了由《无名的裘德》造成深刻置疑的现实主义谱系的一种“进步的”非连续性。

10. 结论

有机形式的分裂是一种进步的行为，这一观点并没有在深受格奥尔格·卢卡奇著作所主导的马克思主义美学传统中得到普遍接受。然而，依据意识形态与文学形式之间

的内在关系，回顾从乔治·艾略特到戴维·赫伯特·劳伦斯精选的英国文学作品，就是去重新激活20世纪30年代卢卡奇与贝托尔特·布莱希特之间至关重要的论争。① 布莱希特对卢卡奇怀旧的有机主义的拒斥，他作为传统主义者对封闭的、对称的总体的偏爱，是以忠诚于开放的、多元形式的名义做出的，这些开放的、多元形式在它们的扭转中，携带着它们所揭露的种种矛盾的印记。在19世纪的英国文学文化中，由于趋于无力的资产阶级自由主义试图去整合更具雄心和情感性的意识形态模式，有机形式的意识形态基础尤为明显可见。这样一来，这种意识形态就陷入了剧烈冲突之中，其美学形式在尝试解决的行动中背离了它。在政治领域对社团的和有机主义的意识形态的破坏，始终是革命者的一个核心任务；在美学领域对这些意识形态的破坏，不仅对文学历史的科学了解，而且对为未来唯物主义美学的建立和艺术实践的实施打下基础，都是至关重要的。

① 参见《布莱希特反驳卢卡奇》一文，载《新左派评论》，第84期，1974年3—4月。

五

马克思主义与审美价值

162 按照传统的评价，我在上一章探讨的作家都被列为“重要作家”。如果文学价值的问题确乎是马克思主义批评的合法成分，那么这种批评不应该致力于**重新评价**已被接受的臆断而不仅仅是复述它们吗？当然，这取决于探讨的是何种价值。的确，马克思主义批评应决然地介入“价值问题”；然而，依靠文学中的极左主义将一无所获，它摈弃了一些普遍接受的评价，只因为它们是资产阶级批评的产物。马克思主义批评的任务是为文学价值的依据提供一种唯物主义的**解释**。我认为，雷蒙·威廉斯对英国小说的研究在很大程度上尚未完成这个任务。马克思主义批评选择审视的文学文本不可避免地会与文学唯心主义尊奉为“伟大的”那些作品相重合。但是，这也不应该看作是一个困窘，而是一个质疑唯心主义无能的问题，它只能提供有关价值标准的主观主义阐述。

若是马克思主义批评在诸如普希金与考文垂·帕特莫[①]之间的定性区分上保持沉默，这看似有些荒谬。然而，这种理论上的过分拘谨在马克思主义美学领域却大为流行。从最为简单的层面来看，它表现为平等主义者对某些作品被指定为二流地位的“精英主义”的不安：贵族怎么能偏爱布莱克而不喜欢贝杰曼[②]呢。从其更为复杂的形式上来看，它将自身呈现为一种严谨的科学性，敌视进行“规范的”判断的唯心主义。批评家的任务不是依照评价尺度划定作品等级，而是获得作品的历史可能性条件的科学认识。无论探讨的作品得到赞同还是被贬低，都与这个目的毫不 163
相关；评价由此被排除到了文学科学领域之外，或许，只能作为一个私人乐趣，暗中培养。

这种文学科学中特殊的意识形态与鲁道夫·希法亭[③]在其《金融资本》前言中强调的臭名昭著的二元论如出一辙：

> 有人说过，政治是一种最终由价值判断所决定的

① 考文垂·帕特莫（Coventry Patmore，1823—1896）：英国诗人、批评家。——译注

② 贝杰曼（Sir John Betjeman，1906—1984）：英国诗人、作家，桂冠诗人。——译注

③ 鲁道夫·希法亭（Rudolf Hilferding，1877—1941）：奥地利马克思主义的重要代表人物之一。——译注

> 规范信条；因为这样的价值判断不属于科学范围之内，讨论政治超出了科学分析的界限……根据马克思主义的观点，科学的政治观的任务是发现阶级意志的决定因素；因此当一种政治观描述因果联系时，它就是科学的。就理论来说，马克思主义的政治免除了价值判断……因而只是去辨识马克思主义和社会主义是不正确的，尽管这种观点在**内部**和**外部**广泛传播。要认可马克思主义的有效性（这意味着认可社会主义的有效性）绝不是一个做出价值判断的任务，更不用说是一个实际的行动准则的指针。认可必然性是一回事，而将自身置于为这种必然性服务的位置上是另一回事。

如果一个人可以成为马克思主义者而不是革命的社会主义者，那么一个人也同样可以研究文学而不去做出任何评价。第二国际的实证主义和唯心主义的合体仅在美学领域被再现出来："经济法则"之于政治阶级斗争，正如文本的"事实"之于文本的"价值"。"反精英主义"批评家的怀疑主义恰恰不属于此类。他站在大众文化的立场上，反对文学的竞争划派，目标指向将文学自身作为具体化的价值而奉若神明的做法；他的态度——多元主义、人文主义、平等主义——是敞开了通向"文化研究"价值的路径，在其中，传统上被神化的文学文本必须发现其附带的、超越价值的地位。他被价值的问题搞得心神不安，希望去重新定位它。相反，文学的实证主义者，要对这些被神化的文本进行封闭的探索，因为他对价值的问题无动于衷，除了作为一种还需去斗争的资产阶级意识形态的本能反映。第一种批评家以其抽象的平等主义重现了资产阶级意识形态，而第二种则以其“价值无涉”的理论主义重现了资产阶级意识形态。

尽管上述二者的立场无疑在政治上适得其反，但是它 164
们仍然比他们所反对的资产阶级美学具有更大的价值。毫无疑问，将“价值问题”置于批评探索的中心是一种极端的意识形态姿态。没有比老式的“鉴赏”学派与反学院主义的“关联”学派在意识形态上的一致性再明显不过地优先考虑价值问题，并将所有其他问题转向价值了。无论被转译为“趣味”，还是形而上的承诺、私人偏爱或者公众信念、直觉的同情或道德忠贞，“价值问题”的意识形态功能就是将唯物主义对文学文本的分析融入抽象的道德主义之中，或者融入个人消费的存在时刻。（改良主义者谋求在这一问题域内可以预见的“读者”参与，我们暂且把它搁置一边。）批评成为两个高度稳定的主体之间相互支持的对话：有价值的文本与有价值的读者。我们无需询问如何确定每个具有特权的主体的价值，正如无需询问如何认定一个商品的价值。它是由交换所确定的：通过疏远历史的具体性，它允许一个孤立的抽象物遇到另一个，并且二者在一个物质已被废除的自我封闭的循环中被等同起来。有价值的文本与有价值的读者之间在共谋之中可以互相转换，这样的文本书写了它的读者，而这样的读者书写了文本。文本给予有价值的读者以价值，而读者又赋予有价值的文本以价值；意识形态价值被投射到传统之中，作为一种形而上的肯定或批判重新进入当下。这种同义反复被称为文学——这种历史发明物，其意识形态的专制权对我们来说比任何其他艺术形式更具韧性、更加根深蒂固。因为美术馆、音乐厅、剧院显然是具有特权的空间，也如此自我炫耀：初知与无知的界限在此是严格而无误的。而文学却并非如此，其中的原因在于两个方面。第一，在高级社会形态中文学生产的特征是这样的，即它不断超越隐蔽的、孤立的领域：文学是多重的、多中心的，渗透到我们社会生活的结构特征中，弥漫地呈现为慰藉、见闻、说服、迷恋。第二，一个高级社会形态要求广泛普及读写能力，所以，
165 即使处在这种情况下，当前其相对明显的缺失，必然是丢人现眼的，是完整人性的丧失。在这样的境遇中，文学对那些能够阅读、然而却无法“读解”（read）它的人们来说，呈现为威胁、神秘、挑战和冒犯。他们能够辨认文字符号，却仍然不知所云。正是在这个矛盾中文学的专制得以彰显。阅读既是最为自然的又是深奥的行为，它既是自

发的又是神圣的，它是大众的工具，还是被赋予特权的崇拜对象。文学的非自然性正被其自然性所加强，而歌剧院、音乐厅却不是这样。歌剧院、音乐厅本来就不是伸手可得的，而文学总是可以触及——这是一个“平常的”，又总是陌生的现象。文学被置于熟悉的语言里诱惑了我们，但却是在拒绝我们，好像与我们共谋，却对我们冷眼相待。文学总是在别处，即是说，虽然我们能识字断句，文学却是我们未曾阅读或者不能读解的东西。识字让我们入门阅读，这样我们就可以完全估量我们被文学排斥的程度：其效果是展示有可能但从未拥有的讳莫如深的知识。

当然我们可以认为，文学的不可读解性恰恰是其激进性——可读解的文本，在自然化外在符号的过程中，给读者造成了一种隐伏的神秘化，而现代主义者的文本狡黠地或率直地展现其意义生产的模式，从而颠覆了这种神秘化。然而，这个“激进的”实例已经很少与社会决定因素的批评相结合，因为只有几千个读者会读这样的文章。由此可以预见，这种纯粹姿态性的、羞愧的唯物主义将会激起一些人的愤怒的反应——这些人将自己对文学的固有的精英主义及其审美态度的质疑强加给新无产阶级的种种局限。而肯定无疑的是，在唯物主义美学中，几乎没有多少理论著作可供选择，来维护托洛茨基有关革命文化的实际问题。这些作品包括从俄语言辞中清除污言秽语的需要，到论述电影院比伏特加和教堂更能为大众提供更多富有成效的想象等。托洛茨基的著作鲜明地表现了他对苏维埃群众文化荒芜现状的一种冷峻的现实主义态度，尽管他的著作概括了其志向远大的策略（复员军人、刚脱盲的红军战士、图书馆员工和报刊的工人通讯员共同合作，提高乡村的文化水平），但是他却提出，再微小的文化细节也可以加以审
166 查。(为什么某个革命报纸那么难折叠?）然而，不仅新无产阶级的民粹主义与托洛茨基的审美观相敌对（更无须说马克思和列宁）；它还把一种无心的侮辱——仅举一例——施加给了英格兰维多利亚早期那些兰开斯特郡的工厂女工，她们早起床一个小时，在上班之前一起阅读莎士比亚的作品。这或许会是一个古怪的唯物主义批评家所为，他就想以聪明的历史回顾的方式，让那些妇女明白，她们正在为一个反动的雇用文人浪费时间。的确，文学必须重新置于一般文化生产的领域中，但是这种生产的每个模式需要自己的符号学，它与某种普遍的“文化”话语是不能混为一谈的。

正如在政治领域一样，美学中的民粹主义和理论主义都是歪曲马克思列宁主义的范例，而文学价值的问题是争论的关键。然而，如果确有一种“价值的科学”，它必然不同于历史决定论那些常见的形式。历史决定论认为作品是“世界观”的“表现”，它反过来又表现了个体或“超个体

的”作者在特定的历史时刻所占有的特权的“阶级地位”。这种观念仅仅将文本的物质性分解为历史的“意识”或“实践”的透明性。反之，如果形式主义的种种学说坚持认为，价值（他们所认可的）是意指游戏的产物，那么它们往往会把这一过程从物质的母体中分离出来。而历史决定论，无论以什么样的唯心主义形式，都费尽心思将其放进其中。因此，唯物主义解决价值问题的方法必须表现为一种双向否认：既否定历史决定论的表现模式，又否定形式主义简化操作的模式。

再者，为反对资产阶级甚或唯物主义批评中的某些倾向，这种方法必须再次展现马克思主义政治经济学创立之初的姿态，并在文学**生产**的基点上重新思考价值的问题。需要说明的是，这并非要无视文本的流通和消费领域——将价值盲目迷恋为产品的固有特性，而没有被文学接受的意识形态实践所浸染，崇高又纯净。因为“固有的”价值是不存在的，也没有不能**传递的**价值。文学价值是这样一种现象，它**生产于**对文本意识形态的挪用之中，产生在对作品的“消费生产”，即阅读行为之中。它始终是一种**关系** 167
的价值：“交换价值”。“价值”的历史属于文学意识形态接受实践的历史中的亚领域；这些实践行为绝非只是对一个制成品的“消费”，而必须将其作为一个对文本的明确的（再）生产来研究。我们阅读（“消费”）某种意识形态为我们所读解（“生产”）的东西，读解就是消费一个在具体意识形态生产中的文本的特定物质材料。因为文学文本总是一个为意识形态而书写的文本（text-for-idology），它是由某种意识形态控制的批评接受的惯例来挑选、认定可读性和解码的，而文本自身又促成了这些惯例。它们被嵌入到“文化”和教育等有形的机构中，表现出那些“普遍的”意识形态话语与其具体的、多元决定的实例，即文学审美的一种接合。如果文本自身是一种结构上接合的多元决定的产物，那么阅读的实践也必然如此；恰恰在这两个时刻之间的一系列的历史接合中，文本的意义和价值的问题将自身展现出来。阅读是这样的一种活动，借助于这两个时刻，特殊的历史意识形态使文本的材料发挥作用，从而把文本塑成一个可读的产品，一个意识形态对象，一个为意识形态而书写的文本。正如文本自身就是一种意识形态的生产，有时与意识形态相冲突，有时与之共谋；同样，阅读作为一种意识形态产品的意识形态的生产，时而与文本的字里行间“共同”发挥作用，时而与之“相悖”，这种双重运动是由意识形态的文本生产（“文本的意识形态”）与由此产生的超文本意识形态之间的关系所决定的。

然而，重新思考文本生产的意义并不是屈从于内在论者的价值理论。作为一个确定的产品，文本必然将其自身的可生产性模式强加给接受者，并且在这个意义上可以说，生产自己的消费——文本并非强加给读者单一的意义，而是在读者的意识形态母体与文本自身的意识形态母体的接合中生成了一个有限而可能的读解场域。可以说，文本生产了自己的读者，即使文本会被误读。但是，文本自身传递出的可生产性模式自然被阅读的意识形态行为所构建；况且在经验接受的层面上，没有办法摆脱这种阐释循环。生产理论的重要性对价值问题来说，不在于这个层面，即 168
文本和阅读在一个意识形态的合谋中相互生产出对方，而在于文本自身与意识形态的环境相关的历史的自我生产层面。正因为这个过程可以被科学地分析（而不是限定在某种失去渊源的边境），因而对文本的理解是可能的——这种理解，正如我要提出的，包含在价值问题的某一方面。只有以这种方式提出问题，我们才能避免经验主义的形式和那些唯意志论的模式；凭借前者，文本自然而然地在读者那里再生产其意义，借助于后者，读者任意地将其意义投射到文本上。正如文本与其所生产的意识形态之间的关系既不是机械的，也非无根据的，文本与对文本的理解之间的关系也是如此。如果文本没有自发地将其内在意义强加在读者身上，那么这也不是一种姿态的暗示，不是一套有待填充的空洞符号。的确，文本不能简化为跨越历史的某种凭直觉获得的特定含义，但是它同样不能被消解为多元主义的意义的任意延伸。因为正是这种多元主义的决定因素才是至关重要的，这种意义的**拼接**，而不是另一种，是由距离、间断和再折叠等特定的集合构成的，在它被意识形态控制的自我生产过程中可以发现其来源。超验主义者和多元主义者的这些情形都终结于神秘主义：终结在隐蔽了意义本质的谜团之中，或者在纯现象的深奥的神秘物之中。在一个本质/现象共有的问题域中，在唯心主义与经验主义的耦合中，彼此之间只是对方的对立面。批评中的怀疑论者，对无根据的符号游戏喜形于色，激动不已，正是追随了在终极意义的仪式面前欣喜若狂的形而上的前辈们。

那么，如果“文学价值的科学”是“意识形态的科学”的一个元素，价值应该屈从于某种意识形态的相对主义，屈从于某种将“客观优势”或“虚假评估”的任何话语看作是内在论和唯心主义予以抛弃的“平民的唯我论”吗？正是在这一点上，我们需要重新展开与价值问题有关的文本生产的议题。因为假如存在着价值的各种意识形态的科学，那么也就会有价值生产的意识形态条件的科学，这种
169 科学不会将价值重新嵌**入**产品之中，而是把文本生产的条件重新嵌入到价值的“交换关系”之中。在审美价值的问题上，我们肯定会同意布莱希特的观点：

> 任何东西，无论是破旧不堪、微不足道的，还是**不再使我们思考的**，他们根本不喜欢（“你从中一无所

> 得”）。假如我们需要一种审美态度的话，就会在这里发现它。①

当莎士比亚的文本不再使我们思考，当我们从中一无所得时，它们就不会有什么价值了。但是，**为什么**它们“使我们思考”，为什么我们“从它们那里得到了某种东西”（哪怕是暂时的也行），这种问题直接指向了涉及我们阅读的意识形态母体和生产它们的意识形态母体。价值的问题正是居于这些不同节点的**表达**之中。

1924年，列夫·托洛茨基在布尔什维克文学批评听众面前发言时，试图把审美理念从历史简约论的控制中拯救出来：

> 在艺术作品中（拉斯科利尼夫）忽视了什么使艺术品成为艺术品的问题，这一点在他对但丁的《神曲》精彩的评判中表现得最为生动。在他看来，这部作品之所以对我们有价值，就在于它使我们能够理解某个时期某一阶级的心理状况。如此看待这个问题仅仅意

① 《布莱希特反驳卢卡奇》，载《新左派评论》，第84期，1974年3—4月。

> 味将《神曲》从艺术领域中分离出来，如果我说，《神曲》的重要性在于这个事实，即它为我提供了对某一时代某些阶级的思想状态的理解，这意味着我把它转变成仅仅是一个历史文件。因为，作为一件艺术品，《神曲》必须以某种方式触及我的感受和情绪……当然，没有人禁止读者去承担研究者的角色，阻止他把《神曲》仅仅作为一个历史文件来对待。很显然，虽然这两个途径处在两个不同的层次上，尽管相互联系，但并不会重叠。我们与一部中世纪意大利作品之间竟然不能有一个历史的关系，而只能有直接审美的关系，这怎么可能呢？可以解释它的是这个事实，即尽管在
> 170 阶级社会中存在着可变性，但也有某些共性。①

事实上，托洛茨基继而挑选的具体特征，并不是仅对阶级社会才是共有的：它就是死亡。他承认，不同的社会环境肯定以不同的方式经历着死亡；然而，莎士比亚、拜伦、歌德和赞美诗作者（来自里贝丁斯基②同志对这一问题的感叹）之所言，仍然能够感动我们。研究但丁的历史方法影响我们对他的审美态度，但是，“我们不能用一个来代替另

---

① 《阶级与艺术：无产阶级专政下的文化问题》，伦敦，1974 年，第 7—8 页。

② 里贝丁斯基（Yuri Libedinsky，1898—1959），苏联作家。——译注

一个”：“艺术必须作为艺术来研究，文学作为文学，即作为人类努力的一个特定领域。当然，我们在艺术中也有阶级标准，但是，这个阶级标准必须在艺术上被折射出来，即符合我们正运用阶级标准衡量的创造力领域的那些相当具体的特征。”① 马雅可夫斯基在其政治上含混的时期，创作了气势磅礴的《十三使徒》，以及站在无产阶级立场上的枯燥无味的《一亿五千万》。

托洛茨基为保护审美的相对自主性，免受无产阶级抽象的教条主义浸染所进行的斗争，在《文学与革命》中表现得最为鲜明。在这里他也坚持认为，艺术必须首先被其自身的自主性法则来判断——艺术创造是“一个根据艺术的特定法则对现实的偏移、改变和转化”②。历史和审美并不是同步的体系，也不是相同现象的不同侧面；历史并不将自身呈现为一个统一的形态，通过它制造出一个“清晰的”横断面，将其中的每一层面展现为与另一层面的和谐共时。当这个横断面通过革命性的断裂行为而形成时，历史的阶层则呈现为时间上的分离——就像不同的**历史阶段**：

当我们的一只手或一条腿折断时，骨头、肌腱、

① 《阶级与艺术：无产阶级专政下的文化问题》，第 17 页。
② 《文学与革命》，安·阿博（Ann Arbor），1971 年，第 175 页。

> 肌肉、血管、神经和皮肤并非是沿一条线折断和撕裂的，而以后它们也不是在同一时间愈合和康复的。所以说，在社会生活中发生的革命性的突变中，不论在社会的意识形态还是在其经济结构中，既没有共时性
> 171 也没有过程的对称性。革命所需要的意识形态前提，早在革命前就已形成；而从革命中得出的最重要的意识形态的推论，在很久以后才会出现。如果用类比和比较的方法来确立未来主义与共产主义之间的同一性，并做出推断说，未来主义就是无产阶级的艺术，这将是极为轻率的。①

即使托洛茨基敏锐地意识到审美和历史的不对称之处，他还缺乏精确定义它们的理论工具。《文学与革命》肯定了艺术的相对自主性，但是他痛苦地寻找艺术自主性得以被理论化的范畴。书中极为本土化的批评，以细微的直觉性抓住了审美与历史的**统一性**。例如，他在讨论马雅可夫斯基的诗歌时指出，其孤立的、冲突的意象反映的矛盾，不是来自其历史材料，而是来自其意识形态的冲突。但是由于该书缺乏关于历史、意识形态和审美相互关联的理论，它在大部分情况下就仅是一种精彩的、确切的印象主义反应。

---

① 《文学与革命》，第159页。

印象主义采用的主要形式是西奥多·阿多诺在瓦尔特·本雅明的《拱廊计划》中确认的，我们可以称之为“邻近主义”。这种批评方法将一个孤立的细节从“基础”中挖掘出来，并把它置于与文学事实的暗喻关系之中，而这也是托洛茨基文本的一个明显特征：“（克留也夫）从城市带来了新的诗歌技巧，就像一个近邻的农民从城里带来了留声机一样；他运用诗歌技巧，正如他借用印度地理一样，其目的就是装饰他诗歌的农民框架。他是多彩的，常常鲜明而富有表现力，而又会是古朴、廉价、俗丽的，这一切建立在一个坚定的农民基础之上。”① 或者，再来看他对意象派诗人叶赛宁的评论：“他的诗……被孤立和固定的意象所拖累。实际上，这不是个体的而是一个农民的美学观。这种生活的各种重复形式在根本上没有多少机动性，以压缩的意象寻求出路。”② 生产方式、意识形态和美学技巧以不断
并合的节奏被专横地归在一起。一种类似的邻近主义（这 172
次是政治的而非社会的）代表着托洛茨基更为一般的审美观念：“然而由于艺术要有反映的能力也有转化的能力，艺术家与生活之间必然存在着很大的间距，正如革命者和政治现实之间一样。”③ 在艺术被呈现为政治实践的明喻时刻，

① 《文学与革命》，第 63 页。

② 《文学与革命》，第 67—68 页。

③ 《文学与革命》，第 139 页。又如：“艺术中的适度感与政治中有现实感一样。”

其特有的自主性问题就仍然得到了坚持。

托洛茨基关于《神曲》的论述值得更为仔细地审视，因为它在微观上包含着马克思主义批评中这个令人忧心的问题的许多成分。托洛茨基首先通过一个天真的情感诉求，区别了研究但丁文本的“审美的”与“历史的”方法：“作为一个艺术品，《神曲》必须以某种方式触及我的感受和情绪。但丁的著作可能以令人沮丧的方式影响我，促发我产生悲观主义和意气消沉的反应。或者相反地，它可能激发、启发、鼓励我……这是读者和艺术品之间的根本关系。”① 他在《文学与革命》(“在诗歌领域我们论及在意象中感受世界的过程，而不是讨论以科学方式了解它的过程”)② 中强调的美学认知与科学认知之间的关键区别，被降低到了资产阶级主观主义的陈词滥调。由于已经断言美学和历史“尽管相互联系，但并不重叠”，依据历史的超越和个人的“天赋”，历史久远的艺术的情感作用就可以被解释出来：

> 我们发现，在中世纪意大利城市发展的艺术品也能够影响我们。这需要什么呢？一件小事情：它要求

① 《阶级与艺术》，第8页。
② 《文学与革命》，第147页。

> 这些情感和情绪本应得到广泛的、剧烈的和有力的表
> 现，从而将它们从那时期的生活的种种限制中提升出
> 来。当然，但丁是特定社会背景的产物，然而，但丁
> 是个天才，他将他所处时代的经验提升到极大的艺术
> 高度。而在今天如果探究中世纪文学的其他作品时，
> 只是将它们作为研究对象，而将《神曲》作为艺术感
> 受的来源来研究，这样做不只是因为但丁是一位13世
> 纪佛罗伦萨的小资产阶级，而是在很大程度上恰恰是 *173*
> 因为克服了那种环境。①

在一定程度上，论述的最后一部分又回到了第一部分所提出的：历史超越被认为首先是对历史上的具体经验的集中的普遍化，其次被认为几乎完全独立于这一经验。审美与历史的关系首先被主观主义切断，随后被暂时统一起来，最后再次分离。这一论证不确定其“历史普遍性”的观念，又转向了有关死亡的生物上的普遍性。

马克思主义美学的编年史中没有什么可以将托洛茨基从这一窘境中拯救出来，弗兰茨·梅林和格奥尔基·普列汉诺夫曾“解决过”这个审美价值的问题，他们运用的方法是将康德主义与具有第二国际理论构建特征的唯物主义

① 《阶级与艺术》，第8页。

不协调地混合起来。如果实证的唯物主义将价值从历史中驱逐出去，冥思的新康德主义的随心所欲的概念就会埋伏以待，偷偷从后门将它运进来。实用的范围导致艺术的历史发展；对美的无利害的欣赏解释其审美力量。而在这方面，托洛茨基从列宁那里也学不到什么。列宁在审美方面的论述虽然在数量方面不能与托洛茨基相提并论，却深入而积极：列宁对语文学的兴趣就确保他关注形式结构，而不是抽象的内容。他著名的有关审美的重要文本——论托洛茨基的文章，对那些审美与意识形态的复杂关联充满警觉。尽管如此，列宁的审美倾向与他的理论关注点显然并行一致。我们可以说列宁（进行一个不相称的比较）正如我们说塞缪尔·约翰逊一样，对他个人而言，审美与意识形态之间的关系问题并未出现，因为他在很大程度上不能欣赏他发现的与他在理论上没有同感的艺术。我们必须回顾他挑选出的心仪的作家——车尔尼雪夫斯基、高尔基、罗兰、巴比塞、辛克莱、威尔斯、萧伯纳——来了解他为什么承认不能理解缺乏社会意识的文学作品。这一点必须谨慎对待：列宁欣赏屠格涅夫和契诃夫，捍卫传统文化的遗产以反对波格丹诺夫和未来主义者，个人亲自发起并监
174 督苏联版托尔斯泰 90 卷著作的编辑出版，并鼓励将经典作品的简装版发行到群众中，他与庸俗的非利士人决然不同。然而，当列宁需要去分析托尔斯泰小说中的审美特性时，

正如托洛茨基评论但丁时那样，他转而去依靠个体的“伟大性”的浪漫主义范畴了。

马克思主义传统在审美价值问题上的窘境与其在道德问题上的窘境存在相似之处。的确，很难抵御将后者放在引号中的诱惑，因为现在一涉及道德，就会受到道德主义暗含的意义的浸染。道德主义为了非理性地吁求主观的或者“普遍的”伦理价值观，避开了对其客体的科学分析；相似地，唯美主义为了“普遍化”话语或对艺术品趣味的主观玩味，抛弃了对艺术品的理性探索。但不仅由此设想出的“道德”与历史唯物主义毫无共同之处，而且它与许多传统的道德概念也没有共同之处。① 柏拉图和亚里士多德的道德体系，以调查能够产生行为规范的社会秩序为导向：一个人如何行事的“道德的”问题与调查一个人所属或应该属于的**城邦**的特征是不可分离的。对柏拉图来说，这种调查不是仅通过审视**信念**（观点、意识形态）就可以实现的，因为这只会提供一个关于社会的幻觉的结构，它与知识相当不同。这种道德观念与智者派的立场冲突，对他们而言，社会的知识和道德的知识是相互独立的：道德知识使个体具备了成员资格，但并不是一个实际的或理想的**城**

① 我在这里简要讨论“传统的”道德观念，应感谢德尼斯·特纳的文章《道德即马克思主义》（‘Morality is Marxism’），详见：《新黑衣修士》（*New Blackfriars*），1973 年 2—3 月。

邦的，而是任何**城邦**的成员资格。正是这种规范主义的道德观，一个不受由社会调查所确立的任何具体内容的决定因素所控制的形式主义话语，后来在康德的道德意识形态中找到了回声。道德的“责任”与那些通过科学分析可以决定的历史趣味和需求被割裂了：一个人应该以道德行事，不受个人的客观需求和趣味的影响，因为这样做是道德的。①

175 当马克思将最初关于异化的意识形态的概念转化为一个科学的范畴，用无产阶级与资本主义的生产方式客观分离的机制的理论替代了关于类本质的本质主义的观念时，这并非意味着他不再在“道德上”发言。只有资产阶级的道德观才得出这种结论。相反，他在科学探索历史事实的过程中，将“道德”的观念返回到其特有基础上。**资本**的道德不存在于那些针对资本主义兽行的激情愤慨的精美页面中，它（首先）存在于揭示剩余价值借以从劳动中被榨取的机制。然而，马克思肯定不想去做出唤起读者的“道德抗议”的分析，似乎剥削意味着“否定人的尊严”，以及其他的等式。确实，从这个事实中可以清楚地看到：我们可以理解并赞同剩余价值理论，而又不认为它意味着“不

① 卢西奥·科莱蒂指出，卢梭也反对为了识别道德和政治而区分“有德之人”与“好公民”。(《从卢梭到列宁》，伦敦，1972 年，第 144—145 页。)

道德”。那么，马克思主义仅仅是一种实证主义，并且“道德”仅仅是一个人针对这一中立的科学发现所持有的私人态度问题吗？不，因为只有将这一概念重新嵌入到作为整体的马克思革命理论的母体之中，有关剥削理论的道德意义才能被发现。历史唯物主义创立时的概念是关于各种力量与物质生产的社会关系之间的矛盾；在阶级社会的特定时期，剩余价值理论在这一矛盾的各种机制中指导了我们。一个人可以孤立地赞同这个理论，而丝毫感觉不到他被迫改变自己的历史行为；然而，他却不能始终认识到各种力量与社会生产关系之间的矛盾，并同样没有受到影响。因为马克思在《德意志意识形态》中写道：“生产力的每一次发展都是人的能力的发展。”被分成各种社会阶级的个体主体**就是**生产力。对马克思主义来说，人与其他动物不同的地方，在于人是具有能力生产和再生产的动物，之所以这样，是由于人的身体结构。关于人最为“绝对的”事实是他们在生产其物质存在的过程中不断生产、再生产和转化他们的各种生活能力。历史**唯物主义**的独特性不属于历史 *176*
决定论，即人们“创造自己的历史”，或他们的“本性”是“文化”，这些主张可能是许多反动的唯心主义者所赞同的。这一科学的独特性在于，它提出的历史能力的生产与物质生活的生产之间的内在关系。对马克思而言，生产力的概念本身就是这种“事实”与“价值”的统一。一个有能力生产的动物（比如鲁道夫·希法亭）不愿去认识生产力被抑制的状况中与其行动方式的相关性，在这个意义上，他的不一致性不言自明。由于他没有将他的科学知识与特定的行动所导致的问题关联起来，他就不再“以道德”行事，而往往会以道德主义和唯心主义的方式行事。一个社会形态的“各种道德观念”——其意识形态的道德领域——为隐藏其物质“基础”的种种矛盾（即社会关系的特征与它们阻碍了其发展的有组织的社会能力之间的矛盾）而存在。要摧毁意识形态的伦理区域，就是去科学地审视事实，将“道德”退回到其正当的基础：提出关于这些事实对历史的行动方式的必然影响的问题。所以，要废除“道德”作为一个自律的话语，确定它为阶级社会的产物。认为存在着客体据此得到评估的享有特权的“道德层面”的观念不复存在：道德与政治变得密切相连。

如果道德主义认为有一个评判客体的自主的“道德层面”，那么唯美主义就认为有一个审视艺术品的自主的“美学层面”。这种说法在一种意义上说是虚假的，在另一个意义上说是陈腐的。如果探讨中的层面可以被看作是艺术品**内部的**层面，这是虚假的：因为艺术品中的一切都是“审美的”。并不是说我们反对《神曲》的“意识形态”，只是欣赏它的“技巧”：这部诗的“意识形态”是由特定审美机制产生的。把《神曲》当作历史文献来研究，这样说有些奇怪——因为它肯定属于历史文献中的特殊种类，其特殊性是美学的特殊性。说我们应该“在审美层面上”研究艺术品是陈腐的大实话，就是这个意思。我们应该研究**它们**，而不是什么别的东西。美学的相对自主性不是划分作品内不同层面的等级的问题，而是作品不可简化到生产它的特 177
定的历史意识的问题。这并不是说还原论提供给我们的只是一个对艺术品的片面的观点，而是它将作为客体的艺术作品废除了，并在其位置上取他物而代之。这不是“悬置”作品的历史可能性的条件，将它们放在括号里（正如托洛茨基提出的），从而去关注其“审美效果”的问题；而是说其审美效果自身就是某种括号归类的索引，由此作品消解并间离真实，作为意指意义来生产它。审美即是通过保持沉默显示出其历史的条件——通过间隔和否定将其置入其中。作品是向建构它的意识形态意指“展现”它所确立的具有生产关系特性的这些条件，而不是“陈述”它们。虽然“真实的”历史被文本取消，但是文本与历史最为重要的关系正是存在于这种取消的模式之中。“审美”与“历史”之间的关系，既不是文本内“各种层面”之间的关系，也不是作为审美事实的作品与其围绕的社会条件之间的关系；而是那些历史条件，以意识形态的形式成为文本自我生产过程——也就是作为一个整体的审美——的决定性结构。换言之，我们关注意识形态借以在自身内生产那种内在的间距化——也就是审美——的具体的操作行为。这不是托洛茨基所认为的悬置但丁是中世纪佛罗伦萨的小资产阶级这一事实的问题，而是将托洛茨基的相关评述与恩格斯在1892年意大利文版《共产党宣言》序言中的论点联系起来的问题：

> 封建的中世纪的终结和现代资本主义纪元的开端，是以一位伟大人物为标志的。这位人物就是意大利人但丁，他是中世纪的最后一位诗人，同时又是新时代的最初一位诗人。现在也如1300年那样，新的历史纪元正在到来。意大利是否会给我们一个新的但丁来宣告这个无产阶级新纪元的诞生呢?①

但丁作品的价值所在并非是因为它“谈到”一个重要的历史时期，或“表达了那个时代的意识”。其价值在于它的加工效果，以此作品内复杂的意识形态的接合，在文本意指
178 的游戏中来生产（内在地间离）自身，从而使其深度和复杂性生动而显然可见。

① 译文来自《共产党宣言》，人民出版社，2009年，第24页。——译注

文本的“审美”因素与“意识形态”因素之间的区分只是在方法论上的，而不是实际的区分。这不是将不同的文本因素归类在两者之中任一标题之下的问题，而是一个分析文本如何根据它与意识形态的内在关系，将其构建为一个完整的“审美的”产品的问题。《神曲》在历史中幸存下来是因为它的“审美的”效果，但这种说法终究是一种冗辞：实际上这是声称，一件艺术品幸存下来就是因为它是一件艺术品。有些艺术作品当然在其同时代之后幸存下来，而其他的并没有；但是这并非是由所谓的它们的“美学层面”的某种东西所决定的。正如我已提出的，这是由作品内固有的具体意识形态接合的审美“可生产性”所决定的——这些文学形式的可利用的、相对自主谱系的接合构成了一个关键的结构。正如布莱希特所看到的，“可生存性”在任何情况下都是深受质疑的文学价值标准：文学文本的生命、死亡和复活是各种意识形态的历史的一部分。但是，即使在文学科学那里认为一件作品已经“公正地”幸存下来，也不需要这种超越历史状况的“形而上”特征产生唯物主义者的窘迫。我们为什么仍然对《贝奥武甫》或维庸①做出反应的问题，似乎在根本上并不比我们为什么

① 弗朗索瓦·维庸（François Villon），法国中世纪杰出的抒情诗人。——译注

仍然对罗拉德派①或勒德分子②做出反应的问题更令人困惑。文学作品“超越”它们同时代的历史，不是通过上升到“普遍性”，而是凭借它们与同时代的历史的具体关系的特征——这些关系本身由作品被嵌入其中的历史条件的特征所决定。一件艺术品所归属的“历史”，绝非必然简化到其同时代的时刻；确切地说，它也可能不“属于”那个同时代的时刻。正如恩格斯所暗示的，《神曲》由于处在中世纪意大利的一个特别时刻，所以它属于阶级社会的一般的历史。而即使一件在历史上不为人所知的作品，也可以在当前对我们“讲话”，因为人类这种动物（正如塞巴斯蒂亚诺·廷帕纳罗提醒我们的③）拥有共同的生物结构，即使他们并不共享直系关系的文化遗产。出生、养育、劳动、血
179 缘、性、死亡对所有社会形态和所有文学都是共同的；嵌入正确而老生常谈的警告，并不是驳斥这一点：这种生物的“基础结构”总是在历史上被调解。确实如此；我们仅仅重申：以多种形式得以调解的是一个共同的生物结构。

当然这并不是说，当艺术唤起这些超越历史的主题时，

---

① 罗拉德派（Lollards），14 世纪英国信奉威克里夫的教义的基督教教派。——译注

② 勒德分子（Luddites），19 世纪初英国手工业工人中强烈反对机械化或自动化而捣毁机器的人。——译注

③《关于唯物主义的思考》，《新左派评论》，第 85 期，1974 年 5—6 月。

它必然更有价值，也不是说只有恩格斯在但丁作品里确认的那些“世界—历史的”接合才构成文学成就的基础。托洛茨基认为，艺术将历史上相关的“情感和模式”提升到了那个时代生活的种种局限因素之上；而这种移置的普世主义可以追溯到整个马克思主义美学，乃至后来的卢卡奇。在《审美特性》中，卢卡奇将艺术说成是一种对异质生活的悬置，通过它人们暂时地进入真正的“通用的”存在。这种“唯物主义者”的立场所忽视的是，有价值的艺术的产生不是**克服**其历史的限制因素（在某种神秘化的马尔库塞式的唯心主义中），而是因为它们。马克思在《政治经济学批判大纲》中讨论古希腊艺术时恰恰采取了这种态度；不难看出在英国文学中，价值，如简·奥斯汀小说的价值，是如何不能脱离于提供了小说中问题域的主导的、受到极端压制的阶级实践和阶级伦理。奥斯汀或詹姆斯作品的文学成就是基于其阶级构成的反动条件，而不是摆脱了它们的奇迹。或者让我们以 W. B. 叶芝为例：声称叶芝是一位“伟大的”诗人意味着什么？资产阶级批评除了直觉论的修辞之外，显然没有这个问题的令人信服的答案。某种类型的“唯物主义的”批评对颂扬一个极端右翼的、偶尔还有点法西斯倾向的作家，也不会完全感受不到难堪的。但恰恰是叶芝的意识形态局限因素为他的审美成就的价值打下基础。像艾略特、庞德、乔伊斯和劳伦斯一样，叶芝与他那个时代的霸权资产阶级意识形态也**稍有**瓜葛，处在这种情况下他就可以使用某些替代或反对它的神话。① 被爱尔兰资本主义发展的局部的、初始的状态所滋养，受前资本主
180 义模式的持久影响，这些神话，在它们神秘、形而上的视野和极度神秘化的模式中，能够渗透到必然被资产阶级实证主义所摈弃的特定感官和情感能力之中。在 20 世纪英国文学中，由于缺乏革命传统，正是从这种“极右”立场，这种批判才能得以发起——这种批判由此必然被塑造它的唯心主义模式所歪曲、腐化和削弱。但这不是说叶芝可以使用这些可选择的意识形态资源；这不仅仅是他的艺术“表达着”某些被删减的能力的问题。因为叶芝在获得这些资源的同时，也获得了某些文学形式和话语——以及意指的模式，它们（不同于诗人会社②的模式）能够用意识形态上相反的措辞**重写**当代的历史。这些意指的生产，又反过来，在叶芝式的意识形态文学生产方式中找到根源，在其中作者给予读者的某种理想的透明度特许了诗性话语的一种特别复杂的具体化。

① 在此我没考虑马修·阿诺德，一个作为思想家的作家；但是他的位置可以被勃朗特姐妹填补，她们的作品我已在《权力的神话：勃朗特姐妹的马克思主义研究》（伦敦，1975 年）中分别讨论了这些相关方面。

② 1890 年，叶芝和欧那斯特·莱斯曾共同创建“诗人会社”。——译注

如果叶芝明显地脱离了霸权的资产阶级意识形态，那么我在上一章讨论的那些19世纪和20世纪公认的“重要”作家也是如此。① 通过某些因素（阶级、性、区域、国籍等）的接合，这些作家被矛盾地嵌入已越过发展鼎盛期的霸权的资产阶级意识形态之中，而在这里应强调被形式主义和社会学家所忽视的历史事实与审美价值的关系。再者，这并不是某个历史决定论者“表现”有特权的意识形态的亚结构的问题——这种表现成功地冲破了“正统的”美学和意识形态模式的断层线，预示着新的创造的到来。这是文本在其中发挥作用的意识形态空间中的曲度的问题——这种曲度是由价值作用于价值、意指作用于意指、形式作用于形式之间的碰撞所产生的。并不是说，一个“进步的”意识形态冲破了霸权结构的种种限制，这些重要作家的意 181
识形态世界里没有多少历史上进步的东西。相反，这种霸权结构产自于其内部的尤为有异议的、冲突的立场，而由此产生的问题使这个结构的“断层线”处于部分缓解状态。同时，我们必须从文本生产的立场审视这个过程。在生产其意义时，这种文本**生产**了我前面已讲过的意识形态的曲

① 我并不是想说文学价值只是像简·奥斯汀自己所说的那样**仅仅**是这样一种明显不相干的关系产生的。相反的，它是一种意识形态上的复杂性、类别、倾斜性和矛盾性的问题，在其中，某种主流意识形态的特征和文本嵌入其中的精确性质必须同时被考虑。

度，并将其铭记在实质的内容之中。为了保持“审美的”影响力和一致性，一条特殊的意义之线将会反转或调节自身，成为一个其他的“意识形态的”语域；或者，为了保持“意识形态的”纯洁性，这条特殊的意义之线将会被折射成为意指的可替换的形式。如果我们思考特罗洛普的一部著作，就可以看到构成如此复杂的、集中的多元主义的意指游戏如何与“价值问题”相关：作品沉浸在一个自相一致、乏味到不能区分意识形态的空间。在特罗洛普大部分的小说中，通过简单的、相互还原的交换，“意识形态”生产“符号”，而“符号”又生产“意识形态”；而这一切不可能是不同的。因为特罗洛普作品（也如所有的写作一样）中的意识形态母体包含着审美意识形态——就特罗洛普的作品来说，一个沉闷的、天真地再现的“现实主义”只不过是平庸的资产阶级实证主义的一个反映。相比之下，对艾略特、哈代、乔伊斯和劳伦斯而言，意识形态的问题隐含在如何写作的审美**问题**中；“审美”——文本的生产——成为人与其社会条件的真实和想象的关系（即我们所说的意识形态问题）的一个关键、多元决定的实例。

那么，在我已审视过的大部分文本中，正是一种霸权意识形态结构的产物为文学价值打下基础，而这种产物源自霸权意识形态结构内的特殊的**复归**立场。这就是说，无论乔治·艾略特怀旧的田园主义、康拉德浪漫的民族主义或者叶芝贵族式的反动，与马克思在《政治经济学批判大纲》中有关古希腊人的论述并无二致，即：对物质发展受限制的某些阶段来说，其特有的意识形态本身能够生产审美意义，其力量恰恰依靠这些限制发展壮大。物质发展与审美发展之间并不存在简单的同源关系：艺术并非随着人们变得越来越富有就变得越来越好。但是从另一方面来说，这并不意味着生产力的发展阶段与生产审美价值的可能性之间的关系仅仅是偶然的。如果物质财富与审美价值不是 182
交织上升的话，我们就可以说为什么不可以——正如我们可以说为什么随着物质丰富性的提高，人们并没有变得越来越在道德上值得赞赏一样。在一个不发达的社会结构中，对某些人来说，在一定程度上将他们的个人行为与社会作用之间的关联体验为不成问题是可能的。当历史的矛盾尖锐到这种相对的“透明度”无法达到的程度时，即应该控制个体行为的意识形态准则问题变得棘手和难以应对、个体行为与社会功能之间的关系难以识别和不透明时，“道德”完全呈现为一个独特的话语模式。于是，道德话语就进入其意识形态的统治权，等待革命的政治对它进行历史的解决。这种发展的结果当然是进步的：“道德”是“坏的一方”的一个方面，历史通过它而发展。马克思正是用这样的措辞来评价古希腊的美学成就，其“适度”、对称和感官性正是在这些古典的生产方式的种种限制上茁壮发展起来的。后来的艺术史不是“物质丰富”的历史，而是在某些特定的阶级关系和意识形态形式内的生产力不均衡发展的历史——这些形式和关系在资本主义下（正如马克思评论的）“实际上敌视”艺术的生产。

然而，这种敌视在历史上是进步的。资本主义在发展其他能力的过程中，破坏、削弱或压制某些历史上生产出的能力；而正是在对这些其他能力进行革命性转化的基础上，马克思在《路易·波拿巴的雾月十八日》中间接地称为“未来诗情”的，才能成为可能。我已评论过的复归的意识形态亚结构，尤其充当了历史上受到威胁的价值的“监护人”：绝不能非辩证地评价它们在审美价值生产中的作用。如果它们不是仅仅作为反革命的东西就遭到排斥（根据庸俗的臆断，只有进步的阶级和意识形态才能生产重要的文学文本），它们也不能简单地被看作是在等待和谐地“融入”到未来全面发展的个体之中。因为“未来诗情”的特征恰恰是不断超越这些固定的和已知的历史价值：

183 旧的法国革命时的英雄卡米尔·德穆兰、丹东、罗伯斯比尔、圣茹斯特、拿破仑，同旧的法国革命时的党派和人民群众一样，都穿着罗马的服装，讲着罗马的语言，来实现当代的任务，即解除桎梏和建立现代**资产阶级**社会。……但是，不管资产阶级社会怎样缺少英雄气概，它的诞生却是需要英雄行为，需要自我牺牲、恐怖、内战和民族间战斗的。在罗马共和国的高度严格的传统中，资产阶级社会的斗士们找到了理想和艺术形式，找到了他们为了不让自己看见自己的斗争的资产阶级狭隘内容、为了要把自己的热情保持在伟大历史悲剧的高度上所必需的自我欺骗。例如，在100年前，在另一发展阶段上，克伦威尔和英国人民为了他们的资产阶级革命，就借用过旧约全书中的语言、热情和幻想，当真正的目的已经达到，当英国社会的资产阶级改造已经实现时，洛克就排挤了哈巴谷……

19世纪的社会革命不能从过去，而只能从未来汲取自己的诗情。它在破除一切对过去的迷信以前，是不能开始实现自己的任务的。从前的革命需要回忆过去的世界历史事件，为的是向自己隐瞒自己的内容。19世纪的革命一定要让死人去埋葬他们的死人为的是自己能弄清自己的内容。从前是辞藻胜于内容，现在是内容胜于辞藻。①

① 《路易·波拿巴的雾月十八日》，《马克思恩格斯选集》，伦敦，1968年，第97—99页。译文来自马克思：《路易·波拿巴的雾月十八日》，中共中央马克思恩格斯列宁斯大林著作编译局译，人民出版社，2001年，第584—587页。

先前革命的“诗情”，即它们自身生存所依靠的象征符号，是催眠的和不真实的—— 一种将旧有的形式转到历史境遇上的人工移植，太狭隘以至于不能生产它们自己的充足的意指。在这里，马克思的评论可以与他在 1842 年发表在《莱茵报》上的系列文章相提并论。马克思在文中谴责了德国浪漫主义，认为它是空洞而烦琐的形式，掩藏了卑鄙平庸的实质，反映出它给反革命政治装扮上自由主义的面孔。同样，马克思的这些文章，也与《政治经济学批判大纲》中对想象一部产生于资本主义技术条件下的荷马式史诗的荒谬性的讽刺性评论有关。事实上，他所批判的是一种历史的唯美主义——它以不相称的、外在挪用现成的象征形
184 式来装饰贫乏的内容。马克思正是在这种历史“事实”与审美“价值”之间的必然的**内在**关系上，才完成其论证的。然而，这一高深的段落包含更深层次的洞见，概括在最后一句中。先前革命的“诗学”一直具有“表现的”或“再现的”性质：这是一个内容发现形式的问题。但是，未来社会的“形式”是一种“内容”不断自我超越的形式，这基于生产力无限的非矛盾的发展。资产阶级革命象征的形式将它们的社会内容膨胀到了宏大的比例，但是这样就支撑了它们真实的狭隘状态，转移了对它们实际的贫乏的认识。马克思似乎在这里只是在**反转**这个问题——强调革命的内容具有活力对抗形式的具体化。这个段落更深层的涵

义与《政治经济学批判大纲》的各种元素相提并论时，尤为表明了从一个唯物主义立场重新思考整个形式/内容问题的必要性。就《政治经济学批判大纲》来看，古代艺术和社会的限定“尺度”是不能被社会主义“扬弃”到某种“更高的”尺度的；相反，“尺度”这个概念—— 一个因限定性而来的全面均衡的尺度，必须予以排斥，以便思考恰恰具有无法度量特征的生产力的形式。同样，就《路易·波拿巴的雾月十八日》而言，这不只是一个发现“适合”社会主义革命内容的表现或再现形式的问题，而是重新思考这种对立的问题——不再将形式理解为内容被倾注其中的象征性的模具，而是理解为“内容的形式”：即是说，将形式理解为一个不断自我生产的结构，这样它就不是作为一种“结构”，而是作为“结构化”。对马克思而言，正是这种不断自我超越的过程——“内容胜于辞藻”的过程，才是未来的诗情和共产主义的标志符号，这对我们来说正是唯物主义文学文本分析的秘诀。

那么，声称（比如说）叶芝的反理性的对经验的具体特征的重视，是一个可以融入后革命的未来的一种价值，这一说法，在某种意义上是从过去的历史获得诗情。尽管如此，叶芝还是有其价值的。它不是从某个对未来的想象的构造被“回读”的价值：这种价值是与一个具体的意识形态结构有特定关系的功能。更精确地说，其价值在于文 185

本生产特定过程的功能，而文本生产本身就是一个与这种意识形态结构之间的持续关系（由文本被赋予的意识形态的亚结构多元决定的）。

托洛茨基对拉斯科利尼夫的反驳当然是正确的：文学不仅仅是获得意识形态的文献路径的某种形式。文学是一个语言组织的独特模式，它通过特定的“扰乱”传统的意指模式，将某些意义生成的模式推到前景，以使我们察觉到存在于其中的意识形态。这种前景被立刻构建出来，技巧和来自经验的诱惑吸引读者参与到符号的游戏中，因其诱惑性与其“非自然性”成正比。文本即是一个剧场，它复加、延长、压缩，并使符号多样化，从而使它们摆脱那些孤立的决定因素，用前所未有的自由归并和融合它们，引领读者来到一个更深层的经验入口，从而进入由此形成的空间。当然，这里也存在着两极分化的情况：有些文本凭借其“过度”炫示的各种手段，刻意疏离；有些文本通过一种“自然的”、“天真的”并带有经验自身的表面透明性的书写方式，向我们示好。但是，更典型的是，文学作品不能简化到任何一种状态：它所引发的同情心与其非现实性成比例。正是因为它的“非现实性”特许了一个对意义进行的超出“自然的”折曲和压缩，我们才可能得以去发现（并被诱惑去接受）它所提供的历史真相的各种版本。

然而，恰恰是在这里，价值的问题关系重大。因为并不是每个文本都像其他文本一样，以相同的模式或同样的程度“折曲和压缩其意义”；也不是每个文本的“历史真相的各种版本”都非常重要。所有的文本都要表意，但并非所有的文本都有意义。一个文学作品可能会生产一个被压缩的意识形态，从而去“更新”它——凭借它自己的“第二秩序”的意指努力，“疏离”其陈腐的、乏味的各种意指，使意识形态提供的各种价值和观念重获新生。相反的情况也很常见：作品通过其文本操作，可以封闭或削弱一个积极有效的意识形态诸多因素。当然，也会有其他可能：我们把青少年杂志上的一个平庸的爱情故事说成是“低等的”文学作品，因为作品在其中运转的意识形态母体已萎缩，妨碍了独自就可以“恢复”那些作品的神话的起转化
作用的文本生产。但是，仅谈论意指意义（意识形态和文 186
本）的“第一”和“第二”秩序就过于简单了，好像它们属于一元论的体系。因为每一种秩序都是通常由各种符号组成的复杂整体所构成的，这些符号属于明显不同的意识形态范围；从意义和价值的观点来看，研究文本生产就是要研究这些亚结构之间复杂的相互作用。

因而，文本的价值，是通过嵌入意识形态结构和嵌入文学话语的可用谱系的双重模式所决定的。文本正是以这种方式与一个总是局部的范畴发生关系的，这一范畴是指围绕文本的由历史决定的价值、趣味、需求、权力和能力

等：不是文本“表现”或“再生产”这些东西（因为文本是由文字组成的，而不是需求），而是文本自身的构建涉及编码这些东西的意识形态符号。然而这并不是说，有价值的文本总是承载着“进步的”价值和能力，或者，它只是一个进步的“阶级主体”的反映。以本·琼生与瓦尔特·萨维奇·兰德之间的差别为例：虽然他们迥然不同，但他们都有某种保守的古典人文主义传统。前者作品中意识形态的积极有效的本质与后者的温暾、造作而毫无活力形成强烈对比。到兰德生活的时代，这种古典人文主义已变为一种高雅的学术隐退，一个被吸干了实质的精致外壳。然而，在本·琼生的作品里，这种古典主义结合了其他因素，创造了一个复杂的意识形态空间，在其中对有限而有意义的历史趣味的辩证体验清晰可见。这绝不是说琼生的文本展现出一个“进步的阶级意识形态”，也不只是简单地涉及那些文本运作的意识形态的问题。因为古典人文主义是一个决定琼生戏剧的形式和意指的积极因素，是其文本嵌入其中的审美传统的一部分。它与其他传统结合，成为生产工具，借助这个工具资源丰富的意识形态世界被这般“内在地间离”，以至展现出大量的偏见和观念。并不是说本·琼生“接触历史”，而兰德逃避历史，也不是说琼生的文本与“真实生活”共鸣，而兰德的文本散发出学究气。当兰德秉持他那怪诞的史诗之后完全逃离历史时，华兹华斯的

《序曲》也在走向相似的方向；但是，华兹华斯走向中的矛 187
盾和复杂性是其具有卓越价值的条件。这是一个铭记在华兹华斯文本形式中的矛盾：《序曲》是关于诗人书写一首史诗的筹划，结果却真成为了**序曲**。当兰德开始创作异域风格的韵文悲剧和异国情调的史诗时，却骑士般地无视这个最为根本的问题——这些形式在这样的历史关头除了毫无价值还能怎样？而《序曲》被它所处时代的审美和意识形态的模棱两可的观念所折磨和纠缠。纠缠它的是某些精神和历史的可能性，以及控制某些权力和价值的幽灵，其形式的意识形态被迫进行审查；《序曲》正是在这种由极端缺乏自身的统一性所造成的裂隙中，其意义的游戏才变得最为丰富。兰德或兰姆的作品，其中的大部分内容缺乏通向这些可能性的路径，无可挽救地将自身降至二流的地位。

因此，抵制有关文学价值的“道德主义”是十分必要的：将作品质量与其可能性条件的问题重新结合起来。人们并不单靠文化而生活：远非如此。然而，历史唯物主义实际上却主张人们将会是这样的。一旦人们从物质匮乏中解放出来，从劳动中解脱出来，他们将会在相互意指的游戏中生活，在自由的不断“过量”中发展。在这一过程中，以往社会得以生存的生活条件的意义和价值的符号，无疑仍然具有重大意义。如果马克思主义对审美价值始终保持沉默的话，这或许是因为使这一话语成为可能的物质条件尚未出现。对“道德性”来说也是如此：如果马克思主义几乎没有直接论述“道德”，那么造成这种回避的一个原因就是，谁也不愿与那些认为道德就是道德主义的人进行有关道德的争辩。这并非是将不同的内容注入到这些范畴中的问题，而是重新评估这些范畴的问题；而单凭意志行为是无法完成的。“美学”太有价值了，所以不能不与资产阶级美学家进行斗争就轻易放弃。另外，美学被这种意识形态污染得太严重，因而不能按照它现在的状况来挪用它。或许，正是那些拒绝在“道德上”和“审美上”发言的人，在暂时的、策略性的沉默之中，道德和审美在某种程度上的真正意义才被表达出来。

人名索引

本索引所标页码为英文版页码

译后记

英国学者特里·伊格尔顿（Terry Eagleton）是一位高产的理论家，理论思想复杂。他的理论研究既包括文学、批评、文化、美学方面的内容，同时还广泛涉及宗教、政治、伦理等方面的研究。《批评与意识形态》是伊格尔顿青年时期的代表性理论著作，像很多具有世界影响的学者一样，伊格尔顿的青年之作显示出了不凡的理论功底和深厚的哲学美学素养。这本书面世于 1976 年，这一年，伊格尔顿同时出版了两部著作，一部是《批评与意识形态》，另一部则是作为《批评与意识形态》的“副产品”的《马克思主义与文学批评》。现在看来，这两部作品都为伊格尔顿在马克思主义与审美意识形态批评方面的研究起到了十分重要的推动作用。

伊格尔顿曾说，《批评与意识形态》是“在一个深刻历史变迁的巅峰时期”出版的，就在同一年，佩里·安德森出版了著名的《西方马克思主义探讨》，S. S. 柏拉威尔则出版了《马克思和世界文学》，第二年雷蒙·威廉斯出版了他的著名的《马克思主义与文学》、《美学与政治》，1978 年，则有皮埃尔·马舍雷的《文学生产理论》英译本问世。1976 年，30 出头的特里·伊格尔顿刚刚在牛津大学开始他的马克思主义文学理论研究的事业。从 1969 年开始，伊格尔顿在牛津做了一件十分重要的工作，他在牛津大学瓦德汉学院主持了一个马克思主义的系列研讨班。像很多与马克思主义理论研究有关的重要学术团体和思想流派都曾通过这种非完全体制化、思想自由又颇具理论集中性研究的研讨班凝聚理论智慧一样，伊格尔顿主持的这个马克思主义研讨班在他当时以及以后的学术研究中发挥了积极影响，并为其时的《批评与意识形态》的写作奠定了基础。

《批评与意识形态》写于 20 世纪 70 年代西方左派文化发展的重要时期。20 世纪 70 年代正是西方左派文化繁荣发展的时刻，一方面，在承续了法国“五月风暴”后各种文化、社会与政治的持续波动影响之后，西方左派文化的激进色彩依然浓烈，各种新的左派期刊、著作不断出现，左派文化在现实政治意识形态的新变化面前努力寻找“马克思主义思想中更加具体的唯物主义形式复苏”的理论方案，但另一方面，面对资本主义战后的工业繁荣，西方左派文化无论从社会生活的表层还是理论研究的选择上，常常出现“从左到右的可预见的摇摆”。《批评与意识形态》充分展现了西方左派文化发展到20世纪70年代的这种整体理论格局的变化，并在颇具反讽和隐喻性特征的字里行间展现了伊格尔顿所追求的超越文化结构和意识形态的限制的理论期望与难题，典型地代表了西方马克思主义理论在学术重心转移之后所带来的理论上的变化及其矛盾之处。

这样的社会语境的变化反映在理论上，就促使特里·伊格尔顿的《批评与意识形态》展现了一种十分明显的从社会历史、文化生产、意识形态等视角观察文学与批评的审美意识形态批评观念。这种审美意识形态批评强调以审美、文化和艺术与意识形态的关系问题为核心，围绕文化、美学、艺术的意识形态属性问题，充分介入社会结构和文化主体建构以及历史阐释过程，从而体现出文化、艺术、美学与意识形态的张力结构及其“多元决定”关系。《批评与意识形态》具有鲜明的审美意识形态批评的特征，在这部著作中，伊格尔顿试图将文学批评与意识形态、意识形态与历史、意识形态与文本的复杂关系的变化融入某种社会历史与文化语境，从而展现某种“批评意识形态的突变”。在伊格尔顿看来，马克思主义文学批评与历史的关系是一种“既有又无”的关系，用他的话说，批评既是一门“不谙世故的学科”，同时是一门深入探究批评的历史本身的学科。因为，一方面，批评的任务是将文本自然地呈现给我们，“一定不能允许自身与其居间的客体有一丝一毫的掺和”，但另一方面，“批评是有史可循的，而且并非只是批评实践的随机搭配而已”。伊格尔顿由此将批评意识形态范畴的变化与马克思主义批评的内在理论观念变革结合起来，并由此深入考察了马克思主义批评在 19 世纪以来文学批评中所面临的理论发展的情形，结合他一贯关注的英国《细察》杂志的研究以及考德威尔、雷蒙·威廉斯等人在马克思主义批评上的努力及理论分歧，着重考察了雷蒙·威廉斯的《文化与社会》、《漫长的革命》以及小说《第二代》等英国马克思主义批评著作，强化了批评意识形态范畴的变化与社会现实的关系，强调“‘批评的历史’只是一整套特定意识形态建构历史的一个方面，其中每一种形态在本质上都是紧密衔接，以使某些批评实践作为一种特殊的对其他层面有多元决定影响的范例而具有了特权。批评的历史这门学科就是研究文艺美学的这种多元决定的历史决定因素的科学”。

《批评与意识形态》曾被称为是“结构主义马克思主义的最后的标石”，是马克思主义采用后结构主义方面干预理论形态的“首批干预成果”。[①] 这是因为伊格尔顿在早期曾受法国理论家路易·阿尔都塞结构主义马克思主义的影响，在《批评与意识形态》中，伊格尔顿将这种理论影响以一种结构主义马克思主义批评的“文本科学”的设想体现出来，呈现的理论建构方案就是在阿尔都塞思想下提出“科学化的马克思主义文学批评理论”。在《批评与意识形态》中，阿尔都塞在20世纪70年代左右的理论观念被伊格尔顿“批评式”地付诸实践，他提出了一个以“生产”和“生产方式”的发展变化为核心的马克思主义唯物主义批评体系，在一般生产方式、文学生产方式、一般意识形态、作者意识形态、审美意识形态、文本六个范畴的关联上建构了一套马克思主义文学理论体系。伊格尔顿提出，当时以雷蒙·威廉斯为代表的马克思主义文艺理论尽管取得了一定的成绩，代表了唯物主义美学重要的源头，但存在着人文主义和唯心主义的缺憾，因此需要在艺术的“物质实践”层面将围绕文学文本开展的各种活动的“结构”“严格地确定下来”，而“批评的任务，正是分析这些文本结构生产的复杂的历史表述”。因此，在《批评与意识形态》中，一般生产方式、文学生产方式、一般意识形态、作者意识形态、

① （英）特里·伊格尔顿、（英）马修·博蒙特：《批评家的任务》，王杰、贾洁译，北京：北京大学出版社，2014年，第122页。

审美意识形态、文本围绕“意识形态”、“生产”两个核心范畴展开。这里面有四个层面的理论内容，首先是生产方式与意识形态的关系。这是一个大的理论前提，强调的是作为特定物质生产力和生产关系结合的生产方式与一定主导的意识形态结构的关系；其次，是从一般生产方式到文学生产方式，这两个范畴既是文学批评的主导型理论基础，同时也构成了批评的生产前提；第三，是从一般意识形态到作者意识形态，类似于一般生产方式到文学生产方式的关系；第四，是审美意识形态，这是伊格尔顿的这个理论体系中的核心内容，指的是“一般意识形态中特殊的审美领域，它接合了其他领域——伦理、宗教等等——处于最终由一般生产方式所决定的支配与从属的诸多关系之中”。最后，是文本。文本是其他五种范畴的核心，是文学生产与意识形态关系展开的聚焦点。伊格尔顿提出了一种所谓的“文本科学”，认为文本不是被动的产品，是其他范畴的“接合”，处于文学生产与意识形态关系中的决定位置。尽管在后来的多个场合中，伊格尔顿都对他和阿尔都塞的复杂关系做出了阐释性的分析，甚至认为他的《批评与意识形态》是抱着对阿尔都塞思想的质疑的态度完成的，但就《批评与意识形态》中所展现出来的“文本科学”的理论设想及其方案来看，阿尔都塞的痕迹是无法抹杀的。

用伊格尔顿自己的话说，《批评与意识形态》“是一个年轻人的写作——言辞谨慎、尽量简洁、带有少许高傲、处处彰显一定的自信”。这的确是一个年轻人的写作，但从整体来看，这部作品的理论价值和意义值得充分肯定。

首先，《批评与意识形态》在马克思主义文学批评的理论体系建设上突出地将马克思主义的艺术生产理论与文学批评实践的具体应用结合起来，开创了马克思主义的唯物主义美学在生产研究方面的理论范本。马克思的艺术生产理论在整个西方马克思主义美学中是一种奠基性的理论观念，也是一种理论框架下的宏观批评理论，伊格尔顿在《批评与意识形态》中充分展现了这种宏观批评理论的应用策略，一般生产方式、文学生产方式、一般意识形态、作者意识形态、审美意识形态、文本六个范畴上的理论关联研究为这种宏观批评理论的生产性应用打开了结构性的空间，也是一次重要的批评阐释的过程。

其次，伊格尔顿在《批评与意识形态》中提出的审美意识形态的概念及其理论研究值得重视。审美意识形态这个概念及其贯穿的理论问题是马克思主义文学生产论在理论拓展和发展中不可忽视的概念，伊格尔顿强调了审美意识形态的结构性属性和特征，从作为从属类别的文学内部结构运作机制出发，探究了审美意识形态的多个“层次”构成——文学理论、批评活动、文学传统、体裁、惯例、修辞以及话语之间的结构关系，这其实是对文学与美学的基本理论研究的一种理论思考，从中也可以见出审美意识形态理论应用于文学理论研究所打开的新的理论视域。审美意识形态包含了“历史→意识形态→文学文本”的平行关系，也包含了“历史意识形态/文本/生产”的内部结构关系，这对于理解和把握当代文学理论与美学发展的理论问题与现实问题都有积极的理论启发，也是西方马克思主义美学中的审美意识形态批评研究中没有进一步深化发展的内容。

最后，在《批评与意识形态》中，伊格尔顿在审美意识形态理论视野中强调了马克思主义文学批评的价值功能，认为“审美意识形态也包含了所谓的‘审美的意识形态’（ideology of the aesthetic）——意指特定社会结构中美学本身的功能、意义和价值，而美学本身又是包含在一般意识形态之内的‘文化的意识形态’的一部分”。《批评与意识形态》提出的马克思主义美学的美学价值问题，是伊格尔顿在前期文论中一个重要的理论问题，也是伊格尔顿美学研究中的一个理论盲点。在现代理论上，传统的价值论美学在两个维度上展开：一个维度是社会和文化功能论意义上的价值论，是传统社会批评和马克思主义批评的路数；另一个维度是自形式主义美学兴起之后的形式美学路数，强调的是审美、形式、结构方面的理论创造价值。可以说，伊格尔顿在这两个维度之外提出了一种“审美意识形态价值论”，这种审美意识形态价值论在介入美学和文学批评的意识形态阐释过程中，更多地强调了马克思主义文学批评的文化功能和政治功能，是某种文化上的唯物主义解释，这对于西方马克思主义文学批评所追求的“价值的科学”是一种有益的思想补充。

从《批评与意识形态》的理论价值来看，伊格尔顿真正做到了“不悔少作”。当然，任何所谓的理论建构研究都有它的缺陷，《批评与意识形态》在马克思主义批评的理论建构与实践中存在很多不足，其中的理论得失恰恰是需要我们认真辨别并充分加以批判研究的内容。

最后，我要谈一下这部著作的翻译过程。伊格尔顿的这部著作出版的时间比较早，在伊格尔顿的文学批评理论研究方面经常被提及，确实是伊格尔顿文学批评理论研究方面的重要的理论著作。我在十几年前做关于伊格尔顿文学批评理论研究的博士论文期间就注意到了这部著作，并把他当作我的博士论文研究重要的参考文献予以专门精准地研读；几年前我从事了一个20世纪英国马克思主义文化理论研究的课题，出于研究的兴趣所在以及研究的具体需要，我对20世纪英国马克思主义文化研究与美学批评文献做了一次系统的研读，再次注意到了伊格尔顿的这部著作，同时也对它的理论价值有了更深刻的认识，并决定抽时间将它翻译成中文。但事情往往是想得美好做起来艰难，此后数年，看看停停，停停再看看，翻译研究几乎没有进展。后来幸得北京出版集团王忠波先生督促与山东大学外国语学院穆宝清副教授支持，才让我能够尽量排除其他干扰，完成这一任务。此次的翻译让我充分体验到了翻译工作的辛苦，常常是因为一个小小的困难就卡壳数日，因而费时耗力数倍于学术论文写作。翻译工作具体分工如下，我负责翻译的是导言、序、第一章、第二章、第三章，穆宝清负责的是第四章、第五章、人名索引；我的研究生、即将赴牛津大学读博士的张诗敏帮助我初译了第二章的部分内容，后经我审定修改；译稿初稿完成后我和穆宝清交换校对，最后由我统稿修订，我的博士生也是我的同事陈王青老师最后与我一起审定修改了译稿中的疑难之处，对他们的工作我表示由衷的感谢！错讹之处，请学界同人多批评指正！最后，还要再次感谢北京出版集团王忠波先生在译著版权申请办理以及出版各个环节上的帮助，没有他的支持，我是不能完成这个任务的！

段吉方

2019 年岁末于广州